『方丈記』を読み慣れた眼で見ると、影響関係は明白だ。記述の作法は、おおむね「四十《よそぢ》あまりの春秋を送れるあひだに、世の不思議を見る事、ややたびたびになりぬ」以下の『方丈記』第二章に相当する。そして心敬は「永享の乱、嘉吉の乱、徳政、旱魃、大火を説き、応仁の大乱に筆を運んでゆくところ、『方丈記』の天変地異の条を意識しつつ、鮮やかに大乱に至る世相を写しとって」いった（島津忠夫「心敬年譜考証」）。『方丈記』の
中で、以下のように登場している。

偽長明方丈記といへる双紙《さうし》に、「安元年中に日照りて、都のうちに二万余人ば
死人侍り。大風《おほかぜ》に火さへ出て、樋口高倉の辺より始めて中御門京極まで、火飛
さて都焼け失せ侍る」など記し置けるをこそ、浅ましくも偽《いつは》りとも思ひしに、
らにかかる世を見ること、ひとへに壊劫《ゑこふ》末世の三災《さんさい》、ここにきはまれり。

（『ひとりごと』）

世界の生成から破滅までの循環を四期に分け、成《じやう》・住・壊《え》・空の四劫《しこう》という。
劫の後に、大三災――火災・水災・風災が起こり、「三千大千世界同時ニ滅尽スル、コレヲ壊劫《ゑこふ》ト云《いふ》。カクテ世界、虚空黒穴《こくうこくけつ》ノゴトクナルヲ空劫ト云」（北畠親房『神皇

正統記』）。まさに今「この世」は、あの『方丈記』が描く五大災厄の時代のように「壊《ゑ》劫《こふ》末世」で、絶滅のピンチにある、と心敬は嘆く。

ただし、覚えてそらで書いたせいか、ここには少し、引用の混乱がある。詳しくは、本書本編の当該部とゆっくり比べてみてほしいが、それ故に、この描写が、単なる引き写しの棒読みでないことがわかる。むしろ逆に、心敬の『方丈記』熟読と、その世界観への思い入れの深さを伝えている、とも言えるのだ（荒木「『方丈記』と『徒然草』」、同『京都古典文学めぐり』など参照）。

このように『方丈記』という作品は、いつも、その折々の現代という時の流れと熱くシンクロしながら、多様な読者が〈わたし〉の人生や経験を投企して向き合い、論じてきた歴史を持つ。一九四五年三月の東京大空襲の体験とオーバーラップしながら『方丈記』を語った、堀田善衛の名著『方丈記私記』（一九七一年）が、その代表的存在だ。独自の視点で近世文化研究を推し進めた松田修も、歌人・馬場あき子との対談『方丈記を読む』（一九八〇年）において、高度成長期の日本の「不安な状況」を中世の『方丈記』と重ね、議論の口火を切っている。

水木しげるが二〇一三年四月に公刊した『マンガ古典文学　方丈記』も、冒頭に「二十一世紀から来た」作者水木が登場して長明の庵を訪ね、「長明サンの時代にはばかに災害が多いでしょう」と問う。「ワタシはその事を〝方丈記〟に記しておこうと思っているのだ」と応える長明に対し、描かれた作者・水木は「二十一世紀も災害の時代です」と語り出す。水木は続けて「その前は水木サンも召集された大戦がありました」、「戦争の記憶や災害の悲惨さは決して忘れてはならない…」と述べ、「それで水木サンは平安末期の長明サンにご登場願おうと思ったわけです」と創作動機を伝えている。

「孤の宇宙」をキーワードとする本書もまた、今を生きる『方丈記』読者としての〈わたし〉の視点と関心から、作品世界を読み解こうと試みたものである。『方丈記』全体を五章・二十五回の節に分かち、『方丈記』の校訂本文と原文、解釈や補足の情報を加えて訳された大意、そして解説を含んだエッセイという、複層構造から成り立っている。原文はもとより、大意、解説、エッセイなど、それぞれのかたちを通じて『方丈記』の〈現場〉をゆったりと味読して重ね合わせる。そして〈わたし〉なりに新しい視界から、『方丈記』の文学世界や描かれた歴史、また思想の様相にアクセスしたい。そんなことを狙いとした仕組みである。『方丈記』という極上の素材を提供するにあたって、少しばかりの驚きを添えた、ユニークなレシピやメニューを提供できれば、とも考えている。

そのスパイスとして、適宜、関連する参考文献や資料、さらに学術論文——ネットで読めるオープンアクセスの文献も日進月歩で増えており、便利になった——などを示す。細かな語釈の差異や諸説の対立についても、時に言及している。ただし、諸説網羅を目的としない。わずらわしければ、ひとまず斜め読みや飛ばし読みをしてもらってもいい。関連する書誌情報などは、本書巻末に一括して掲げておいた。この本を書く上で根拠となった私の論文や著書なども、そこに挙げている。より議論を深めたい場合は、そちらを参照して精読・批正してほしい。ともあれ、本書総体を通じて『方丈記』全文を咀嚼し、可能な限り柔軟に、『方丈記』の本質と拡がりを体感してもらえれば幸いである。

目次

第四章 「閑居の気味」と「三界唯一心」……231

凡例

一、「はじめに」に誌したように、本書は、私なりの視点から『方丈記』の作品世界を味読することを目指したものである。本編は、作品と作者を概観する〈序章〉を承けて、『方丈記』全文を全五章・二十五回に分割し、それぞれ、校訂本文、大意、原文、エッセイの順で構成する。そして最後に「解説――『方丈記』の読書案内をかねて」を付した。

二、本文中に引用される学術書や論文、また古典作品や歴史資料についての書誌情報は、巻末の「参考文献等一覧」に一括して掲げた。なお文学作品や映像化されたアダプテーション作品などは、再刊や新編など、掲載メディアの移動も頻繁であり、ネット情報等も日々更新されるため、本書のエッセイなどの文中に、名前を掲げるのみにとどめたものもある。音楽や芸能などについても、基本的には、必要最小限の情報提示にとどめた。

三、『方丈記』作品世界の空間把握を補うため、京都とその周辺の「関連地図」二点を載せ、また長明の生涯を概観する便宜として、「鴨長明関連略年譜」を付した。

四、本書の『方丈記』本文は、大福光寺本による。〈序章〉に示すように、提示した校訂本文は、大福光寺本を底本とする新日本古典文学大系『方丈記』の校訂を基本的には参照しながら、私自身の解釈をもとに本文を定めた。

五、読解の便を考えて本文を平仮名に変え、漢字も、原則として通行の字体を用いた。本文に付した振り仮名は、歴史的仮名遣いを用いたので、大福光寺本の仮名遣いとは異なることも多い。こうした校訂行為の参照と対比のために、「原文」として、大福光寺本の翻刻本文を併載した。

六、「原文」の大福光寺本本文は、京都国立博物館の展示などで、逐次原本確認を行った。翻刻に際しては、古典保存会の影印（〈序章〉でも記したように、国立国会図書館デジタルコレクションでも公開されている）以下、巻末の「解説」や「参考文献等一覧」に掲げた各種影印と翻刻などを参照して提示している。ただし、対照して読解する便宜として、大福光寺本にはない句読や中黒点、また濁点符などを付し、適宜一字下げの改行を施した。

七、「エッセイ」などで引用する古典作品の原文については、「参考文献等一覧」に掲げた注釈書などの表記に基づきつつ、参照文献としての読みやすさを考え、表記に変更を加えた部分がある。その古典本文に付した振り仮名なども、基本的には歴史的仮名遣いで示した。それとは別に、エッセイなどに誌す解読の文章の中で、カギ括弧無しで私が示す言葉や用語、タイトルなどの振り仮名は、古典に関するものであっても、基本的に現代仮名遣いを用いる。理由あっての混用なので、留意されたい。

八、古典原文で小書割注などがなされている場合は、割らずに山括弧を付し、文字を小さくして示した。

方丈記を読む——孤の宇宙へ

序章　『方丈記』概観

一、『方丈記』という作品と作者

では早速これから、『方丈記』の世界へと足を踏み入れていこう。まずは『方丈記』という作品とその作者について、ひととおりの基礎的情報を確認しておきたい。

鴨長明……一一五五？―一二一六年閏六月。俗名はナガアキラと読む。南大夫もしくは菊大夫と称される。出家して法名は蓮胤（レンイン）を名乗る。賀茂御祖神社（下鴨神社）の正禰宜惣官《しょうねぎそうかん》であった鴨長継《かものながつぐ》（一一三九年生まれ、没年は未詳。一一七二、三年頃没するか）の次男。父の早逝で、若き日に不遇を味わう。だが後鳥羽院は、長明の和歌の才能を高く評価し、和歌所《わかどころ》の寄人《よりうど》に抜擢する（一二〇一年）。院は、下鴨河合社の禰宜に、とまで恩顧するが、同族で当時の下鴨神社正禰宜惣官であった鴨祐兼《すけかね》に阻まれて、挫折。『方丈記』に記すところでは、五十歳の春に出家。管絃の道にも堪能で、方丈の庵にも、琵琶と琴を置いて奏《かな》でる。

『方丈記』……「無常」を重要なキーワードとして、人と住みかのあり方を、九千字弱に凝縮した和漢混淆の美しい仏教的散文で描き出す。長明が出家・遁世して、蓮胤と名乗った後の執筆である。『方丈記』を五章の構造で捉えると、河の流れから世の無常を説く著名な序論の第一章に始まり、〈ものの心〉付き初めし年頃を起点に、平安末期から中世へと転変する歴史の中で、目の当たりに体験した「世の不思議」——地震など五つの災厄を描き、この世の住みにくさを嘆いて我が人生を振り返る、第二章が続く。第三章が本論の中心で、話題は自らの生涯の概観に環流し、不遇の中、実家を出て、我が家を持ちながら、ひたすら縮小を続ける、住まい流転の記を綴る。そして五十の出家が語られ、やがて大原から日野へ。六十を前に、あの草庵を構えるに到った経緯を述べ、書名の「方丈」の語を提示して、日野山中での生活が誌される。長明の伝記としても、重要な叙述である。そして第四章。方丈の庵での生活も五年が過ぎ、山中の日常の自足と、その意義としての「閑居の気味」を思弁的に論じ、いささか過剰気味に讃えて閉じる。ところが最終の第五章では反転して、作品を通じて述べてきた独居の時間への愛着と満足を自己批判し、遁世して修行する現在との矛盾を我が心に激しく自問して、沈黙。最後は念仏を唱え、静かに「記」を閉じる。建暦二年（一二一二）三月末成立。

下鴨神社に「『泉亭旧図』山城国愛宕郡下粟田郷之図」（梨木祐之写）という絵図が所蔵

されている。この図を見ながら、下鴨神社社域の広大さについて説明を受けたことがある（荒木「『方丈記』再読」参照）。鴨長明や『方丈記』の住まい観を理解するためには、彼が賀茂御祖神社（下鴨神社）の正禰宜惣官（最高責任者の神官）・長継の子であったという、絶対的史実を忘れてはいけない。都人としての知性や皮肉、そしてプライドと屈折は、すべてこの原点に発している。

鴨長明の生年にクエスチョンマークを付したのは、彼がいつ生まれたのか、正確なことが分からないからだ。歴史的な資料や『方丈記』の記述など、いろんな条件を勘案して、一一五五年ぐらいの誕生であろうと考えるのが、現代の通説である（細野哲雄『鴨長明伝の周辺・方丈記』など）。

この想定によれば、長明が生まれた時、父の長継は、数えで十七歳だったことになる。系図等で知られるように、鴨長明には長守《ながもり》という兄がいた（生没年未詳）。川瀬一馬『新註国文学叢書　方丈記』解説や、近年の五味文彦『鴨長明伝』などが提示する一一五三年生誕説のように、一一五五年より前に長明が生まれていたとすると、長明の父長継は、そうとう若い時に、第一子長守の親となったと考えなければならない。逆に五五年以降だと、『方丈記』が繰り返す「六十」という年齢表記をめぐる整合性が苦しい。何か新しい資料などが出現しないかぎり、通説が妥当なところだろうと、私もいまは思っている。関連することは、本書の中で、あらためて具体的に言及することにしよう。なお本書の付録として、鴨長明関連略年譜を付した。適宜参照を乞いたい。

幸い――というのもおかしいが、長明の亡くなった年は判明している。建保四年（一二一六）だ。こちらは『月講式《がっこうしき》』という史料により確定できる。長明は生前、禅寂という僧侶に、月天子を賛嘆する講会の式文を依頼したが、その完成前に没してしまう。禅寂は、その遅れを深く後悔して、『月講式』本文に、長明の「告別而五七日（＝死後三十五日）、迎秋而十四夜（＝建保四年七月十四日）」、月の美しい晩に講演を果たし、その善根を蓮胤（＝長明）の得脱に資する、と誌す。式文はその前日、十三日に草したという。逆算すると、長明が亡くなったのは、閏六月八日となる。ただし、同月九日、もしくは十日と計算する研究者もいる（三木紀人他）。『月講式』については、ひとまず、発見と考証を行った堀部正二の論文「鴨長明の歿年に關する一史料」を参照されたい。こちらも書の中で後述する。

つまり長明は、源平の争乱から、鎌倉時代の初頭という、激動の時代を生きた人であった。（推定の）同い年には、『愚管抄』を著し、承久の乱（一二二一年）を招く直前までの時代史を描いた慈円（一一五五―一二二四）や、平家盛衰の生き証人、建礼門院徳子――この人の生没年には諸説あるが、生年はほぼこの年で定まる。私たちが通常手に取る代表的な語り本の覚一本『平家物語』最後の灌頂巻は、彼女自身が見聞した平家の歴史と人生を、大原の寂光院で後白河法皇に語る、という物語が主調であり、彼女の往生で『平家』も大団円を迎える――がいる。彼らは、三者三様、激動の時代を、それぞれの立場と視点で生き抜いた人々だ。

『方丈記』を考えるためには、こうした時代の中で長明が、下鴨神社の正禰宜の次男であったこと、著名な歌人であったこと、またすぐれた音楽家であったこと、そして仏教者(法体)であったことなどが、ひとまず重要な観点となる。

二、『方丈記』の本文について

『方丈記』最古の写本は、巻子本の「大福光寺本」である。後述するように、長明自筆、という伝称もある重要伝本だ。はやく大正十四年(一九二五)に、古典保存会から本文部分を冊子の形で複製し、解説を付して出版されている。この複製本自体がかつては貴重書だったが、現在では国立国会図書館デジタルコレクションに入り、オンラインで、誰でも閲覧・ダウンロードができるようになっている。

大福光寺本『方丈記』本文の最後には、次のような一文とタイトルがある。原文のままに活字化して示そう。

于時建暦ノフタトセヤヨヒノツコモリコロ桑門ノ蓮胤トヤマノイホリニシテコレヲシルス

方丈記

表記は『方丈記』全体もこのような感じである。カタカナを基本とし、句読点も濁点符もない。いったいどんな文字を宛てて、どう読めばよいのか。じつは簡単ではない。その実例として、右の原文翻刻を、佐竹昭広が校注を施した新日本古典文学大系（岩波書店）の本文で引用すると、次のようになる。

于時《(トキニ)》、建暦ノ二年《フタトセ》、弥生《ヤヨヒ》ノ晦《ツゴモリ》コロ、桑門《(サウモン)》ノ蓮胤《(レンイン)》、外山《トヤマ》ノ菴《イホリ》ニシテ、コレヲ記《シル》ス。

括弧付きの振り仮名は、原文が漢字表記となっている箇所について、校注者が読みを推定して付けたものだ。括弧のない普通の振り仮名はその逆で、原文が仮名書き、それに校注者が漢字を宛て、もとのカナ文字を残したものである。ここには出てこないが、原文にも振り仮名が付いている文字があり、その場合は、山括弧付きの振り仮名として示される。なぜこのように複雑な形態をとるのか。それは、読者の誰もが原文の写本に復元出来るように配慮された、活字翻刻の校訂本文だからである。きわめて厳密で正確な営みなのだが、これでもまだ読みにくい。そういえば、かつて堀田善衞が『方丈記私記』の中で、西尾実による旧版の日本古典文学大系の校訂について「本文中にも（ ）が出てきたり、ルビの読み仮名にまで（ ）がついていたりする。研究の成果を示す、ということではよいであろうが、私どものようなずぶの素人が読むための大量普及本としては、いかがなものなのだろうかという疑問が私には残る」と愚痴ったことがあった（本書の第一章・第三回で後掲する）。苦労した校注者には申し訳ないことで、校注経験のある私にも耳の痛い指摘だが、それなりに、よくわかる批判でもある。

本書の『方丈記』本文も、大福光寺本により、同写本に忠実な新日本古典文学大系の本文校訂と読解を尊重しながら、これまで刊行された多くの注釈書を参照して、新たに作成したが、右のような問題を少しでも解消すべく、いくつかの工夫を施してみた。まず、読みやすさに鑑み、原文の片仮名を平仮名に変えた。また漢字を仮名に置き換えたり、送り仮名を増やしたりもしている。そして振り仮名はすべて括弧を外し、通行の文字と歴史的仮名遣いで示した解釈本文を提示する。たとえば次のような体裁だ。

時に、建暦の二年《ふたとせ》、弥生の晦《つごもり》ころ、桑門の蓮胤、外山《とやま》の庵《いほり》にして、これを記す。

各回の始めに、このかたちの本文を掲げ、続けて私が読み解いた大意――「はじめに」で触れたように、注解的言述を一部含む現代語訳である――を示す。その上で、『方丈記』原姿と校訂の経緯がわかるように、大福光寺本の原文を掲げておいた。ただし、原本の姿は、オンラインその他で簡便に確認できるので（本書第三回、「解説」、「参考文献等一覧」参照）、比較して参照する便宜も考えて、句読点と濁点などを施した。また※を付して、本文の主要な校異も注記してある。そしてエッセイを書き、その中で解説を行う。こういう順序で、『方丈記』全体を示していくことにしたい。

さて、右に見た『方丈記』の末文は、長明が『方丈記』執筆の事情を誌す識語《しきご》となっている。晦（つごもり）は月末で、「三月尽《さんがつじん》」という季語に相当する（『和漢朗詠集』など参照）。この「三月尽」という用語についての文学史的意味については、中世文学研究者の稲田利徳による「「方丈記」の擱筆年月日の表象性」という論文も備わる。春の終わりだが、ここでは「コロ」と付記しているので、三月の終わり頃、とゆるやかに時を指定する感じである。

続く「桑門の蓮胤」だが、「桑門」とは、世捨て人のお坊さんのこと。「蓮胤」とは、鴨長明が出家した後の法名である。蓮《はす》の胤《たね》という意味で、いかにも仏教的な命名だが、鴨長明が『方丈記』を書くのに徹底的に参照した『池亭記《ちていき》』という文章〈天元五年〔九八二〕十月成立、『本朝文粋』所収〉の作者、慶滋保胤《よししげのやすたね》（一〇〇二年没）の「胤」とも通じている。もっとも保胤は俗名で、出家後は寂心と名乗った。保胤の姓は「よししげ」と読む一見難しい文字面だが、父は賀茂忠行――陰陽道に秀で、安倍晴明の師とも伝えられる人――で、本姓は「賀茂」である。別氏族だが、遠く長明の祖先とも共鳴する。この「カモ」に「慶滋」の文字を宛て、「よししげ」と訓じた改姓だ。

「外山の庵にして」というのは、音羽山山系の、今の京都市伏見区日野の辺りを外山《とやま》といい、そこに建てた庵の中でこの書を記した、ということである。

一行ほど空けて、最後に「方丈記」という書名が誌してある。ここまでが長明の書いた本文だ。最後のタイトルは、本の末尾に書く、いわゆる「尾題《びだい》」である。『方丈記』というタイトルが、鴨長明による名付けであることも、これでわかる。

三、大福光寺本の伝来をめぐって

しかし、大福光寺本は、これで終わりではない。さらに紙を継いだ続きがある。実物を観ると、以下、本文よりずっと紙の色が白っぽく、紙質が異なることがわかる。どうやら『方丈記』本文とは別で、後に補塡したもののようだが、重要なことが書いてある。少し専門的なことになるが、それを掲げて、簡略に分析しておきたい。

右一巻者鴨長明自筆也
従西南院相傳之
寛元二年二月　日
親快證之

これは写本の由来を書いた、奥書《おくがき》という記録である。誌されているのは、この紙の右に綴られてきた『方丈記』一巻は、鴨長明の自筆である。（醍醐寺の子院）西南院より相伝したものだ。寛元二年（一二四四）、二月某日、親快がこれを証する、という趣旨である。

広く骨董品の信憑性は、実物自体の優劣はもちろんのことだが、そのモノの伝来ルートが確かであるか、ということにもかかっている。

最後に名前を誌した親快《しんかい》（一二一五―七六）は、京都・醍醐寺の、名の知られた僧侶である。ただし、この奥書には「二月　日」と空白があり、日付がない。本文との紙質の違いも気になる。この部分は、さらなる後の補綴だとする調査報告もある。ここには「方丈記鴨長明自筆也従西南院相傳之」「寛元四年十一月十二日　沙弥親快判」とあったと伝写する『方丈記』写本があり、こちらの奥書こそが本来の姿だ、というのである（川瀬一馬前掲書附録論文）。

この二つの奥書異同をめぐる事情と解釈は、簡単ではないが、醍醐寺（京都市伏見区醍醐東大路町）と、鴨長明が住んでいたと伝承される庵跡（鴨長明方丈石、現京都市伏見区日野船尾）の所在地は、ごく間近であった。現在は、京都市営地下鉄のそれぞれの最寄り駅・醍醐と石田は一区間でつながり、二分で到着する。『方丈記』の古写本が親快の手元に伝来したというのは、さもありなん、と実感される距離感である。右の奥書類が、しかるべき史実を伝えているとすれば、『方丈記』が出来て僅か三十年ほど後に、親快が伝えた本文が「大福光寺本」だということになる。

親快の名の下に「長明自筆也」と明記されている。また、この巻子本の冒頭には表紙が付いていて、そこに白い題簽を貼り、「方丈記」と記す。これが「外題《げだい》」であるが、この外題簽の下に、表紙に直接「鴨長明御自筆」と書いてある。「御」と敬語があるので、後の人による伝称だろう。鴨長明が、自分でお書きなった本ですよ、という伝えが、奥書を承けて表紙にも誌される、という状況だ。

この記述を信じる人もいる。だが本文を読んでみると、大福光寺本には、誤記や誤脱、またその補入などが見て取れる。書き誤りがあるから自筆でないとは、我が身を振り返ってもとても言えないが、総合的な判断から、大福光寺本は、他人の手になる古写本とみるのが妥当である。詳しくは、自筆説に批判的な視点から研究史を総括した新日本古典文学大系の解説、および、その解説を含めた、校注者佐竹昭広の『方丈記』に関する新見を集成した『閑居と乱世』を参照されたい。佐竹は、藤原道長の『御堂関白記』などを分析した池上禎造「自筆本と誤字」という、関連の必読論文にも触れている。

自筆ではないとしても、大福光寺本は、近しい世代の同時代人がそう認定するぐらいに、『方丈記』原本の成立と身近にあった古写本だ。とびきり大事な伝本であることは間違いない。今日、私たちが読む『方丈記』はほぼすべて、この巻子本をもとにして——底本として作られている。本書も同様だ。

大福光寺本『方丈記』は、京都府北部にある同名のお寺の所蔵で、国の重要文化財だが、現在は京都国立博物館に寄託され、時折、公開される。たとえば二〇一三年一月八日から二月十一日まで、京都国立博物館で『方丈記』八〇〇年の記念展覧会が行われ、大福光寺本『方丈記』も、全巻開いての展示、という僥倖があった。私も足を運んで、大福光寺本『方丈記』のすべてを一字一字たどりながら熟覧する、またとない好機を得た。まさしく現代によみがえる、鎌倉時代の『方丈記』体験であって、忘れがたい思い出だ。その時の気づきやメモも、本書の読解には、反映されている。

第一章　ユク河ノナガレと〈無常〉観のイントロ

第一回、かくもはかなき世の姿——川面をながめて観想する

ゆく河のながれは絶《た》えずして、しかももとの水にあらず。澱《よどみ》に浮かぶうたかたは、かつ消《き》え、かつ結《むす》びて、ひさしく留《とど》まりたるためしなし。世の中にある人と栖《すみか》と、またかくのごとし。

(大意)

流れ行く河の水は、いつも同じように注がれて絶えず、しかも、もとの同じ水ではない。よどむ水面《みなも》に浮かぶ泡沫《うたかた》は、あちらで消えたかと思えば、こちらではあらたに浮かび生じて、永く同じさまで留まっていたためしがない。この世の中に存在する人と住まいも、またそのようなものである。

（原文）

ユク河ノナガレハタエズシテ、シカモヽトノ水ニアラズ。ヨドミニウカブウタカタハ、カツキエカツムスビテ、ヒサシクトヾマリタルタメシナシ。世中ニアル人ト栖《スミカ》ト、又カクノゴトシ。

（エッセイ）

その一、砂に書いたラブレター

「砂に書いたラブレター *Love Letters In The Sand*」という、往年のポピュラーミュージックがある。ちょっと胸が痛くなる、切ない失恋の歌だ。いや、そんな古い曲を知らなくとも、浜辺に文字を書いては消した想い出なら、誰にでもあるだろう。

いにしえ人は、もっと過激に「行く水に数書くよりもはかなきは」と表現する。「行く水（ゆくみづ）」とは、流れ行く水のことだ。たしかに、水面に「数」＝文字を書こうとしても、無駄だ。流れは、指先に心地よい力を伝えるばかり。何事もなかったかのように流れ行き、過ぎ去って、永遠に変わらぬ川の姿だけが、そこに残る。先の古歌は「思はぬ人を思ふなりけり」と続けて、片想いのつらさを詠《うた》う。『古今和歌集』恋の部の名歌である（巻十一、恋歌一、五二二番、『伊勢物語』第五十段にも）。

流れる水に文字を書く「無常」のたとえは、仏典の『涅槃経』に由来する。奈良時代の『万葉集』にも「水の上に数書くごときわが命　妹に逢はむとうけひつるかも」（巻十一寄物陳思、二四三三番）とある。水に文字を書くような、はかなき我が命だが、せめてあなたに逢うまではながらえたいと誓ったことよ、と恋を詠む。ちなみに「いく」ではない。和歌では必ず「ゆく」と詠む。『方丈記』も同様である。

ただし『方丈記』は「行く水」ではなく、「行く河の流れ」と書く。この冒頭があまりに有名になったので違和感がないが、「ゆくかは」という句は、古来、意外に用例が少ない。『万葉集』に遡ればいくつか例も見付かるが、平安時代以降の和歌の世界では、むしろ「行く水」と詠むのが一般的だった。その詳しい様相は、久保田淳・馬場あき子編『歌ことば歌枕大辞典』などにも説明される。

『万葉集』には「行く川の過ぎにし人の手折《たを》らねば　うらぶれ立てり三輪の檜原《ひばら》は」という柿本人麻呂の歌がある（巻七、一一一九番）。この「行く川」は、「過ぐ」に係る枕詞として用いられている。「過ぐ」とは、死に逝くことだ。川の水が流れゆくようにこの世を去ってしまった人、となぞらえられており、注目される。

というのは、江戸時代の山岡元隣『首書《かしらがき》鴨長明方丈記（鴨長明方丈記之抄）』という注釈書が「行川のなかれハたえずして　論語子罕篇《シカンヘン》ニ云子在テ二川ノ上《ホトリ》ニ一曰《ノ玉ハク》逝者《ユクモノ》ハ如キレ斯ノ不レ舎二昼夜ヲ一云云」と頭注に記すように、『方丈記』の冒頭表現は、『論語』子罕篇《しかんへん》の一節が出典ではないか、と想定されてきた注釈の歴史があるからだ。孔子が川のほとりに立って、「逝《ゆ》く者はかくのごときか。昼夜を舎《お》かず」と歎く場面である（『論語』原文は「子在川上曰、逝者如斯夫、不舎昼夜」）。

中国文学者の吉川幸次郎は、この一節を「過ぎ去る者は、すべてこの川の水の如くであろうか。昼も夜も、一刻の止むときなく、過ぎ去る。人間の生命も、歴史も、この川の水のように、過ぎ去り、うつろってゆく」と訳し、中国六朝文化の代表的文集である『文選』に「逝者一何速」＝「逝く者は一に何んぞ速《すみやか》かなる」と『論語』を踏まえた詩文があることに注意を喚起する（『中国古典選3　論語上』）。

後年、吉川は、『読書の学』という学術随筆を書き下ろし、この問題を視点を変えて論じている。吉川は、江戸時代の国学者・契沖（一六四〇―一七〇一）が、『万葉代匠記』という『万葉集』注釈書の初稿本において、「もののふの八十《やそ》宇治川《うぢがは》の網代木《あじろぎ》にいさよふ波の行くへ知らずも」という柿本人麻呂の歌（巻三、二六四番）の注釈にこの『論語』の一節を引き、「昔より此詞を、孔子の逝川の嘆とて、詩文にもその心を用《もちひ》きたる」（『契沖全集』）と説明していたことを指摘する。時代の文献学的制約の中で、契沖がこのような鋭い分析を行う先見に驚きながら、吉川は「早い時期の中国人は、「論語」のこの章を、「逝《せい》川《せん》の嘆《たん》」、川水の流れの中に、仁政の短促、無常、それを孔子が感じた語として利用しているというのである」と説明し、あらためて「中国の早い時期、少なくとも六朝の時期では」、この『論語』の文章が「無常迅速の悲嘆をいう語と、理解されている」ことを確認した（『読書の学』二十六〜）。

その上で、吉川は「悲観の語としてこの条を見る」こうした理解に対して、「全く反対に、人間の希望を語る言葉として、見る説がある」と述べて「宋儒の新注」を紹介する。中国の北宋で展開した宋学の程子や、南宋の朱子などは、「逝者如斯夫、不舍昼夜」という一節を「それは無限の持続であり、無限の発展である」と理解し、「人間の無限の進歩に対する希望の言葉として見る」という（前掲『中国古典選3　論語上』）。まるで、A rolling stone gathers no moss.＝「転石苔《てんせきこけ》を生《しょう》ぜず（苔むさず）」ということわざのようだ。転がる石のように（*Like a rolling stone*）とボブ・ディランが歌ったように、この転石も、国や時代で、正負両用の意味を帯びる。「逝川の嘆」をめぐる、興味深い反転の解釈史である。

それはともかく、『方丈記』の出典として『論語』子罕篇を考えると、ゆく・川という連語が導かれ、しかも「世の中にある人」のはかなさ・無常を嘆く情調が重なる。この他に、『方丈記宜春抄《ぎしゅんしょう》』という江戸時代の注釈書が指摘するように、日本で愛好された白居易の詩文も、「行く河」という表現を考える上で参考になる。「嗚呼川水一逝不復再還（ああ川の水はひとたび逝きてまた再び還らず）」（『白氏文集』巻二十三・一四四八「小弟を祭る文」）、「逝川渺其不廻（逝く川は渺《びょう》としてそれ廻らざらん）」（同・一四五三「李侍郎を祭る文」）などの用例だ。『論語』の理解とも響き合う文調である。

一方、日本の和歌に目を向けると、長明より少し年下の同時代人、藤原定家（一一六二―一二四一）に「しづむ身はかへらぬ老いの浪なれば　水ゆく川の果てぞかなしき」（『夫《ふ》木《ぼく》和歌抄』一七三四九番）という表現がある。これは、やはり江戸時代の注釈書で、夏目漱石も参照したと考えられる『方丈記流水抄《るすいしょう》』という本に掲出される用例だ。一方、新日本古典文学大系は「河の駛流《しる》して、往きて返らざる如く、人命も是の如く、逝く者は還らず」（原漢文）という、原始仏典の『法句経』を出典として挙げている。

もっとも「行く水」と書き出す『方丈記』の伝本もないわけではない。たとえば新日本古典文学大系が付載する略本・長享本の伝本で、吉澤（義則）本と呼ばれる写本がそうだ（若林正治旧蔵本で、現在は京都女子大学所蔵）。『方丈記』の冒頭を引用して長明を語る、建長四年（一二五四）成立の『十訓抄』にも、そう記す異文がある。

方丈記とて、仮名にて書き置けるものを見れば、はじめの詞《ことば》に、行く水の流れは絶えずして、しかももとの水にあらず、とあるこそ、

世閲レ人而為レ世　人苒々行暮（＝世は人を閲《す》べて世となす　人苒々《ぜんぜん》として行き暮る）
河閲レ水而為レ河　水滔々日度（＝河は水を閲《す》べて河となす　水滔々《たうたう》として日に度る）

といふ文を書けるよ、とおぼえて、いとあはれなれ。（九ノ七）

『十訓抄』が指摘しているのは、『文選』巻十六、陸士衡の「歎逝賦」という詩文の一節で、こちらも『方丈記』の冒頭をめぐる、伝統ある出典論の一つである。ただし語順が違う。『文選』の原文は「悲しいかな（悲哉）」と始まって、まず川のたとえの方を説き、そして人の世を歎く。大意で示せば、以下のようだ。

悲しいことよ、川は、水が集まって川となり、滔々と日々流れて移っていく。世の中は、人が集まって世となり、人は刻々と進む時の流れに任せて、日々を行き暮らしている……。

ただし「行く水」とある部分は、『十訓抄』の伝本によっては、「行く河」となっている

ものもある。『方丈記』異本の「行く水」という本文は、やはり例外的で、「ユク河」という、平安時代の和歌には珍しい表現に違和感を覚えた書写者（『方丈記』を写して伝えた人々）や読者の、何らかの合理的解釈が反映した本文変化なのではないか、と思う。読みにくい部分やわかりにくい本文をわかりやすく修正することは、古典の伝来には、しばしば生じる現象だ。古典読解において、注意しなければならない陥穽——落とし穴である。「行く河」という冒頭句には、少なくともこれだけの、拡がりとコンテクストが存在する。その詳細については、荒木「『方丈記』の文体と思想」などを参照されたい。

その二、文字の彩りと織りなし

水面に浮かぶうたかた、という譬喩《ひゆ》も、おなじみの表現である。長明の目に触れそうなところで言えば、「行く水の泡ならばこそ消え返り　人の淵瀬《ふちせ》を流れても見め」という『拾遺和歌集』の恋の歌がある（巻十四、八八二番、巻十九、一二三二番に重出）。藤原道長と同年の碩学・藤原公任（九六六—一〇四一）——『和漢朗詠集』の撰者で、紫式部に「あなかしこ、このわたりに、若紫《わかむらさき》やさぶらふ」と声を掛けた（『紫式部日記』寛弘五年〔一〇〇八〕十一月一日条）あの人だ——の和歌にも「維摩経十喩に、此《こ》の身は水の泡の如しといへる心をよみ侍りける」と、『方丈記』末尾に名前の見える「維摩（浄名居士）」が人身のはかなさを譬えた比喩（『維摩経』）を詞書きにして、「ここに消えかしこに結ぶ水の泡の　うき世にめぐる身にこそありけれ」（『千載和歌集』巻十九、釈教歌、一二〇二番）と詠まれている。康和五年（一一〇三）成立の仏書である永観『往生十因』序にも、「人身は水上の漚《あは》、浮生誰れか留らん。山海に隠れし僊《せん》（＝仙人）も、未だ無常の悲しみを免《まぬか》れず。石室に籠りし人も、終《つひ》に別離の歎きに遭《あ》へり。実に一生は仮りの棲みか、豈《あに》永代を期せんや」（原漢文）とある。長明が「敬慕の念を抱いていた」（稲田利徳『西行の和歌の世界』）らしい西行も「流れ行く水に玉なすうたかたの　あはれあだなるこの世なりけり」（『山家集』八一七）と詠んでいた。

ところで、この『方丈記』の冒頭は、カタカナ書きを基調とする最古写本大福光寺本の原文では、「ユク河ノナカレハタエスシテシカモ、トノ水ニアラス」と表記されている。続く文章も含めて、「河」と「水」の二文字だけが漢字で書かれていることに注意しよう。漢字は、わずか一字の中に、形・音・義を具現する神秘的な文様である。河と水と。二つの文字のあやが呼応して、視覚的にも、きらきらと光る河の水面を表象するかのようだ……。こう読むのは、私だけだろうか。

さらに、ここで長明は、類語を巧みに選択して文脈設定を整え、流れ、行く、河、水、という基本語彙を、それぞれ一回だけの使用に限定する。重複して用いていない。たとえば読者が、この一節について、自分なりの口語訳を試みてみると、その工夫がよくわかるだろう。

こうした叙法を避板法《ひばんほう》（平板を避けるレトリック）と呼ぶことがあるが、かくなる凝縮表現は、『方丈記』の本質の一つである。その詳しい状況についても先掲の「『方丈記』の文体と思想」などで論じたことがある。本書の読解の中でも、いずれまた、関連したことを述べることになるだろう。

その三、流れる河のグローバル

長明が生まれる少し前、院政を行う、絶対的な権力者だった白河院（一〇五三―一一二九）には「賀茂河の水、双六《すごろく》の賽《さい》、山法師《やまぼうし》、これぞわが心にかなはぬもの」と歎いたという、有名な伝えが残っている（『平家物語』巻一「願立」）。治天の君が、思い通りにならないものの筆頭に挙げた、いにしえの鴨川。この河は、いまよりずっと荒くれで、よく洪水を起こした。常に転変して、しかし、なにごともなかったかのように、いつしかもとの流れに戻る……。

鴨川は、下鴨神社育ちの長明にとって、まさに我が家の庭——河合社の糺《ただす》の森のところで、高野川と合流している。それより上流を賀茂川と表記することもあり、まさしく上賀茂神社に続く流れである。「行く水」なら抽象的だが、「行く河」なら具体的な流れがあるはずだ。この原風景のような「行く河」は、やはり鴨川を指すのだろう……。そう考える人も多い。

長明に「石川やせみのを川の清ければ　月も流れをたづねてぞ澄む」という自讃歌がある。源光行——『源氏物語』本文の研究をして、子の親行とともに「河内本」という系統を固めた人でもある——が催した賀茂社の歌合でこの歌を詠んだら、判者の師光入道が「かかる川やはある」と言って、「負《マケ》に成」ってしまった。「思ふ所ありて詠」んだのに、こんな理由で負けるなんて、と長明が「いぶかしく覚え侍りし程に」、「其度《そのたび》の判、すべて心得ぬ事多かり」というので、顕昭法師にやり直しの判をさせることになった。すると、やはりこの歌について、「石川、せみのを川、いとも聞き及び侍らず。但しをかしく続けたり。かかる川などの侍るにや。所の者に尋ねて定むべし」と顕昭も判定を保留したので、長明は「後に顕昭に会ひたりし時、この事語り出《いで》て、「これは賀茂河の異名なり。当社の縁起に侍り」と申し」て顕昭を驚かせ納得させた。こんな歌話を、自ら『無名抄《むみょうしょう》』に誌している。

もっともこの話には続きがあって、「その後、このことを聞きて」因縁の下鴨社正禰宜・祐兼《すけかね》〈序章〉及び第十六回参照）から長明の詠みぶりに苦言が呈され、少し事情は込み入ってくるのだが、その総体的な理解のためには、和歌史をめぐる知識も必要だ。それは先行研究の議論にゆだね（小林一彦「長明伝をよみなおす」など）、いまは措こう。ともかくも、鴨氏・長明の鴨川への愛着と誇りも読み取れる逸話である。

「鴨川」？　いやいや。それをいうなら、下鴨神社を流れる、御手洗川《みたらしがわ》のせせらぎだろう、という反論もある。

いやいやいや、違う違う。『方丈記』は、遁世者の長明が、宇治郡の日野に移り住んでから書いたものだ。後の方で、岡屋《おかのや》という沿岸の地名も出てくるように、これは宇治川のイメージだ、と主張する人もいる。

そう、つまりはこの「河」について、確定などむずかしく、その必要もないのである。信濃川と阿賀野川という、日本最大級の水系に挟まれた町に育った私など、行く河の流れと言えば、遠きにありても、まず故郷の河を思い出す。あるいは、クラシックの名曲を聴きながら、旅の途中で眺めたチェコ・プラハのヴルタヴァ（モルドウ）や、オーストリア・ウィーンのドナウ川の美しさに想いを馳せる人もいるだろう。かつて私も、『方丈記』八〇〇年の前年に、知人たちとの楽しい旅で、この二つの河の春三月の光景を、相次いで眺める眼福を得た。そしてひそかに、プラハとウィーンの橋上で『方丈記』を想ったのである。

名文がもたらす映像の記憶は、人それぞれの経験に即した独自のかたちで、読者の心に降り立ち、『方丈記』の譬喩のひろがりをいっそう豊かにする。だから「行く河の流れは絶えずして」と書き出したところで、この作品の成功は、ほぼ約束された、と思うのだ。ちょうど『枕草子』や『徒然草』が、やはり冒頭の一言で、一挙に古今の読者の心を摑《つか》んだように。

その四、まず、音——歌詠みミュージシャンの文才

いま名前を挙げた三つの作品は、三大随筆などと呼ばれて——ただし、そうまとめられて定着したのは、明治以降のことらしい——一括され、よく似たジャンルだと思われている。でもほんとうは、ずいぶん違う。

たとえば冒頭に限っても、朗読してみると『方丈記』は、他の二つに比べて、ビート感のノリが半端じゃない、と感じる。

単純に指を折って仮名を数えてみても、『枕草子』の「はるはあけぼの」は三＋四の七

字。和歌に通じる、日本の伝統的な音数律だ。以下そのリズムが反復する。4ビートぐらいかな。『徒然草』の「つれづれなるままに」は九字で、その調子が続く。まあ8ビートとしようか。対して『方丈記』の「ゆく河のながれはたえずして」には、十四音もある。「しかももとの水にあらず」まで一気に読めば、二十六音を連ねることになる。ポップミュージックの16ビートぐらいなら、平気で乗せてしまいそう。ほとばしる、エッジの利いた、言葉のキザミと勢いがあるのだ。

作家で、シンガーソングライターとしても名を馳せた新井満は、『自由訳方丈記』（二〇一二年）を著しているが、かつて新聞のインタビューで、長明の「その精神構造はロックンローラーだったのではないか」と語っている（『朝日新聞』大阪版夕刊、二〇一二年八月一日）。なるほど。やはり『方丈記』は、イントロから、ユニークで魅力的な作品なのである。

まず、音。じじつ鴨長明は、管絃のミュージシャンであった。音楽家には、名文家が多い。私の世代だと、往年の指揮者・岩城宏之や、ピアニストの中村紘子など、すぐに思い浮かぶ。さらには、辻仁成とか川上未映子など。現代作家になると、枚挙にいとまが無い、というか、その区分自体が曖昧だ。音楽と文章の関わりは密接である。そして音楽は、ちょっとした演奏の工夫や編曲で、あっという間に時空を超える。伝統も現代も、同じ場の

〈今〉の悦楽として蘇らせ、聴衆の我々を、異次元のユートピアへと連れ出してくれる。神秘的で偉大なメディアなのである。あの世阿弥も、謡曲『養老』にこの一節を用い、次のように編曲して、薬の水が湧く霊泉の描写を行っている。

［サシ］シテそれ行《ゆ》く川の流れは絶《た》えずして、しかも元《もと》の水にはあらず、地流れに浮《う》かむ泡沫《うたかた》は、かつ消《き》えかつ結《むす》んで、久《ひさ》しく澄《す》める色《いろ》とかや、シテことにげにこれは例《ためし》も夏山《なつやま》の、地下行《したゆ》く水の薬《くすり》となる、奇瑞《きずい》をたれか慣《な》らひ見《み》し。

［下ゲ哥］地いざや水を掬《むす》ばん、いざいざ水を掬ばん。

「行く川」と「行く水」の織りなしも見事である。世阿弥は理論書『曲付《ふしづけ》次第』にも「音曲《おんぎよく》の連声《れんじやう》」（音曲の流れ）を流水に喩えて論ずる中で「長明云、「夫《それ》、行《ゆく》河の流れは、絶えずして、しかももとの水にはあらず」と云《いへ》り」とこの冒頭を引き、「たとえば、声は水、曲は流《ながれ》なるべし」などと敷衍していた。

もちろん、文学を美しく綴るためには、文字とことばについて、正しい知識と運用のチカラが必要だ。『徒然草』の兼好は、二条派の「四天王」と称された歌詠みであった。同様に鴨長明も、後鳥羽院に評価されたごとく、当時は著名な歌人だった。先に触れた『無名抄』という、和歌を論じた著作も書いている。仏教者としては晩年に、往生や悟りを捉えた『発心集《ほっしんしゅう》』という仏教説話集を誌し遺した。

それらは仮名の文学だが、もともと男性貴族だった長明（従五位下に叙爵されている）には、前提として、漢文の素養があった。以下でもしばしば触れるように、『池亭記』という漢文作品の典拠を深く読み込んで綴る、その文章作法がなによりの証拠である。『荘子』を踏まえたと指摘される記述もある。『方丈記』後半の琵琶を奏で詠う場面では、白居易の『琵琶行』を想起していた（第十八回参照）。そして長明は、僧侶となって、法名を蓮胤と名乗る。修行者として学び修めたはずの経文や、また後述するように、庵に携帯した『往生要集』（第十七回参照）など、仏教思想を伝える聖教《しょうぎょう》類、また神仏に願いを立てる願《がん》文《もん》という文章も、ふつうは漢文で記される建前だ。これらが、和漢混淆文の書き手としての長明を支える教養の基盤となる。

さらに彼を取り囲む衝撃的な時代背景……。それらがすべて作者と作品に流れ込む。『方丈記』の名場面で、大河のようにテクストが織りなされ、長明の文章が、これから紡《つむ》がれてゆくことになる。

第二回、仮の宿りと人の無常

たましきの都《みやこ》のうちに棟《むね》をならべ、甍《いらか》をあらそへる、貴《たか》き賤《いや》しき人の住《す》まひは、世々《よよ》を経《へ》て尽《つ》きせぬ物なれど、これをまことかと尋《たづ》ぬれば、昔ありし家はまれなり。或いは去年《こぞ》焼けて今年《ことし》作《つく》れり。或いは大家《おほいへ》ほろびて小家《こいへ》となる。住む人もこれに同じ。ところも変《かは》らず人も多《おほ》かれど、いにしへ見し人は、二三十人が中《うち》にわづかに一人二人《ひとりふたり》なり。朝《あした》に死《し》に夕《ゆふべ》に生《うま》るるならひ、ただ水の泡《あは》にぞ似たりける。

知らず、生《う》まれ死ぬる人、いづかたより来《きた》りて、いづかたへか去る。また、知らず、仮《かり》のやどり、誰《た》が為《ため》にか心をなやまし、何《なに》によりてか目を悦《よろこ》ばしむる。その主《あるじ》と栖《すみか》と無常をあらそふさま、いはば朝顔の露にことならず。或いは露落ちて、花残《のこ》れり、残るといへども朝日《あさ》に枯《か》れぬ。或いは花しぼみて、露なほ消《き》えず、消えずといへども夕《ゆふべ》を待《ま》つ事なし。

（大意）

玉のような宝石を敷いたように美しい京の都のなかで、棟瓦《むながわら》を競うように建ち並ぶ、貴賤上下さまざまな人々の住まいは、何代もの時世を経て変わらずにあるようだが、本当にそうなのかと尋ねてみると、昔あった家はほとんどない。去年火事で焼けて、今年建て直していたり、大きな家が滅び失せて、かわりに小さな家が立っていたりする。住む人もこれと同じだ。場所も同じ、人も相変わらず多いけれど、昔に出会った古い知人は、二、三十人のうちで、わずか一人か二人だけである。朝に誰かが死に、夕方にはどこかで新しい命が生まれる世の習いは、まさに水の泡の消長とよく似ていることよ。

はかり知れないことだ、生まれる人、死んでいく人が、いったいどこから来て、どこへ去って行くのか、ということは。また、およそ理解できないことだ、この世も住まいも仮の宿りなのに、人はいったい誰のために心を悩まして営み、何によって目を喜ばせようとつとめるのか、ということも。その主とすみかとが無常のはかなさを争う様子は、たとえていえば、朝顔の花と露との関係に変わりはない。ある場合には、露が落ちてなくなっても、花だけは咲き残る朝顔がある。だが咲き残るといっても、朝日に照らされて、見る間に枯れてしまう。また、ある場合は、花がしぼんでも、露はまだ消えずにやどっていることがある。ただしその時消えずに残ったとしても、露は、夕べを待たずに、いつの間にか消えていくのだ。

〈原文〉

タマシキノミヤコノウチニ棟《ムネ》ヲナラベイラカヲアラソヘル、タカキイヤシキ人ノスマヒハ、世々ヲヘテツキセヌ物ナレド、是ヲマコトカト尋レバ、昔シアリシ家ハマレナリ。或ハコゾヤケテコトシツクレリ。或ハ大家ホロビテ小家トナル。スム人モ是ニ同ジ。トコロモカハラズ人モヲホカレド、イニシヘ見シ人ハ、二三十人ガ中ニワヅカニヒトリフタリナリ。朝ニ死ニ夕ニ生ル、ナラヒ、タゞ水ノアハニゾ似リケル。

不知、ウマレ死ル人、イヅカタヨリキタリテ、イヅカタヘカ去ル。又、不知、カリノヤドリ、タガ為ニカ心ヲナヤマシ、ナニ、ヨリテカ目ヲヨロコバシムル。ソノアルジトスミカト無常ヲアラソフサマ、イハゞアサガホノ露ニコトナラズ。或ハ露ヲチテ花ノコレリ、ノコルトイヘドモアサ日ニカレヌ。或ハ花シボミテ露ナヲキエズ、キエズトイヘドモ夕ヲマツ事ナシ。

※大福光寺本「タゞ水のアハ」の「タゞ」が原本破損、同「タカキイヤシキ」の「イ」は判読不能。いずれも諸本により補う。

（エッセイ）
その一、唯一無二のキーワード

昔から、同じことをいう人が苦手だ。くどいな。またか、と思う。もうわかってる。お説教でないなら、一度きりにしてほしい。そのほうが印象に残るし、なによりスマートじゃないか、と。

『伊勢物語』という名作古典がある。「みやび」の文学だとよく言われる。でも『伊勢物語』が「みやび」の語を用いるのは、第一段の最後に一回だけ。「昔人《むかしびと》は、かくいちはやきみやびをなむしける」と語る。そして『伊勢物語』は、この一文で、作品世界を象徴している。格好いいな、と憧れる。『方丈記』も同様だ。

『方丈記』のキーワードは、今回出て来た「無常」という語である。間違いない。前回、水の泡と住まいの譬喩の類似句として引いた永観の『往生十因』が、「無常」の語を出して説明することからも、それは明確だ。意外と注意されないが、恵心僧都源信（九四二―一〇一七）が、十世紀の終わりに記した往生の指南書『往生要集《おうじょうようしゅう》』の冒頭、大文第一「厭離穢土」第五「人道」の三に「無常」を立て、「無常とは、涅槃経に云く、人の命の停《とど》まらざること、山の水よりも過ぎたり。今日存すといへども、明《あ》くればまた保ち難し……」と「山の水」を例にしていることも注意しておきたい。長明は日野の外山《とやま》に住んでいた。そして前回言及したように『往生要集』は、長明が草庵に持ち込み、座右の書とした本である。

しかし長明は、この大切なことばを、作品を通して、第一章のここ、一回しか使わない。「その序文において、十六句の対句を用いて無常観を述べ」る『往生十因』（『WEB版新纂浄土宗大辞典』）は、先の記述の後で、さっそく「無常の業風」と繰り返している。『方丈記』と対照的だ。後で出てくる「方丈」（第十六回参照）も「閑居」（第二十四回参照）もまた、本文中、ただ一度だけの使用である。

それは『方丈記』という作品が、お定まりの説法や教訓ではなく、いわば文学である、ということの証明だろう。同じことばを使わずに、巧みに換言を重ねながら、いかに意図を正確に伝えるか。そしてすぐれた文章を作り出すか。都人《みやこびと》の文学は、そこに一つの勝負を懸ける。和歌もしかり。文字を一度だけ用いる「いろは歌」など、その極致をねらった文字遊びだ。『古今和歌集』にも、「同じ文字なき歌」として、「世の憂きめ見えぬ山路《やまぢ》へ入らむには思ふ人こそ絆《ほだし》なりけれ」という遊びの歌がある（物部良名、巻十八、九五五番）。文字（音）が一つずつ消えていく、筒井康隆の『残像に口紅を』（一九八九年）という実験的な小説も、ここに並べて置こうか。

この「無常」のインパクトは、多くの文学者の心を捉えた。芥川龍之介もその一人だ。関東大震災後の東京「本所界隈」の見聞と推移を描いた『本所両国』という作品がある。昭和二年(一九二七)五月の発表だから、自死で没する間際の作品ということになる。その最後に芥川は、父母、伯母、妻との会話を再現し、「僕は実際無常を感じてね」と語った上で、「玉敷《たましき》の都の中に、棟を並べ甍を争へる、尊き卑しき人の住居《すまひ》は、代々《よよ》を経てつきせぬものなれど、これをまことかと尋ぬれば、昔ありし家は稀《まれ》なり。……いにしへ見し人は、二三十人が中に、僅に一人二人なり。朝《あした》に死し、夕《ゆふべ》に生まるるならひ、ただ水の泡にぞ似たりける。知らず、生れ死ぬる人、何方《いづかた》より来りて、何方《いづかた》へか去る」と、家族に向かって『方丈記』の本段を読んでみせている。

その二、人はどこから来て、どこへ去るのか?

ところで『方丈記』は、唯一の使用例の「無常」を説明する文脈で「朝に死に、夕に生るるならひ」と叙述していた。『爾雅《じが》』釈虫に由来する「朝生暮死」という熟語がもとになった表現だ。日本で古来よく読まれた漢籍の『淮南子《えなんじ》』説林訓にも「蜉蝣朝生而暮死(かげろうは、朝に生まれて、暮れに死す)」とある。『方丈記』の場合は、長明の座右の書、源信『往生要集』大文第二「欣求浄土」第五に「朝《あした》に生まれて暮《ゆうべ》に死す」(原漢文)と引く一節を直接の典拠とした表現であろう。一方、江戸時代の『方丈記』注釈書が引くように、『荘子』逍遥篇「朝菌不知晦朔」の古注に「暮生、見日則死」(暮れに生まれ、日を見ればすなはち死す)という記述がある。後世の『徒然草』第七段は、『淮南子』と『荘子』を踏まえて「かげろふの夕《ゆふべ》を待ち、夏の蟬の春秋《はるあき》を知らぬもあるぞかし」と記す。

「朝生暮死」と「暮生、見日則死」という二つの文脈を交差させて対句と成したのが、『方丈記』の表現である。そのため『方丈記』では、『往生要集』とは異なって、朝・夕に対する生・死の呼応が、主語・述語それぞれ、たすき掛けに反転している。このこと自体は、出典を踏まえた伝統的なレトリックだが、『方丈記』が修辞的操作によって、劇的に視界を転換させていることを見逃してはならない。

個別の生命体のはかない一生の短さをいうのが「朝生暮死」の意味である。長明もそのことは重々承知の上だ。『発心集』には『爾雅』に基づき「大方、ひを虫の朝《あした》に生まれて、夕《ゆふべ》に死ぬる習ひ」(巻五・一二(五九))とある。そして『方丈記』の略本——『方丈記』の本文が広本系と略本系に大きく分かれることは、本書「解説」で触れる——には「朝にむまれ、夕に死するならひ」(長享本)とある。

だが大福光寺本を代表とする、広本系の『方丈記』は違う。文章作法の類型と伝統の枠組みを逸脱することなく借りて、自然に表現を転倒し、朝、あちらでは死に、夕、こちらでは生まれるという文章を作った。生き物が背負う、短い生と死のはかなさを説く『往生要集』を承けて『方丈記』は、「朝に死に夕に生るるならひ」と創作し、「生死による、人の出入りのはげしさ」を述べる「類例をみない構文」（日本古典集成頭注）を形成したのである。そして個体の生死を超えた、いわば条理として、世の中のすべての命をとりまく生滅の無常を、美文として説くことに成功している。

さらに『方丈記』には「生まれ死ぬる人、いづかたより来りて、いづかたへか去る」とも書いてある。こちらは、いまでもよく読まれる浄土三部経の一つ『無量寿経《むりょうじゅきょう》』が出典だ。同経に、

世の人は愚痴曚昧なくせに、自分では智恵があると思っている。しかし自分がどこから生まれてきたのか、そして死ぬとどこへ行くのかを知らない（不知生所従来、死所趣向）。（中略）そのくせ幸福を願い、長生きを欲するけれど、必ず死に至るのだ。

となどと説く一節（原漢文、大意で示した）がある。『無量寿経』は、この少し前のところで、次のようにも述べている。こちらも大意で示そう。

人は、世間の愛欲の中に在って、独りで生まれ、独りで死に、独りで去り、独りで来る。（中略）自分で苦楽の報いを受け、誰も代わってくれないものだ。

生まれる時も、死ぬ時もヒトリ……。これも、一個の生命体としての焦点化である。しかし『方丈記』が先に転じた文脈では、同じ経文を引いても、前景化する視界が違っている。長明が描くのは、かつ消えかつ結ぶうたかたのように、朝に誰かが死んだかと思えば、夕にはまたどこかで、別の命が誕生する。無数にうごめく命と死。それはどこから来て、どこへ行くのか。そんな荒涼とした、果てしない原風景なのだ。

行く河の流れのように、人はどこから来て、どこへ去るのか。何があっても、この世はいつも、相も変わらず、同じような群衆の生命であふれかえっている……。『方丈記』の「生まれ死ぬる人、いづかたより来りて、いづかたへか去る」は、まさしくそうした視点から描かれている。長明は、いわばカメラを引いて、遠くから、世の摂理《せつり》を見つめているかのようでもある。

そういえば、彼は、どこにいるのだろう?

総論としての序はここで終わり。次の場面から『方丈記』は本論に入り、長明が、ようやく、一人称で舞台に登場する。お待たせしました。満を持して、といったところか。

第二章　「世の不思議」と「予《われ》」のこと

第三回、災厄Ⅰ　安元の大火――「末広」に燃える都

予《われ》、ものの心を知《し》れりしより、四十《よそぢ》あまりの春秋を送れるあひだに、世の不思議を見る事、ややたびたびになりぬ。

去《い》にし安元三年四月二十八日かとよ。風はげしく吹きてしづかならざりし夜《よ》、戌《いぬ》の時許《ばかり》、都の東南より火出《い》で来て西北にいたる。果《は》てには、朱雀門・大極殿・大学寮・民部省などまで移りて、一夜《いちや》のうちに塵灰《ぢんくわい》となりにき。火本《ほもと》は樋口富《とみ》の小路《こうぢ》とかや。舞人《まひびと》をやどせる仮屋《かりや》より出《い》で来《きた》りけるとなん。吹きまよふ風にとかく移《うつ》りゆくほどに、扇を広げたるがごとく末広《すゑひろ》になりぬ。遠《とほ》き家は煙《けぶり》にむせび、近《ちか》きあたりは、ひたすら焰《ほのほ》を地に吹《ふ》きつけたり。

（大意）

わたくしは、物事の道理が分かる年端となってから今日まで、四十年余りの年月を過ごす間に、この世に起こった不思議な出来事を見ることが、だんだんとたび重なるようになってしまった。

去る安元三年（一一七七）四月二十八日のことだったかと記憶する。風が激しく吹いて騒がしく落ち着かない夜、戌《いぬ》の刻《こく》（午後八時前後）ごろに、都の東南の方角から出火して街を覆《おお》い、火は対角線の西北の方角に及んだ。この大火は、終《しま》いには、朱雀門、大極殿、大学寮、民部省などにまでも延焼して、たった一晩のうちに、すべてが灰となってしまった。火元は、樋口小路（現在の万寿寺通）と富小路（現在の麩屋町通）が交差するあたりだとか。舞人を泊めておく仮屋―（仮《かり》の宿《やど》りとは皮肉なことだ）―から火が出て来た、とか聞いたが……。行方を定めず吹き惑う風にあおられて、火はあちらこちらへと移って行き、いつの間にか、末広がりに扇を広げたごとく燃え拡がってしまった。遠い家は煙にむせび、火が間近なあたりでは、ただもうひたすら激しく、炎を地面に吹きかけて燃え尽くしていった。

（原文）

予、モノ、心ヲシレリシヨリ、ヨソヂアマリノ春秋ヲ、クレルアヒダニ、世ノ不思議ヲ見ル事、ヤ、タビ〳〵ニナリヌ。

去安元三年四月廿八日カトヨ。風ハゲシクフキテシヅカナラザリシ夜、イヌノ時許、ミヤコノ東南ヨリ火イデキテ西北ニイタル。ハテニハ、朱雀門・大極殿・大学レウ・民部省ナドマデウツリテ、一夜ノウチニ塵灰トナリニキ。ホモトハ桶口富ノ小路トカヤ。舞人ヲヤドセルカリヤヨリイデキタリケルトナン。フキマヨフ風ニトカクウツリユクホドニ、扇ヲヒロゲタルガゴトクスヱヒロニナリヌ。トヲキ家ハ煙ニムセビ、チカキアタリハヒタスラ焔ヲ、地ニフキツケタリ。

※大福光寺本は「樋口」を「桶口」と誤記する。

（エッセイ）

その一、『方丈記』の〈われ〉とオリジナリティ

〈わたし〉を語り、そして問うこと。この問題は、哲学でも文学でも、おなじみのテーマである。『方丈記』は、ここでようやく段落を替えて「予」と始め、自分の生い立ちを

時代の時間軸と重ねて示していく。そして、彼が目の当たりに体験した五つの「世の不思議」＝五大災厄（この用語は、昭和の『方丈記』研究史の中で定着した）を語り始める。最初は、洛中《らくちゅう》を燃え尽くす大火事である。

何よりも大きな損失は、大内裏の大極殿が焼亡したことだ。その衝撃により、この年の八月四日に、治承へと改元がなされている（「遂改㆓安元三年㆒、為㆓治承元年㆒、依㆓大極殿之火災㆒」『玉葉』治承元年八月五日条）。大極殿は、本来、大内裏の南中央に存する正庁である朝堂院の正殿で、天皇の即位式に用いる。後述するように、この焼失で、安徳天皇即位の礼にも異例を招くこととなった（第六回参照）。この頃は、すでにその役割やプレゼンスも衰微していた大極殿だが、この大火を最後に、永久に消滅してしまうこととなった。

さて冒頭部に用いられる「われ」だが、『方丈記』の他の箇所では「ワレ」とカナ書きだ。しかしここだけは、「予」と書いて「われ」と読ませている。それは、この「予」以下の叙述が、『方丈記』が全編にわたってお手本とする、慶滋保胤《よししげのやすたね》の『池亭記《ちていき》』という漢文体の文章に依拠しつつ、書き起こしたものだからであろう。

『池亭記』（『本朝文粋』巻十二所収）は、保胤が住んだ「池亭」という住まいをめぐる散文＝記という文体の掌編で、「予《われ》、二十余年より以来《このかた》」――『池亭記』原文は堂々たる漢文だが、訓読文で示す――平安の都の、東の京と西の京とを見続けてきたが……、と始まる。本書〈序章〉で記したように、保胤はもともと賀茂氏だが、後に、弟の保章と期を接して、文字を換え、慶滋と改姓している。保胤は、やはり長明の座右の書であった『往生要集』著者の源信と親しく、同じ仏教文化圏（勧学会や二十五三昧会）に属していた。このことは『方丈記』に直接関連しない問題だが、大事なことだ。詳しくは小原仁『人物叢書慶滋保胤』や荒木『『今昔物語集』の成立と対外観』などを参照されたい。

さて、ここから長明は、手を変え、品を変えて『池亭記』を変奏し、『方丈記』を綴っていく。その細かな具体的様相の指摘は、先行注釈書に譲るが、『池亭記』の模倣で満ちあふれている、という言い方も出来るだろうか。えっ、パクリなの？　と、思わず言ってしまいそうだが、まあ、そう急がずに。「ぱくる」というのは食べること。文学の技法として、先行する作品やフレーズを、知らん顔して、パクっと呑み込んでしまうこともあれば、出典との二重奏を味わう、本歌取りのように高度な技法もある。ここも、現代風に、オマージュである、というように評することもできよう。日本の文学は、いつもそうやって新しい世界を作ってきた。学ぶの語源は、真似《まね》ぶことだという。『方丈記』だって、五つの災害の記述について、後続の『平家物語』に、さっそくパクっと飲み込まれてしまう。そのことは、またいずれ、説明することになるだろう。

しかし、こうした記述を根拠として、『方丈記』など、所詮、後世に造られた偽作《ぎさく》の二セモノだ。そんな言説が有力だった時代がある。「世に説をなすものありて方丈記を偽書とせり」と岩波文庫旧版『方丈記』（昭和三年〔一九二八〕）の解説にも記されている。執筆者は、明治初頭生まれの国語学者で、優れた文献学者でもあった山田孝雄《よしお》である。なぜそんな説が流布していったのか。山田は「方丈記を偽作なりといふ論拠として、その結構並に文辞全く慶滋保胤の池亭記の模倣なり。この故に偽作なりとする野村八良氏の説あり」と述べて、旧説を紹介している。見方を変えれば『方丈記』は、偽書説の論拠とされるほどに、「その結構、並びに文辞全く」慶滋保胤の『池亭記』に依拠する作品だった、というわけである。

こうした批判を紹介した上で、山田は、『方丈記』が真作である決定的な確証として、新発見の大福光寺本の存在を挙げる。「幸いにして」、「余等が古典保存会にて複製し、大正十五年四月に国宝に指定せられたる京都府船井郡高原村字下山の大福光寺に蔵する古写本」、すなわち「大福光寺本の出現により、流布本の如き方丈記が、長明の原作たりしことを積極的に立証し得られたるなり」という。

山田の岩波文庫解説は、現在『方丈記』読解のすべての基本となっている、大福光寺本『方丈記』の発見に基づく論証を重ねる。そして「方丈記が池亭記によれりといふことの何の恥づべき点なきを吾人は思ふ」と述べ、「長明の方丈記」は「全然古来かつてなき独創の文」であると説く。保胤の『池亭記』だって、白居易の『池上篇』という文章に依拠している。『方丈記』も同様じゃないか――「吾人は保胤が白楽天の池上篇に暗示を得て池亭記をつくり、長明はその池亭記に暗示を得て方丈記を作れりとす」というのである。そして山田は、これは「実に当時の文学思想の大勢かくの如きものを生ぜしめしものなり」と敷衍し、文学は、現代のさかしらから狭く理解するのではなく、作られたその時代の思潮の中で考えなければならない。「それらの時勢の産物として方丈記は好成績をあげたるものと思惟するなり」と結語する。すなわち山田は、『方丈記』は時代の名作なのだ、と明言して偽作説を一蹴し、格調高い文語調で、『方丈記』の本質を見事に凝縮して示していったのである。

今日《こんにち》では、『方丈記』が鴨長明の作であることの真偽を疑う人など、どこにもいないだろう。だが昭和三十二年（一九五七）刊行の定評ある注釈書、松浦貞俊『解釈と評論 方丈記』でも、評論編第一章作品論の第一節で「『方丈記』は鴨長明の作である」と宣言し、第三節に「『方丈記』偽作説の概要」を立てている。昭和の半ばまで、偽作説は、まだリアルな有力説であった。

岩波文庫の『方丈記』は、市古貞次の校注へと改訂されて新しくなり、山田の解説はなくなったが、山田の文章は、青空文庫など、ネットにも公開されている。ぜひご一読を。

その代わり、現在の岩波文庫には、大福光寺本の写真が全文掲載されている。これによれば、活字と並行して、原文の息づかいを感じることができる。ただし写真の精度の関係で、原文の振り仮名など、一部が見えなくなっている。たとえば岩波文庫表紙カバーのカラー影印と、当該本文の写真を比べてみると、その様相が少しわかるだろう。ただし心配はご無用だ。岩波文庫が掲げる写真の左に併載された活字翻刻では、そのあたりはカバーされて文字起こしされている。可能であれば、よりよい写真を追い求め、機会を見つけて原本閲覧——最近は、欧米の研究トレンドで、その materiality（マテリアリティ、モノとしての意味）も重視される——を行うなど、先行研究の丁寧な追跡と批正が、古典の精読には必須のタスクである。これは、デジタル映像の公開が進んだ現代であればこそ、肝に銘じなければならない原則だ。

ところで『方丈記』原文に戻って、「ものの心を知れりしより」という年時設定だが、およそ、いつ頃のことだろう？「ものの心を知」るというのは、道理がわかる、ということで、『源氏物語』桐壺巻などにも見える表現である。「学問などして、すこしものの心得はべらば」と、やはり『源氏』少女巻にあるから、いわゆる物心が付く、というよりは、もう少し成熟したイメージだ。それは恋を知る年頃でもあったが、藤原兼家の父で、道長の祖父にあたる藤原師輔は「凡そ成長《ひととな》りて頗る物の情《こころ》を知る時は、朝《あした》に書伝を読み、次に手跡を学べ」と教訓している（『九条殿遺誡』、原漢文）。「書伝」は「個人の書いた書物」（日本思想大系『古代政治社会思想』頭注）のこと。これをみても、「ものの心を知る」とは、やはり、それなりの年齢だろう。長明が父を失った十代後半あたりと考えると、年数も符合する。

その二、出火の原因とは？——揺れる思いと文学性

この安元の大火の出火原因だが、当時、いろいろな噂があった。そのなかで、比叡山の日吉《ひえ》山王権現の祟りだ、という説が有力であった。安元三年四月十三日、「延暦寺僧徒、日吉・白山の神輿を奉じて強訴、源頼政これを防ぐ」（『仏教史年表』）という事件が起こる。史書の『帝王編年記』では、官軍が神輿を禦《ふせ》ぐ攻防があって、後日、神輿を射た下手人が禁獄され、日吉山王祭が延引したと記録する。『帝王編年記』は直続して四月二十八日の火事を伝え、「世人」は「日吉の神火」と称した（以上、原漢文）と付記している。『平家物語』も、大火は日吉大社の「山王」の御とがめで、比叡山の大きな猿が二千三千と下って火を付けて回った——猿は日吉大社の神使である——という（巻一「内裏炎上」）。『平家物語』の異本でもある『源平盛衰記』は、巻四「大極殿焼失事」で、この比叡山

の猿についても描写するが、それに先行する同巻「京中焼失事」では、神輿を射た事件に触れながら、別の出火原因を挙げている。

成田兵衛為成という平重盛の家臣（乳母子）が、先の事件で神輿の「十禅師」を射て咎《とが》められたが、重盛が「とかく山門を宥《なだ》められて、禁獄をも乞免《こひゆる》し、伊賀国へ流せ」ということに決まった。ところが、その別離の宴の「酒盛」が酔い乱れて「各《おのおの》物狂《ものぐるは》しき心地出《いで》来《き》て」、凄惨な修羅場となる。為成は田舎に行くのだから酒の肴《さかな》もなかろうと、ある者は、もとどりを斬って投げ出す。負けじと、ある者は、耳を切って放った。ならば俺は、命を肴にと、とうとう腹を掻き切って臥す者が出てしまったのである。

為成は「穴《あな》ゆゆしの肴どもや」と嘆き、もはや都に戻って酒を飲むこともなかろうと、俺も「肴を出《いだ》さんとて、自害して臥す」事態となった。家主の男も、こんなことに成ってしまった今は、平家の居る六波羅に差し出され、咎め立ても免れまいと、「家に火さして炎の中に飛び入りて焼けにけり」。これが折からの大風に煽られて、一気に延焼したという。この一連を、堀田善衛が『酔漢』という短編小説に仕立てている。堀田は、『源平盛衰記』依拠を明記して、『酔漢』を次のように閉じた。

> 小屋の主が思うに、この連中の有様では、たとえおれが残ったところで、六波羅へ

呼び出されてまたまた難儀なことになる。家に火をつけておれも死ぬ。髻と耳を切った二人がどうしたか、それは分からぬ。

方丈記に鴨長明が言う。

去《いんぬる》安元三年四月廿八日かとよ。風烈しく吹きて、静かならざりし夜、戌《いぬ》の時許《ばかり》、都の東南より火出で来て、西北に至る。はてには朱雀門、大極殿、大学寮、民部省などまで移りて、一夜のうちに塵灰となりにき。

『方丈記』の内部においても、異説がある。「舞人《まひびと》」ではなく、「病人《ヤマウド》」の仮屋から出火したと記述する校訂本文が、たとえば旧版の岩波文庫本に収められ、かつては一般に読まれていた。だから「病人」で読み、イメージをふくらませていた古手の『方丈記』読者は、大福光寺本に基づいて校訂された「舞人」という本文——たとえば旧版の日本古典文学大系を手にして、いささか面食らったようだ。『酔漢』を書いた堀田は、自身の戦時体験を『方丈記』と重ね合わせた『方丈記私記』の中で、「病人」と「舞人」という本文の違いに言及し、馴れ親しんでいた「病人」という本文だったのに、なぜ舞人に変わったんだと、ちくま文庫本では五ページあまりも割いて、愚痴っている。

病人と舞人では、これはまったく大違いである。私としては、自分が現在もっている文庫版が昭和三十一年十月発行のものであり、古典文学大系の方は、三十二年六月に第一刷、私のもっているものが四十三年三月の第十三刷であるから、年月のたつあいだに研究が進んで、病人ではなくて、舞楽を舞うダンサーだったということにきめられたものなのであろうと、諦めるほかない。（中略）しかし、それにしても私は残念無念という心持がする。（中略）この鴨長明氏の文章が、古典などといったいわば他所行《よそゆ》きなようなものではなく、我が心を痛切にうつ、あるいはうったことのあるものとして長く私の心に、（文庫版によって）、京は樋口富ノ小路の仮屋、すなわちバラックに臥している一人の、痩せ細って青白い顔の病人が巣くっていたのだ。（中略）とりわけて、自家から火を出して自分の家を焼いてしまった経験のある私は、その自家の火事と、火によって失ったもののことを思うごとに、この病人の顔つきさえが思い浮かべられるほどであった。（中略）とにかく、テキスト・クリティクなるものによって、一朝にして、長年の間親しんで来た病人がダンサーに変わってしまったのでは、学者諸氏にとってそれは痛快なことかもしれないけれども、実在のものとしてのイメージ、あるいはイメージを実在のものとして化せしめることに身を賭している作家としては、まったくやり切れぬことであった。学問というものは残酷なものである。

病人じゃあなくてダンサーだった、と言われても、それじゃあおれの心を長く仮屋として宿っていた病人をどうしてくれる、などと言うわけに行かないのだ。

以下は省略に従うが、堀田は、「テキスト・クリティク」（本文批判。本文校訂のために行われる文献学のこと）に向けた愚痴の果てに、学者の作る校訂本文の厄介さを「本文中にも（ ）が出て来たり、ルビの読み仮名にまで（ ）がついていたりする。研究の成果を示す、ということではよいであろうが、私どものようなずぶの素人が読むための大量普及本としては、いかがなものなのだろうかという疑問が私には残る」と続けた。本書の〈序章〉で引用した部分である。しかし、堀田が、かつて「病人」という本文から「身を賭して」「イメージを実在のものとして化せしめ」たように、興味深い異文がしばしば存在して作品世界の解釈を拡げることも、また、それがどうして発生したのか、その由縁を推理することも、古典読解の醍醐味である。読者には「病人」から「舞人」への変化の理由がわかるだろうか。漢字表記では、舞人と病人とではずいぶん違っているが、「病人」には「ヤマウド」以外に「ヤマヒビト」の訓みもある。大福光寺本の他の箇所のように、それぞれをまずカナ書きにして、同じ文字を踊り字に変えてみたりしたら、どうだろう？

なお『源平盛衰記』は、この大火を愛宕山の天狗のしわざだと占う、「盲の占《うらなひ》する入道」

の説も記している（巻四「盲卜事」）。

第四回、炎上の蠱惑——危うき京中の家々

空には灰《はひ》を吹《ふ》きたてたれば、火のひかりに映《えい》じてあまねく紅《くれなゐ》なる中《なか》に、風に堪《た》へず吹《ふ》き切《き》られたる焰《ほのほ》、飛ぶが如くして一二町をこえつつ移《うつ》りゆく。その中の人、うつし心あらむや。或いは煙にむせびて倒《たう》れ臥《ふ》し、或いは焰《ほのほ》に眩《まぐ》れてたちまちに死ぬ。或いは身ひとつ辛《から》うして遁《のが》るるも、資財を取り出《い》づるに及《およ》ばず。七珍万宝《しちちんまんぼう》、さながら灰燼《くわいじん》となりにき。その費《つひ》えいくそばくぞ。そのたび、公卿の家十六焼けたり。まして、その外《ほか》、かぞへ知《し》るに及ばず。惣《すべ》て、都《みやこ》のうち三分が一に及《およ》べりとぞ。男女死《し》ぬるもの数十人。馬牛のたぐひ辺際《へんざい》を知らず。人のいとなみ、皆《み》な愚《おろ》かなるなかに、さしも危《あや》うき京中《きやうぢう》の家をつくるとて、財《たから》を費《つひ》やし心をなやます事は、すぐれてあぢきなくぞ侍る。

（大意）

強い火勢があって、空には灰を吹き上げているので、それが火の光に映し出されて、あたり一面、真紅《まっか》になっている中で、風にあおられて吹き切られた炎は、飛ぶように空を翔《かけ》り、都の一、二町の街区（一町は平安京の基本区画で、四十丈〈＝四百尺〉四方の広さ）をやすやすと越えて、次々と燃え拡がっていく。その中にいる人は驚怖して、正気を保ってなどいられるものか。ある者は、煙で息を詰まらせて苦しさのあまりに倒れ臥し、ある者は、炎で目が眩《くら》んであっという間に死んでしまう。たとえ自分の身一つだけ、かろうじて命からがら逃れ得た者がいたとしても、家の資産財物を取り出すことなどできはしない。七珍万宝、あらゆる宝物も、すべてそのまま燃え尽きて、灰となってしまった。その浪費と損失は、どれほど莫大なことか。この度の火災で、公卿の家は十六も焼けた。二、三十名しかいない高貴な上達部《かんだちめ》の家でさえこの有様だから、ましてその他の人々の家が、はたしてどのくらい焼失したものやら、数えて把握することなどできやしない。総じて焼滅は、都の中の三分の一にまで及んだと聞いた。男女合わせて、死亡者は何十人といる。馬や牛のたぐいに至っては、いったい、いくらぐらいの数値になるものか、際限を知らない。人が暮らす中での所業や営みは、そもそもすべて愚かなものであるが、その中でも、こんな風に危険で不確かな京の中での家作りに、資財を費やし、心を悩ますなどということは、なんともまあ無益で、やるせないことですよ。

（原文）

ソラニハハヰヲフキタテタレバ、日ノヒカリニエイジテアマネククレナヰナル中ニ、風ニタエズフキ、ラレタルホノホ、飛ガ如クシテ一二町ヲコエツ、ウツリユク。其中ノ人、ウツシ心アラムヤ。或ハ煙ニムセビテタウレフシ、或ハホノヲニマグレテタチマチニ死ヌ。或ハ身ヒトツカラウシテノガル、モ、資財ヲ取出ルニヲヨバズ。七珍万宝サナガラ灰燼トナリニキ。其ノ費エイクソバクゾ。其ノタビ、公卿ノ家十六ヤケタリ。マシテ、其外カゾヘシルニヲヨバズ。惣テ、ミヤコノウチ三分ガ一ニヲヨベリトゾ。男女シヌルモノ数十人。馬牛ノタグヒ辺際ヲ不知。人ノイトナミ皆ヲロカナルナカニ、サシモアヤウキ京中ノ家ヲツクルトテ、タカラヲツイヤシコ、ロヲナヤマス事ハ、スグレテアヂキナクゾ侍ル。

※大福光寺本は「火」を「日」と誤記する。

（エッセイ）
焼亡の威力と恐怖、そしてその美

しんしんと冷える冬の夜。二、三人の友達とこたつに深くもぐりこんで、白い息を吐きながら、夜通し語り合う……。そんな下宿生活など、もうありえないだろうな。私の大学生活は一九七八―八二年。昭和五十年代の昔である。もし、いまの大学生が『男おいどん』（松本零士）とか『大東京ビンボー生活マニュアル』（前川つかさ）などの古いマンガを読んだら、もはやまるで、ＳＦの領域かも知れない……。

もっともＳＦは、未来を描くばかりが仕事じゃない。タイムスリップして、歴史の中に医師（『JIN―仁―』）や自衛隊（『戦国自衛隊』）が行ってみたり、古代ローマから、お風呂を通じて、レトロな銭湯に迷い込んだり（『テルマエ・ロマエ』）。かつての未来を、はるかに追い越してしまった現代では、なおさらのことだ。十年前に亡くなった妻の生まれ変わり？　という小学生が、「対象喪失」（小此木啓吾の用語を借りた）でふぬけとなった夫と娘の前に現れて、家族しか知らない過去を語り続け、やがて夫、娘、そしてどうやら弟の信頼も得る。しかし、じつのところ彼女は、生まれ変わりなどではなく、その小学生のある事情を契機に憑依しただけであって……という、不思議で切ない（ネタバレなので詳細は書けない）ドラマも観た（『妻、小学生になる。』）。『マイナスゼロ』に代表される、広瀬正の往年のSF小説みたいに、自分を求めて、懐かしい過去の東京を探訪したっていい。だからもう少しだけ、私の回顧に付き合ってほしい。

なぜ当時、そんなに寒かったのかといえば、底冷えのする京都の街中に住んでいたのに、暖房器具は、こたつしかなかったからだ。あの頃の京都では、学生下宿での石油ストーブ使用は禁止。まして狭い間借り部屋やアパートには、エアコンもユニットバスもない。お風呂は、綿入れなど着込んで、たらいを持ち、石鹸をカタコトさせて、銭湯へ。『神田川』だ……（この曲のたとえも死語か）。

でもそれが、昭和の京都の学生の普通だった。「京都では、火事をとても怖がって、忌避するんや」。最初に住んだ下宿の大家のおじさんは、たまたま消防士の方で、入居の時に、そう教えてくれた。「少し寒いやろうけど……、若いんやから辛抱してな」と。そうそう。多少の寒さは大丈夫。『徒然草』も言っている。「家の作りやうは夏をむねとすべし。冬はいかなる所にも住まる」（第五五段）なんて……。ホントは、震え上がる底冷えだけど。

それよりも、たしかに火事の方が、よほど恐ろしい。前回、堀田善衞の火事体験を引用したが、私は、大学一年生になって、明日は京都へ旅立つという日の春の深夜に、身近な火事に遭遇した。数軒先の大きな納屋と倉庫とが、激しい炎に焼き尽くされて、薄暗い未明の空を赤く染め上げる。そこは、子供の頃、よく遊んだ場所だった。火の粉がすぐ近くにまで飛んできて、やっぱり、とても怖かった。そしてその翌年、夏休みの帰省中に、今度は、小学校の入学まで過ごした旧宅向かいの大きな家が、ガソリンの不始末で、火を噴いた。いまの実家もすぐ近所だ。家が建て込んでいて、今度こそ本当に危ない。お前、とにかく大屋根に登って火を払え。家族からそう言われ、膝をがくがくさせながら、瓦をきしませ、かじりつくように、二階のてっぺんにたどり着いた。下を見ると、足が竦《すく》んで目も眩む。水圧の関係で、さっぱり水の出ないホースと、禿《ち》びた箒を持ちながら、必死で屋根を這い回った記憶がある。私もまた、出火ということに対して、小さなトラウマを負ったようだ。

火事は、すべてを焼き滅ぼす。安元の昔も、貴族の豪奢な邸宅が、次から次へと燃え尽きた。その様子は『清獬眼抄《せいかいがんしょう》』という公式記録（公事書、現在は「凶事」のみ残る）に、災害範囲を示した地図が残っており、視覚的にも確認できる。

「十六」焼けた、と『方丈記』がいう公卿の家は、『清獬眼抄』では「十三家」と伝え、九条兼実（一一四九―一二〇七）の日記『玉葉』では「焼亡所々」の「公卿家」を挙げて「已上公卿十四人云々」（安元三年四月二十八日条）と微差がある。火事の時刻も、「戌《いぬ》の時

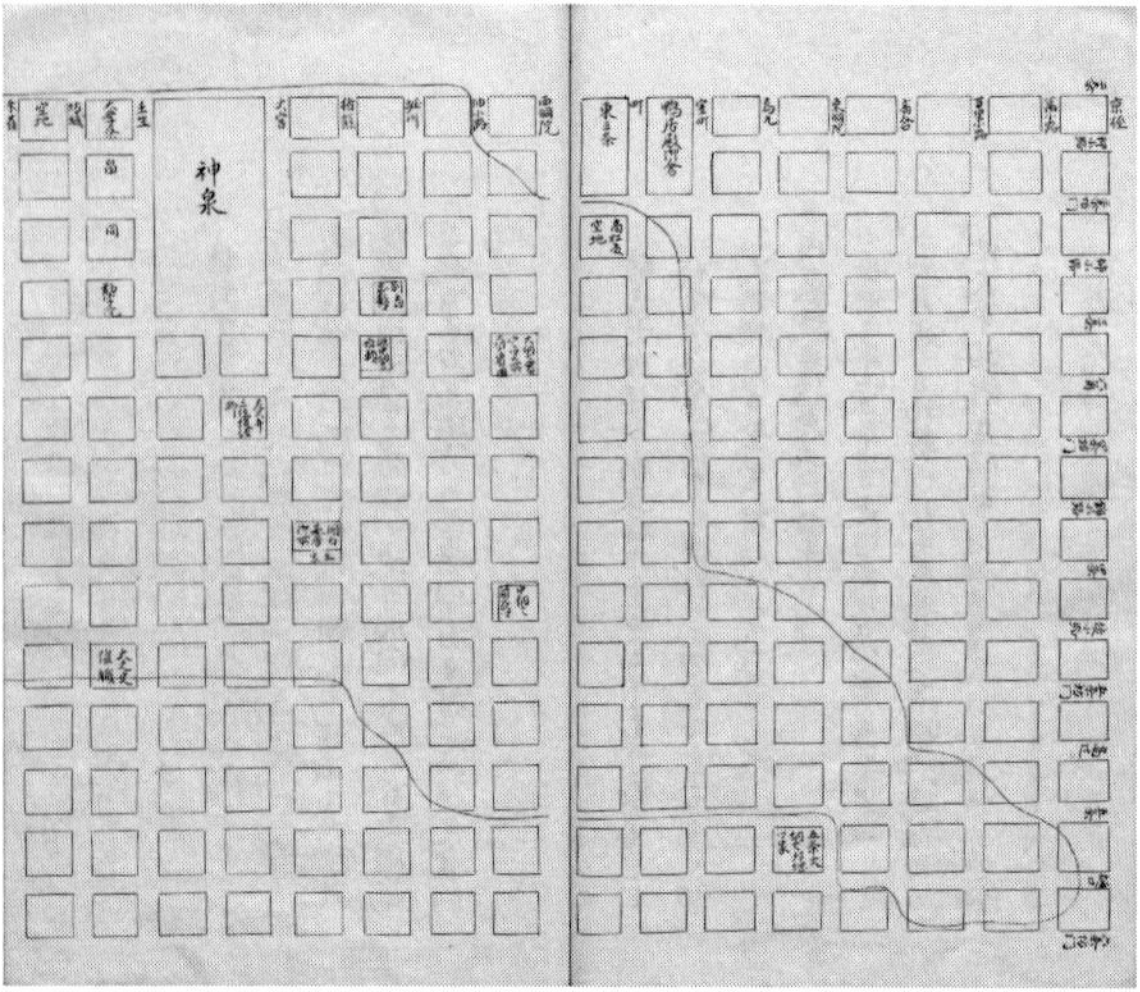

国立公文書館『清獬眼抄』（179―0146、紅葉山文庫本）部分。「太郎焼亡」の延焼部分が赤く縁取られている。

許《ばかり》」とする『方丈記』に対し、『玉葉』は一刻遅く、亥《ゐ》の刻（午後十時前後）と記す。

細部はともあれ、この大火で「七珍万宝さながら灰燼となり」、多くの命が失われた。河の流れのように変わらない。そう見えた、あの美しい街の景観が、根底から崩れていく。せめてもの救いは、四月二十八日という日付かも知れない。長明出身の下鴨神社と上賀茂神社の祭りである賀茂祭（葵祭）は、この年、すでに終わっていたので。

この火事を、後に「太郎焼亡」と呼ぶようになった。その

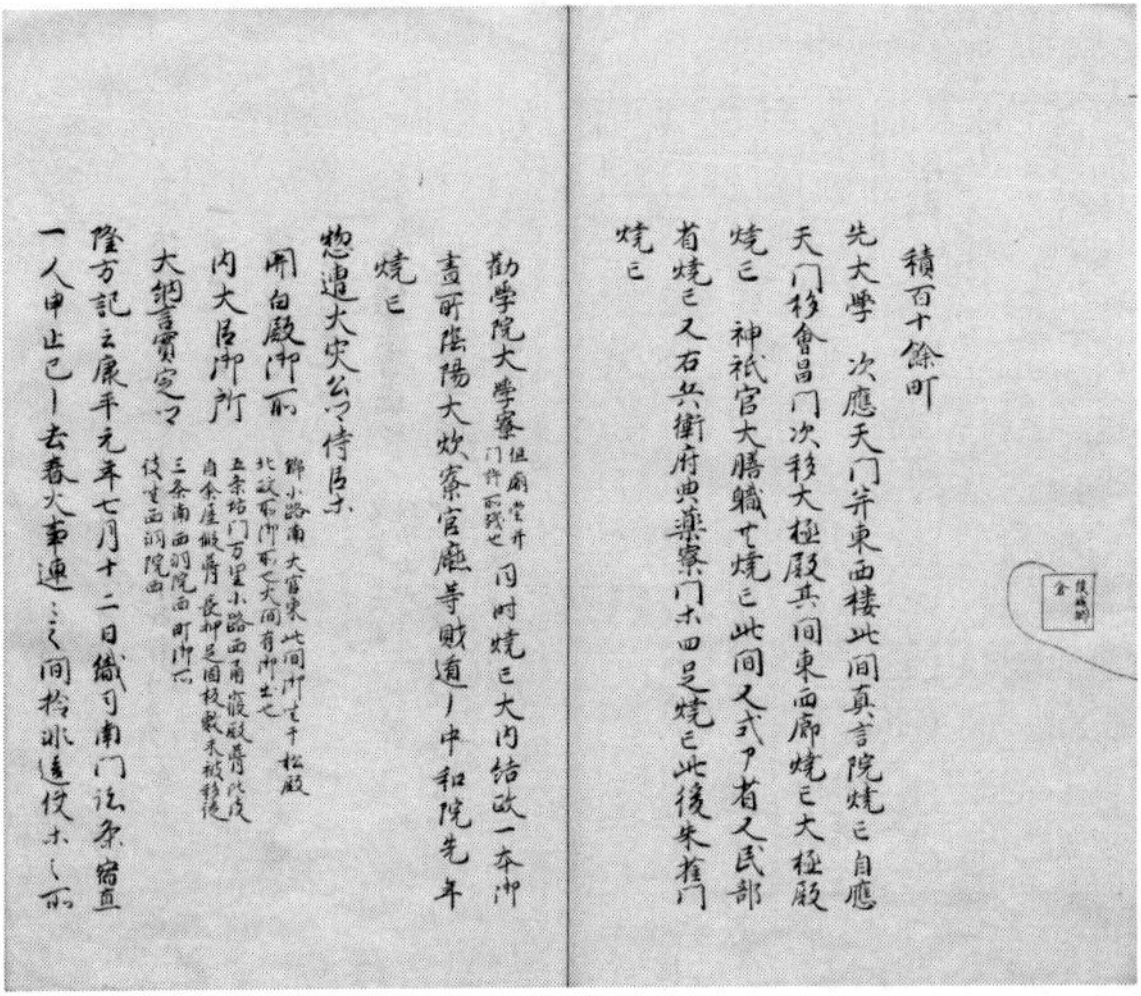
積百十餘町
先大學 次應天門并東西楼此間真言院焼亡自應
天門移會昌門次移大極殿其間東西廊焼亡大極殿
焼亡 神祇官大膳職等焼亡此間人式部省民部
省焼亡又右兵衛府典薬寮門等四足焼亡此後朱雀門
焼亡
勧学院大學寮 但廟堂并門許所残也 同時焼亡大内諸政一本御
書所陰陽大炊寮官庁等賊道ノ中和院先年
焼亡
惣遣大臣公卿侍臣等
関白殿御所 錦小路南大宮東
内大臣御所
大納言實定卿 三条南西洞院西
隆方記云康平元年七月十二日織司南門
一人申止已ー去春火事連々

同右。

所以は、この翌年に、もう一度大火があり（治承二年三月二十四日）、それが「次郎焼亡」と呼ばれ、安元の大火は「太郎」と称した、と記録に残る（『清獬眼抄』）。先にも触れたように、安元の大火は、愛宕山の天狗のしわざだ、との説があった（『源平盛衰記』巻四「盲卜事」）。愛宕の天狗を太郎坊という。因縁が紡がれていく。

かくのごとき経験が、京都ではいくたびも繰り返され、悠久に受け継がれる歴史的記憶となって蓄積されていった。でも、京都の町はしたたかだ。いつしかそしらぬ顔で、また同じようなすがたに戻っていく。そんな時間の無情さも、『方丈記』が語る「世の不思議」の潜在的なテーマなのだ。

読者は、気付いただろうか。長明が、こんな悲劇を前にして、ずいぶんと熱心に、また工夫を重ねて大火を描写していることを。数字を駆使した論理的思考も、味読に値する。残念ながら、火事の炎は、いや、そもそも戦慄を覚えるほどの恐ろしい災厄の光景とは、時にあきれるほど美しく、しばしば悪魔のように蠱惑《こわく》的なのだ。平安時代末期の『伴大納言絵巻』や中世前期の『平治物語絵巻』などに描かれた火炎描写の魅力は、芸術の魂を捉えて放さない。芥川龍之介の『地獄変』（初出は一九一八年）は、まさにそうしたテーマを主題とする、優れた短編小説である。

ところで、最後に、気になる語尾表現が出て来る。「侍り」という丁寧語の係り結びだ。文法はちょっと……、などと言わずに聞いてほしい。先に示した大意では、その違和感を伝えるために、あえて文体を崩し、慇懃表現で訳しておいた。『方丈記』で「侍り」が出てくるのは、ここが初めてだ。重要なところなので、次の部分を読みながら、もうちょっと考えてみようと思う。

第五回、災厄Ⅱ　京都を巻き上げる大旋風——危険な兆候

また、治承四年卯月《うづき》のころ、中御門《なかのみかど》京極のほどより、大《おほ》きなる辻風発《つじかぜおこ》りて、六条わたりまで吹《ふ》ける事はべりき。三四町を吹《ふ》き捲《まく》るあひだに籠《こも》れる家ども、大《おほ》きなるも小《ちひ》さきも、ひとつとして破れざるはなし。さながら平《ひら》に倒《たふ》れたるもあり。桁《けた》・柱《はしら》ばかり残《のこ》れるもあり。門《かど》を吹《ふ》きはなちて、四五町がほかに置《お》き、また、垣《かき》を吹《ふ》きはらひて、隣《となり》とひとつになせり。いはむや、家《いへ》のうちの資財、数《かず》を尽《つ》くして空《そら》にあり。檜《ひ》皮《はだ》・葺板《ふきいた》のたぐひ、冬の木《こ》の葉《は》の風に乱るるが如し。ちりを煙《けぶり》の如く吹《ふ》きたてたれば、すべて目も見えず。おびたたしく鳴りどよむほどに、もの言《い》ふ声《こゑ》も聞《き》こえず。彼《か》の地獄の業《ごふ》の風なりとも、かばかりにこそは、とぞ覚《おぼ》ゆる。家の損亡せるのみにあらず、これを取《と》り繕《つく》ろふあひだに身をそこなひ片輪づける人、数《かず》も知《し》らず。この風未《ひつじ》の方《かた》に移《うつ》りゆきて、多《おほ》くの人の歎《なげ》きなせり。辻風《つじかぜ》はつねに吹《ふ》く物なれど、

かかる事やある、ただ事にあらず、さるべき物の諭《さとし》かなどぞ、うたがひはべりし。

（大意）

また治承四年（一一八〇）四月のころ（二十九日のことである）、中御門京極（中御門通と現在の寺町通の交差する地点）のあたりから大きなつむじ風が発生して、六条のあたりまで吹き払ったことがありました。三、四町の街区に渉って強く吹き、物を引きはがすように巻き上げていくうちに、その範囲にあった家々は、大きいのも小さいのも、一つとして破損しない家はない。すっかりぺしゃんこにひしゃげて倒壊してしまった家もある。桁や柱だけが残っている家もある。風は、門を吹き飛ばし、四五町先の区域まで放り投げて置いたり、また、垣根を吹き払って、隣と一続きの家のようにしてしまったりする。外がこんな具合だ、ましてや家の内の物や財産などは、一切合財、ありったけ飛ばされて、空中にある。屋根を葺く檜皮（貴族や寺社などの建物用）や薄板（武士や庶民の家用）のたぐいは、いまは夏なのに、まるでべったりとこびりついた冬の木の葉が巻き上げられて風に乱れ散るかのように、空に舞う。塵を煙のように吹き上げるので、まったく目も見えない。ものすごい音を立てて鳴り響くものだから、物を言う声も聞こえない。（『往生要集』などに書かれた）あの恐ろしい地獄の業風という暴風でさえ、これほどのことがあるだろうか、とまで思われる。家が破壊され被災するばかりではなく、壊れた家を修繕している間に、自分のカラダを損傷し、不自由をかこつようになってしまった人もまた、数知れない。この風は、未の方角（南南西）に移って行って被害を広げ、多くの人を苦しめて、悲しみ歎かせる災いとなった。辻風というのは、日常普通に吹くものであるが、こんなことがあるか、ただごとではない、しかるべき神仏などの警告かなどと、疑ったものですよ。

（原文）

又、治承四年卯月ノコロ、中御門京極ノホドヨリ、ヲホキナルツジ風ヲコリテ、六条ワタリマデフケル事ハベリキ。三四町ヲフキマクルアヒダニコモレル家ドモ、ヲホキナルモチヰサキモ、ヒトツトシテヤブレザルハナシ。サナガラヒラニタフレタルモアリ。ケタハシラバカリノコレルモアリ。カドヲフキハナチテ、四五町ガホカニヲキ、又、カキヲフキハラヒテ、トナリトヒトツニナセリ。イハムヤ、イヱノウチノ資財、カズヲツクシテソラニアリ。ヒハダ・フキイタノタグヒ、冬ノコノハノ風ニ乱ルガ如シ。チリヲ煙ノ如ク吹タテタレバ、スベテ目モミエズ。ヲビタ、シクナリドヨムホドニ、モノイフコヱモキコエズ。彼ノ地獄ノ業ノ風ナリトモ、カバカリニコソハトゾヲボユル。家ノ損亡セルノミニアラズ、是ヲトリツクロフアヒダニ身ヲソコナヒ片輪ヅケル人、カズモシラズ。コノ風ヒツジノ方ニウツリユキテ、ヲホクノ人ノナゲキナセリ。ツジ風ハツネニフク物ナレド、カヽル事ヤアル、タヾ事ニアラズ、サルベキモノ、サトシカナドゾ、ウタガヒハベリシ。

（エッセイ）
トルネードの日本文化

いまは亡き、ある比較文学研究者の教授が、フランスに留学中のことだ。フランス語、フランス語。そればっかり。コトバは聞き取りにくいし、会話にもくたびれて、毎日毎日いやになる。よく聴けばフランス人だって、発音はぞんざいで、曖昧にしゃべっているじゃないか。それで自分も、ある発表の時にマネをして、言葉を濁して適当に発音してみた、という。するとてきめん、何を言ってるのかわからん！　と叱られたよ。などと、にやにやしながら話してくれたことがあった。ホントかな。彼はヘビースモーカーだったこともあり、フランス仕込みの煙に巻かれたような気もするが……。

終《しま》いまで話して、ようやく語り手の立場が表明されるのが、日本語の特質だ。最後まで聞きなさい！　なんてよく怒られたな。だから、言葉を濁す、というのも、単純な滑舌《かつぜつ》や発音のことばかりじゃない。語尾（言葉尻）を濁す、ともいうように、文の終わり、言い切りのごまかしを、まず連想する。

古典でも、文末には、いろんなニュアンスが表現されている。それを正確に汲み取らないと、著者の工夫の大事なところを見落としてしまう。たとえば、古典文法で必ずたたき込まれる、過去の「き」（自分の体験）と「けり」（他者の行動や伝聞）の区別などは、『方丈記』の読解にも、とても有効な目印だ。

この場面は、いわゆる五大災厄《ごだいさいやく》――大火、辻風、都遷《みやこうつ》り、大地震、飢饉《ききん》と続く五つの「不思議」――の二番目で、辻風に関する長明の見聞記である。段落は「……などぞ、うたがひはべりし」と閉じられ、「侍り」＋「き」の係り結びで区切られている。

この前の大火の記事も「……ぞ侍る」と終わっていた。「侍り」という語は、『方丈記』では、五大災厄の記述に集中して現れて、また、そこにしか見えない。とても独特な限定用法である。つまりは意図的に用いているのだ。

他の作品ではどうか。平安時代の『紫式部日記』にも、「侍り」は印象的に出て来る。同僚や周辺の女房などを論じるところだ。和泉式部や赤染衛門《あかぞめえもん》について、その文才や和歌、人物などを批評し、続けて「清少納言こそ、したり顔にいみじう侍りける人」以下、清少納言をやり玉にあげて、辛辣に罵倒？　したりする。消息文（手紙の文体）と言われる箇所である。「侍り」は丁寧表現だから、対人というか、読み手への気持ちが働いた文勢であろう。
では『方丈記』のねらいは、何だったのか？　併せて、自分の体験や実感を回想する「き」が使われ、係り結びで強調もなされている。ヒントはたくさん転がっているが、正解はなかなか難しい。ここではとにかく、長明が、ことさらこの災害の描写において、読者を強く意識した、自覚的な筆法で書いているということを確認しておこう。

「吹き捲《まく》る」大旋風《だいせんぷう》は、力任せに家々をつぶし、木の葉のように空に吹き上げて、都の生活を壊滅させていく。治承四年四月二十九日のことだ。九条兼実の『玉葉』同日条には「廻飄忽起、発レ屋折レ木、人家多以吹損云々、又同時雷鳴、七条高倉辺落云々（中略）又白川辺雹降、又西山方同然云々」とある。落雷があり、洛外の東西には、雹《ひょう》が降る異例だったらしい。『玉葉』同年の五月二日条に「辻風雖レ為二常事一、未レ有レ如二今度之事一、仍尤可レ為二物怪一歟者」——辻風は常の事と為すといへども、いまだ今度《このたび》の事の如きは有らず。仍りて、尤も物怪《もっけ》と為すべきか、てへり——と『方丈記』によく似た記述があることも指摘されている。

『源氏物語』に先行する長編物語『うつほ物語』冒頭の俊蔭《としかげ》巻でも、最大三十もの琴を「巻き上げ」運ぶ旋風《つじかぜ》が、印象的に描かれる。舞台は、遺唐使だった清原俊蔭《としかげ》が漂流した波《は》斯《し》国（通常ペルシャをいうが、ここでは東南アジアあたりを指し示す）を起点とする。俊蔭は西へと進んで七仙人と出会い、琴を合奏すると、その妙音が仏の御国に届き、仏は文殊を連れて来訪した。俊蔭は、仏と文殊などの菩薩たち、そして七仙人らに琴を献じ、波斯国へ戻り、貿易船に乗って、十二の琴とともに二十三年ぶりに帰国した、という。この移動の折々に、「例のつじ風」が不思議な力を発揮して、運送を手伝ったと物語は伝える。

もちろん『うつほ』はフィクションで、舞台は、古代の日本人が、憧れつつも直接の往来を果たせなかったインド――たとえば澁澤龍彥『高丘親王航海記』は、その夢を追って羅越国（マレー半島南端）で亡くなった真如親王を描いた小説である――に及ぶ。いささかロマンチックな彩りだが、ここは全く違う。『方丈記』の辻風は、不気味に鳴り響動《どよ》み、目がくらんだ人々の叫び声さえ、かき消してしまう恐ろしさ。圧倒的な迫力である。

地獄の大暴風「業風」もかくばかり、と長明は書く。「一切の風の中には業風を第一とす」と『往生要集』は「大焦熱地獄」の説明に記す。業風は、悪業の人を連れ去って、地獄に運ぶ。そして「閻魔羅王、種々に呵責《かしやく》す」。閻魔さまから、さんざん叱られた後は、悪業の「羂《なは》」で縛られて、地獄の中に連れて行かれ、「遠く大焦熱地獄の普《あまね》く大炎の燃ゆるを見、また地獄の罪人の啼き哭ぶ声を聞く」（同書大文第一「厭離浄土」第一「地獄」の七、原漢文）という。

そんな風がこの現世《うつしよ》に？　これは「ただ事」ではない。きっと何かが起こる予兆だ……。

第六回、災厄Ⅲ　意想外の都遷りと怒り、そして旧都の荒廃

また、治承四年水無月の比《ころ》、にはかに都遷《みやこうつ》り侍りき。いと思《おも》ひの外《ほか》なりし事なり。おほかた、この京のはじめを聞《き》ける事は、嵯峨の天皇の御時、都《みやこ》と定《さだ》まりにけるよりのち、すでに四百余歳を経《へ》たり。ことなる故《ゆゑ》なくて容易《たやす》くあらたまるべくもあらねば、これを世の人、やすからず愁《うれ》へあへる、実《まこと》にことわりにも過《す》ぎたり。されど、とかく言《い》ふかひなくて、帝《みかど》より始めたてまつりて、大臣・公卿、みな悉《ことごと》くうつろひ給ひぬ。世に仕《つか》ふるほどの人、誰《たれ》か一人ふるさとに残《のこ》り居《を》らむ。官位《つかさくらゐ》に思ひをかけ、主君のかげを頼《たの》むほどの人は、一日なりとも疾《と》くうつろはむと励《はげ》み、時をうしなひ世に余《あま》されて、期《ご》する所なきものは、愁《うれ》へながら留《と》まり居《を》り。

軒《のき》をあらそひし人の住《す》まひ、日を経《へ》つつ荒《あ》れゆく。家は壊《こほ》たれて淀河に浮かび、地《ち》は眼《め》の前に畠となる。人の心皆《み》なあらたまりて、ただ馬・鞍《くら》をのみ重《おも》くす。牛《うし》・

車《くるま》を用《よう》する人なし。西南海の領所をねがひて、東北の庄園をこのまず。

（**大意**）

また、治承四年（一一八〇）の晩夏、六月の頃に（二日のことである）、突然、都遷りがありました。なんともまあ思いもかけない出来事であった。

そもそも、この京の都のはじめとして私が聞いていたのは、嵯峨天皇の御代に都として定まった、と伝えられている時代から後のことで、すでに四百年以上が経っている。格別な理由なくして安直・簡単に都が替わってしまうことなどあるはずもなく、あってはならないことなので、このことについて、世の人々が、憂え、心配して不満をかこち合っていたのは、ほんとうに、当然以上の道理ともいうべきである。だが、人々があれこれ嘆いて愚痴をもらすかいもなく、かたじけなくも帝を筆頭といたしまして、大臣・公卿という貴人たちは、みなすべてことごとく、新都（福原—現在の神戸市兵庫区あたり）へ移動なさってしまった。宮仕えをするような身分の人で、誰か一人でも、この旧都に残り住もうなどという方があろうものか。官位の昇進を願い執心して、主君の庇護にすがるような身の上・分際の者は、一日でも早く移り住みたいと必死になるし、出世のチャンスを失って世の中の栄達からあぶれて取り残され、期待すべき望みもない者は、みずからの不遇を嘆きかこちながら、旧都に留まり住んでいる。

かつて棟をならべ、甍を競い、軒を争うように繁栄していた人々の住まいは、日が経つごとに荒れていく。家は壊され、資材は淀川へと流されて浮かび、地面は見る間に畠となる。人の心はすっかり変わって、ただ武士が乗るための馬や鞍ばかりに価値を認めて重んじる。貴族が用いる牛車の牛や車を重用する人はいない。また（平家方の）西海道《さいかいどう》（九州）と南海道《なんかいどう》（四国と紀伊・淡路）の領地ばかりを願い望み、（源氏方の）東国（東海道と東山道《とうさんどう》）と北国《ほくこく》（北陸道《ほくろくどう》）の荘園を嫌う。

（原文）

又、治承四年ミナ月ノ比、ニハカニミヤコウツリ侍キ。イトヲモヒノ外也シ事ナリ。ヲホカタ、此ノ京ノハジメヲキケル事ハ、嵯峨ノ天皇ノ御時ミヤコトサダマリニケルヨリノチ、スデニ四百余歳ヲヘタリ。コトナルユヘナクテタヤスクアラタマルベクモアラネバ、コレヲ世ノ人ヤスカラズウレヘアヘル、実ニ事ハリニモスギタリ。サレド、カクイフカヒナクテ、帝ヨリハジメタテマツリテ、大臣・公卿、ミナ悉クウツロヒ給ヒヌ。世ニツカフルホドノ人、タレカ一人フルサトニノコリヲラム。ツカサクラヰニ思ヲカケ、主君ノカゲヲタノムホドノ人ハ、一日ナリトモトクウツロハムトハゲミ、時ヲウシナヒ世ニアマサレテ、ゴスル所ナキモノハ、ウレヘナガラトマリヲリ。ノキヲアラソヒシ人ノスマヒ、日ヲヘツヽアレユク。家ハコホタレテ淀河ニウカビ、地ハメノマヘニ畠トナル。人ノ心ミナアラタマリテ、タヾ馬・クラヲノミヲモクス。ウシ・クルマヲヨウスル人ナシ。西南海ノ領所ヲネガヒテ、東北ノ庄園ヲコノマズ。

（エッセイ）
都の定めは薬子の変――遷都論争と長明の立ち位置

リーンといくどか鳴って、ことっ、と途切れる黒電話。それを映し出すだけで、かつてドラマは、大きな意味を伝えることができた。脚本家・向田邦子（一九二九―八一）の時代、といえば、通じるだろうか？　電話の向こう側にいる、見えない姿の〈あなた〉まで、巨大な闇として映し出す。

「世の不思議」五つの中で、火事も普通は人災かと思うが、安元の大火は、失火、放火説と併行して、日吉の神火との解釈が根強かった。よって、この三番目の都遷りだけが、唯一で正真正銘の人災である。見えない〈あなた〉は、すべてを引き起こした平清盛だ。『平家物語』は、『方丈記』五大災厄の描写をパクリと借りて――安元の大火は巻一「内裏炎上」、治承の辻風は巻三「颷《つじかぜ》」、福原遷都は巻五「都遷」。以下、巻を隔てて、養和の飢饉は巻十一「一門大路渡」に言及があり（読み本系の四部合戦状本や延慶本ではより詳細に描かれる）、元暦の大地震は、巻十二「大地震」に配される――その作品世界に深みと拡がりを副えているが、当の『方丈記』は、平家の名も、源平の争乱も、直接には描かない。馬や鞍を重んじてとか、「西南海の領所をねがひて」などとほのめかすばかり。

「帝」は、安徳天皇である。清盛の孫で、治承二年（一一七八）十一月の生まれ。まだ満一歳（当時は数えで三歳）で、この治承四年二月に、数え二十歳の父・高倉天皇が譲位し、受禅――天皇となったばかりだ。即位式は、辻風の七日前、四月二十二日であった。安元の大火で大極殿は焼失し、いまだ再建ならず（そして永遠に果たされなかった）。式典はやむなく紫宸殿で行われるなど、異例が続いていた。まだ満二歳に届かぬ幼帝・安徳は、遷都に際し「いまだいとけなうましましければ、なに心もなう」、輿に乗って京を出た（『平家物語』巻五「都遷」）。

長明は、為政者の気まぐれに、ずっと憤っている。「みな悉く」と同義語を連ね、「愁へ」を二回も重ねたりして、文章にも、怒りがにじんでいるようだ。「此の京のはじめを聞ける事は」というあたりの文も、どこか屈折している。

そもそも、平安京の始まりを嵯峨天皇であるかのように記述して、それから四百年以上も経ったのにと、歴史への反逆を告発するのはなぜか？

治承四年は、西暦一一八〇年である。平安遷都は、ご存じのとおり、その三百八十六年前、延暦十三年（七九四）のことであった。長明の五大災厄記述としばしば表現の歩調を合わせる九条兼実の日記『玉葉』も、治承四年六月二日条に「天晴、卯刻、行二幸於入道相国福原別業一、法皇、上皇、同以渡御、城外之行宮、往古雖レ有二其例一、延暦以後、都無二此儀一、誠可レ謂二希代之勝事一歟」――（安徳天皇は）入道相国（平清盛）の福原別業に行幸す。後白河法皇、高倉上皇、同じく以て渡御す。城外（京都の外の）の行宮（かりみや）、往古その例有りといへども、延暦以後は、すべてこの儀なし。誠に希代の勝事と謂ふべきか――とあえて「延暦」を掲げている。嵯峨の父、桓武天皇の時代である。その後、桓武の第一皇子、平城天皇の御代を経て、弟の嵯峨天皇は、大同四年（八〇九）に即位する。ますます計算が合わない？

すっきり理解するための解釈は、より起点を下げて、翌大同五年の薬子の変の平定（八一〇年）――『平家物語』巻五「都遷」にも言及する――に置くことだ。近くは新日本古典文学大系がこの説を明示するが、古くは、夏目漱石の参照本として先にも触れた、江戸時代の『方丈記流水抄』にも書かれている。

薬子の変は、平城上皇が藤原仲成・薬子兄妹に唆されて起こしたとされているが、近年は、平城太上天皇の変とも呼ぶ。この内乱で、先帝の上皇平城は平城京に遷都を企て、「二所朝廷」の騒乱が生じた。そして、この混乱をおさめた嵯峨天皇の時代に、平安京は真の意味で「万代の宮」となる（橋本義彦『平安貴族』「〝薬子の変〟私考」）。『方丈記流水抄』の言葉を引けば、「其乱劇しづまりて後、代々の天子、今の京の外他国へ皇居を改らるる事なし」という。

薬子の変には、下鴨社正禰宜の子であった鴨長明にとってもう一つ、直接的なゆかりがあった。賀茂斎院設置の伝説である。薬子の変に直面した「嵯峨天皇は、兄の平城上皇を擁する勢力と対立した際（八一〇年）、賀茂大社に願を懸け、成就の御礼に、未婚の皇女を斎王（賀茂斎院）として献じた」という（所功『京都の三大祭』第1章「賀茂大社の葵祭」）。事情は『賀茂皇太神宮記』に詳細で、『賀茂斎院記』『一代要記』などにも略述される著名な伝承であった。これについて「平安京を永住の都と定めた嵯峨天皇が、地主神的な賀茂大神に皇女を奉ったことが恒例化したもの」とみる「説」もある（『国史大辞典』所功「斎院」吉川弘文館参照）。長明が、大同五年に平安京のはじめを見る理解も自然であろう。

もう一つ、忘れてはならないことは、計算の終点が、福原遷都の時点ではなく、長明が『方丈記』を書き上げる現在の、建暦二年（一二一二）であることだ。差し引き四百二年。私たち読者が一見とまどう時間のズレは、『方丈記』にあふれる、長明の熱い〈いま〉の証しでもあった。

ただ……、長明がいささか感情を昂ぶらせて嘆く旧都の荒廃だが、いや、そうでもない、とする記録が指摘されている。またしても『玉葉』である。治承四年八月二十九日、京都の邸宅で病臥中であった九条兼実に、蔵人頭左中弁の役職で福原と往来していた藤原経房が、もろもろ情報を伝えに来た。安徳が即位した年だ。大嘗会のことはどうなっているか、と聞く兼実に応えて経房は、いくつか所見を述べている。

六月二日、「卒爾（にわかに）遷幸」があり、その時には「遷都之由」を仰せられなかったこと、その後「可レ被二遷都一之儀」――遷都せらるべき儀があったが、「当時（＝現在の）御所」について、依然、「帝都」と為すべき由が定まらず、すでに離宮のようであること。さらに経房は「旧都人屋一人未二移住一、諸公事併於二彼都一行レ之」（旧都の人屋、一人として未だ移住せず。諸の公事、併《しかしなが》ら（＝すべて）、彼の都においてこれを行ふ）と述べて、京都の不動を報告した。

そして経房は改めて、「昨日参二詣十ヶ所一、其次見二廻洛陽一、一切未二荒廃一、恐遂可レ還二此都一歟」（昨日、十ヶ所を参詣す。その次《ついで》に洛陽を見廻るに、一切いまだ荒廃せず。恐らくは遂にこの都に還るべきか）と見解を吐露している（『玉葉』同日条、細野哲雄「『方丈記』における詩と真実」など参照）。

これは、突然の遷都からほぼ三ヶ月を経た時点で、実務家貴族が貴紳に報告した実態だ。立場と視点で事情はまた異なるだろう。遷都か否か、この大事件の解釈には議論があるが、長明は都遷りと明言していたし、『玉葉』記主・兼実の弟で長明と同じ年頃の慈円『愚管抄』も「治承四年六月二日、忽《たちまち》ニ都《みやこ》ウツリト云《いふ》事行ヒテ、都ヲ福原へ移シテ行幸ナシテ」と明記している。長明にとっては、首謀者清盛の名前を挙げるのさえ忌まわしいこの人災こそ、もっとも許しがたい「世の不思議」の経験だったのかも知れない。このあと長明は福原を訪れ、自分の眼で見た新都の様子を記述していく。

第七回、福原の「都の手振《てぶ》り」と「鄙《ひな》たる武士《もののふ》」

その時、自《おの》づから事のたよりありて、摂津国《つのくに》の今の京にいたれり。所のありさまを見るに、その地ほど狭《せば》くて条里を割《わ》るにたらず。北は山に沿《そ》ひて高く、南は海ちかくて下《くだ》れり。波《なみ》の音《おと》つねにかまびすしく、塩風《しほ》ことにはげし。内裏は山の中なれば、彼《か》の木《き》の丸殿《まろ》もかくやと、なかなか様《やう》かはりて、優《いう》なるかたもはべり。日々《ひび》に壊《こほ》ち、河《かは》も狭《せ》に運《はこ》びくだす家《いへ》、いづくに作《つく》れるにかあるらむ。なほ、むなしき地《ぢ》はおほく、つくれる屋《や》はすくなし。古京はすでに荒れて、新都はいまだ成《な》らず。ありとしある人は、皆、浮雲の思《おも》ひをなせり。もとよりこの所に居《を》るものは、地《ぢ》をうしなひて愁《うれ》ふ。今移《うつ》れる人は、土木《とぼく》の煩《わづら》ひある事を歎《なげ》く。路《みち》のほとりを見れば、車に乗《の》るべきは馬に騎《の》り、衣冠・布衣《ほい》なるべきは多く直垂《ひたたれ》を着《き》たり。都《みやこ》の手振《てぶ》りたちまちにあらたまりて、ただ鄙《ひな》たる武士《もののふ》にことならず。

（大意）

その時、たまたま事のついでがあって、摂津の国にある新しい今の京《ミヤコ》を訪ねた。あたりの様子を見ると、その土地は狭くて、条里の区画割りをすることができない。北は、山が迫って高く、南側は海が近くせまり、傾斜して下っている。波の音が絶えず騒がしく響き、潮風はことに激しく吹く。内裏は山の中にあるので、天智天皇がお造りになったという木の丸殿もこんなふうだったのかと、様変わりして新鮮で、こんなわびしさもかえって風雅に感じるところもある。毎日毎日京都の居宅を取り壊し、河も狭しと、材木をこの地まで運び下している家々は、いったいどこに建て直して作っているのだろう。依然として空き地が多く残り、作り終えて建っている家屋は少ない。古都の京都はすでに荒れ果て、新都はいまだ完成していない。すべての人が、みな、浮き雲のように不安な思いを抱いていた。もともとこの福原の地に住んでいた人々は、自分の土地を失って苦しみ憂える。いまあらたに移ってきた人々は、土木工事の煩わしさがあることを嘆く。路上をみれば、牛車に乗るべき貴人は武人のように馬に乗り、衣冠や布衣など貴族の装束であるべき身分の人が、多く武士の着る直垂を着ている。都風の洗練はたちまちに失われ、ただひなびた田舎の武士と変わらない。

（原文）

ソノ時、ヲノヅカラ事ノタヨリアリテ、ツノクニノ今ノ京ニイタレリ。所ノアリサマヲミルニ、南ハ海チカクテクダレリ。ナミノヲトツネニカマビスシク、シホ風コトニハゲシ。内裏ハ山ノ中ナレバ、彼ノ木ノマロドノモカクヤト、ナカ〳〵ヤウカハリテ、イウナルカタモハベリ。ヒヾニコホチ、カハモセニハコビクダスイヱ、イヅクニツクレルニカアルラム。ナヲ、ムナシキ地ハオホク、ツクレルヤハスクナシ。古京ハスデニ荒テ、新都ハイマダナラズ。アリトシアル人ハ、皆、浮雲ノヲモヒヲナセリ。モトヨリコノ所ニヲルモノハ、地ヲウシナヒテウレフ。今ウツレル人ハ、土木ノワヅラヒアル事ヲナゲク。ミチノホトリヲミレバ、車ニノルベキハ馬ニノリ、衣冠・布衣ナルベキハ多クヒタ、レヲキタリ。ミヤコノ手振里タチマチニアラタマリテ、タヾヒナタルモノ、フニコトナラズ。

※諸本では、「所ノアリサマヲミルニ」に続けて「その地ほど狭《せば》くて条里を割るにたらず、北は山に沿ひて高く」とある。校訂本文と大意には補って示した。

（エッセイ）

都人長明の矜持と「ば」の世界

正岡子規は、柿が大好きだった、と聞いたことがある。急にそんなことを思い出したのには、理由がある。このエッセイのもとになる「方丈記を味わう」という文章を『京都新聞』に連載していた時のことである。俳人で日本文学研究者の坪内稔典が、同一紙面に「ねんてん先生の575」という名物コラムを連載しており、いつも楽しく読んでいた。私の連載のこの一節は、ちょうど秋の深まる十一月頃の執筆だった。それでふと、あの俳句を……。ためしに口ずさんでみれば、たしかに「柿食へば鐘が鳴るなり法隆寺」という名句の「食へば」のあたり、むしゃぶりついた果汁がほとばしるようで、おいしそう！

ところでこの句において、柿を喰うことと、助詞の「ば」がつなぐ法隆寺の鐘との間に、論理的な因果関係はない。ないのだけれど、それ故に、まずは無心に好物にむしゃぶりついて、独りもそもそ柿を喰らう男が、ボーンと響いた鐘で、ふと、古都の時空に包まれていたことに気付く面白さ。柿色に染まる、晩鐘の夕焼けまで、ぱっと想像してしまう。それがこの句の「ば」の世界である。

『方丈記』は「自ずから」「今の京」に到った、と書いている。それは、子規の描く

「ば」の偶然と近い……、などと言えば、こじつけに聞こえるだろうか。長明が、二十代半ばのことである。わざとじゃないよ。たまたまあのあたりに行くことがあって……。そうことわって、長明は、観察を開始する。

大福光寺本以外の写本では「所のありさまをみるに」に続けて、「その地ほど狭《せば》くて条里を割るにたらず、北は山に沿ひて高く」と、原文にして一行ほどの文章がある。こっちの方が「南」の海の描写と対句的で整っている。というより、これがないと、福原の形状と都としての不適合さの描写が十分に完結しない。大福光寺本の、目移り（一行分の飛ばし読み）による誤脱で、写し間違いであろう。ここでは補って示した。大福光寺本の「長明自筆」説が揺らぐ傍証の一つだ。

神戸という街は、源義経の一の谷 鵯越《ひよどりごえ》を思わせる切り立った山と、その裾野からふもとに広がる住宅地と商業地、そして目の前に広がる美しい海の風景とが凝縮して展開する。私も、一九九五年一月十七日の阪神淡路大震災の前後に、七年ほど、神戸市東灘区の山手に住んだ経験がある。気候も穏やかで、いまでも大好きな都市なのだが、都の理想とは別のこと。当時、神戸市の百貨店の中に掲示された方向案内に、海側・山側と表示してあるのが印象的だった。『方丈記』のいうとおりだ。

平清盛たちが目論んだ、日宋貿易の拠点としての大輪田泊のイメージなど、どれほど伝わっていたことやら。少なくとも長明の眼から見れば、条里が整い、四方を山に囲まれた、四神相応を体現した京都——四神相応とは「地相からみて、天の四神に応じた最良の土地柄」で、「左方（東）は青龍にふさわしい流水、右方（西）は白虎の大道、前方（南）は朱雀の汚地（おち＝くぼんだ湿地）、後方（北）は玄武の丘陵を有すること。官位・福禄・無病・長寿を合わせ持つ地相で、日本の平安京の地勢はこれにあたる」（『日本国語大辞典第二版』小学館）——と比べて、神戸の西側の福原の地は、あきれるほどの異風景だったことだろう。

その一方で長明も（そしてどうやら清盛も）読んだはずの『源氏物語』須磨の巻には、その地の様子が「心細からむ海づらの、波風よりほかに立ちまじる人もなからむに」——誰もいない寂しい海辺に、波や潮風ばかりが寄せて響く、と語られている。福原と須磨はほど近く、印象が重なる。『方丈記流水抄』に指摘されるように、光源氏の須磨でのわび住まいは、「あはれにすごげなる山中《やまなか》」で「めづらかに見たまふ」としながらも、その家作りについては「をかしうしつらひなしたり。所につけたる御住まひ、やうかはりて、かかるをりならずは、をかしうもありなまし」と風情あるさまに描かれる。

長明は、都人のプライドか、ことさらにみやびな言葉を列ねて、ひなびた福原を描写していた。しかも論ずる対象は、平家も武士も関係ない。あくまで帝の仁政である。「木の丸殿」とは、天智天皇の伝説に由来する表現で、歌言葉でもある。天智が中大兄という皇太子だった時代に、筑前の朝倉という山中で、皮の付いた丸木のまま、質素な「黒木の屋」を造り、みずから「朝倉や木の丸殿《まろどの》にわがをれば　なのりをしつつ行くはたが子ぞ」という和歌（『新古今和歌集』巻十八、一六八九番）を詠んだという。

また『方丈記』が「古京はすでに荒れて、新都はいまだ成らず」と叙述する部分では、『伊勢物語』第二段の「奈良の京は離れ、この京は人の家まだ定まらざりけるに」という描写がふまえられている。「都の手振り」は「あまざかるひなにいつとせすまひつつ　みやこのてぶりわすらえにけり」という『万葉集』の和歌（巻八、八八〇番）が本歌だろう。「鄙に五年《いつとせ》」も住み、すっかり「都のてぶり」を忘れてしまったというこの歌は、平安時代以降も、繰り返し引用されている名歌である。

五年か……。この都遷りは、万葉人の風流な嘆きとは桁違いだ。短期間で、濁流のように一気に、京都の歴史と文化を突き崩す。翻弄される人々は、どっちに転んでも苦しい。先には「人の心皆なあらたまりて、ただ馬・鞍をのみ重くす」とあったが、ここではもはや「車に乗るべきは馬に騎《の》り、衣冠・布衣《ほい》なるべきは多く直垂《ひたたれ》を着たり」という。貴族もすっかり武士の出で立ちだ。

しかし、ここでの長明の俯瞰的視点は、常に京都の貴族の側にある。ゆるぎはないようだ。

第八回、乱世の瑞相と還都の哀愁

世の乱るる瑞相とか聞《き》けるも著《しる》く、日を経《へ》つつ世の中浮《う》きたちて、人の心も収まらず、民《たみ》のうれへ終《つひ》に空《むな》しからざりければ、同じき年の冬、なほ、この京に帰り給ひにき。されど、壊《こほ》ち渡《わた》せりし家どもは、いかになりにけるにか、悉くもとの様《やう》にしも作らず。伝《つた》へ聞《き》く、いにしへの賢《かしこ》き御世には、あはれみを以《もち》て国を治《をさ》め給ふ。すなはち、殿に茅《かや》ふきて、その簷《のき》をだにととのへず、煙《けぶり》の乏《とも》しきを見給ふ時は、かぎりある貢《みつき》物をさへ免《ゆる》されき。これ、民をめぐみ、世をたすけ給ふによりてなり。今の世のありさま、昔になぞらへて知りぬべし。

（**大意**）

（あのように世相が一変するのは）世が乱れる前兆だとか聞いた、そのとおりになって、現実はひどいていたらくだ。日が経つごとに、世の中は落ち着きを失って騒がしく、人の心も動揺は静まらない。天下の人民の怨嗟《えんさ》の声はついにむなしからず、お上にも届いて、同じ治承四年（一一八〇）の冬に、結局はもとのとおり、帝をはじめとして（十一月二十三日に福原を出る）、この京都に帰り給うたのであった（同二十六日）。しかし人々は戻ってきても、あたり一面、軒並み取り壊して運び下した家々は、どのようになってしまったのか、そのますますっかり、もとのようには建て直すことができない。伝え聞くところでは、いにしえの、かけまくもかしこき天皇の御世には、民への慈しみをもって国をお治めになられた、という。どういうことかといえば、（中国古代の帝・堯は）人々の費えや手間をはばかって、宮殿に茅葺きをしても、軒の茅の端をさえ切り整えず、（日本古代の仁徳天皇は）家々のかまどから炊事の煙がほとんど出ないほど、人々の暮らしが貧しいのを御覧になって、定まった額のある徴収すべき貢ぎ物、税までも、三年間お許しになった、という歴史的事実だ（ここの助動詞「き」は史実の叙述の用法）。今の世の有様がどれほどひどいものであるか、こうした昔の故事に比べれば、よくよく理解できるに違いない。

（原文）

世ノ乱ル、瑞相トカキケルモシルク、日ヲヘツ、世中ウキタチテ、人ノ心モヲサマラズ、タミノウレヘツヰニムナシカラザリケレバ、ヲナジキ年ノ冬、ナヲ、コノ京ニ帰リ給ニキ。サレド、コホチワタセリシ家ドモハ、イカニナリニケルニカ、悉クモトノ様ニシモツクラズ。ツタヘキク、イニシヘノカシコキ御世ニハ、アハレミヲ以テ国ヲ、サメ給フ。スナハチ、殿ニカヤフキテ、其ノキヲダニト、ノヘズ、煙ノトモシキヲミ給フ時ハ、カギリアルミツキ物ヲサヘユルサレキ。是、民ヲメグミ世ヲタスケ給フニヨリテナリ。今ノ世ノアリサマ、昔ニナゾラヘテシリヌベシ。

※「殿ニカヤフキテ其ノキヲ」の「其」を「モ」と読み、「……カヤフキテモ、ノキヲ」と解する説もある。

（エッセイ）

『方丈記』の時代精神——仰ぎ見るべき皇統とは

「世の乱るる瑞相」って、形容矛盾じゃないだろうか。ぱらぱら辞書を見てみると、「瑞相」とは「めでたいしるし」だと書いてある。世の中が乱れる、めでたいしるし……？

いやいや、慌ててはいけない。どの辞書も、「瑞相」の第二の意味として、善悪両方の前兆やきざしをいうと定義してある。『平治物語』や『源平盛衰記』などの用例のほか、

『方丈記』を引く辞書もある。

でも『方丈記』は、やはりどこか皮肉である。これまでも、大火が「末広」になっただとか（末広って、おめでたいことの象徴だろう?:）、災害の様を、歌言葉を使って、屋根材が「冬の木の葉」のように風に乱れ舞う、と評してみたり。福原にいたっては、あまりにひなびて、逆に「優なるかたもはべり」だなんて。長明はやっぱり、都会人で、芸術家。事態の重さをななめに見て、時にひらりとひるがえし、表現を楽しむ軽さもある。

『方丈記』を読むときに、深刻さばかりを追い求めるのは間違いだ。堀田善衞も、五木寛之との対談で、長明の「高度なユーモア」と「皮肉」を強調していた。堀田の『方丈記私記』のイメージとずいぶん違うと思ったのか、五木は、意表を突かれ、「ユーモアが?:」と聞き返している（本書「解説」参照）。

そして長明は、都遷りをめぐるドタバタを、名前も出さない首謀者・平清盛ではなく、天皇の治世への批判で締めくくる。引き合いに出して比べるのは、賢き和漢聖代の昔だ。「殿に茅をふき」、「簷」さえ整えなかったという、民の費えを慮った節約のたとえは、中国の聖帝・堯の伝説だ。それはまた、前回見た、天智天皇の「木の丸殿」伝説の見本となった故事でもあった。煙の方は、戦前の教科書では定番でお馴染みの、仁徳天皇の物語である。

帝は「民をめぐみ」、仁政をほどこすべし。この主張は、本書第一回に掲げた『方丈記』の古い読者『十訓抄』も同様だ。『十訓抄』は、冒頭第一に「恵み」の意義を説き、仁徳天皇の故実（一ノ一）と天智天皇の説話（一ノ二）を掲げている。それはつまり、時代精神でもあったのだ。『方丈記』に先立つ『新古今和歌集』（一二〇五年）にも、天智天皇の「木の丸殿」の和歌と、仁徳天皇の「たかき屋にのぼりてみれば煙《けぶり》立つ　民のかまどはにぎはひにけり」という和歌が載っている（巻七賀、七〇七番）。

『新古今集』撰者の一人で、長明より数年若く、交流もあった藤原定家（一一六二―一二四一）が撰んだ『百人秀歌』や、その改訂版（後人による、との説がある）という『百人一首』も、第一首は天智天皇の歌である。周知のところだろう。あの「秋の田のかりほ」のわび住まいの様子は、「木の丸殿にわがをれば」の風情とよく似ている。

天智天皇は、平安時代以来、貴い祖先の天皇として尊崇された。平安時代の天皇は、すべて彼の皇統で占められているからだ。

七世紀後半に、天智が崩じたあとの皇位継承をめぐって騒乱が起き、弟の天武天皇が、天智の子の大友皇子に、壬申の乱（六七二年）で勝利する。それ以来、天武の子孫たちが即位して、奈良時代の皇統を独占した（天武系）。それが、あの道鏡ゆかりの、女帝称徳のスキャンダルに満ちた死（七七〇年）の伝説（『古事談』巻一第一話他）を最後の刻印として、天武系の皇統が終焉してしまうのだ。

称徳帝の跡継ぎが決まっていなかったため、藤原百川など、藤原氏に擁立され、白壁王（光仁天皇）が選ばれて位に即く。彼は、天智の子、志貴皇子の子息であった。志貴皇子は「石走る《いは》（ばしる／そそぐ）垂水《たるみ》の上のさわらびの萌え出づる春になりにけるかも」（『万葉集』巻八、一四一八番）などの名歌で知られる著名な万葉歌人だ。こうして奈良時代が終わる。平安時代を作ったのは、光仁帝の第一皇子で、長岡京、そして平安京へと都を移した桓武天皇である。以下、すべての天皇は天智天皇の子孫＝天智系となる。

桓武天皇といえば、末裔に重要な人物がいる。桓武平氏の清盛である。長明は、前回の一節で文章を屈曲させ、平安京の始まりを桓武天皇と言わずに、嵯峨天皇で整理していた。もしかすると、桓武から清盛へ、という連想を避ける意味もあったのか？　いや、少し考えすぎだろうか。しかし長明の認識とは別のことだが、源氏については、とかく評判の悪い陽成天皇を忌避して陽成源氏と言わず、その父の清和天皇にさかのぼって清和源氏と称した、という説も存在している。

第九回、災厄Ⅳ　養和の飢饉──「うれへ悲しむ声、耳に満《み》てり」

また、養和のころとか、久しくなりて覚《おぼ》えず。二年《ふたとせ》があひだ世の中飢渇《けかつ》して、あさましき事侍りき。或いは春・夏ひでり、或いは秋大風・洪水など、よからぬ事どもうち続《つづ》きて、五穀ことごとく生《な》らず。むなしく春かへし、夏植《なつう》うるいとなみありて、秋刈《か》り冬収《をさ》むるそめきはなし。これによりて国々の民、或いは地《ち》を捨ててさかひを出《い》で、或いは家を忘《わす》れて山に住《す》む。さまざまの御祈《おほんいのり》はじまりて、なべてならぬ法ども行はるれど、更々《さらさら》その験《しるし》なし。京のならひ、何事《なにわざ》につけても、みな、もとは田舎《ゐなか》をこそ頼《たの》めるに、絶《た》えて上《のぼ》るものなければ、さのみやは操《みさを》も作《つく》りあへん。念《ねむ》じわびつつ、さまざまの財物《ざいもつ》かたはしより捨《す》つるがごとくすれども、更に目見《めみ》立《た》つる人なし。たまたま換《か》ふる物は、金《こがね》を軽《かろ》くし粟《あは》を重《おも》くす。乞食路《こつじきみち》のほとりに多《おほ》く、うれへ悲《かな》しむ声《こゑ》、耳に満《み》てり。前《まへ》の年《とし》、かくの如く辛《から》うして暮《く》れぬ。

（大意）

また養和のころ（一一八一—八二年）だったか、ずいぶん昔のことなので、よく覚えていない。二年の間、世は飢饉で、想像を絶する、なんともひどい状態でした。たとえば春と夏は日照りで旱魃し、秋には大風や洪水など、農作によくない事があれこれと続いて、五穀（通常は、米・麦・黍・粟・豆）は全く実らない。せっかく春に田を耕し、夏に苗を植える作業をしたのに、枯れてしまって実はならず無駄になってしまい、秋に刈り入れ、冬には収蔵するという、収穫の賑《にぎ》わい（「そめき」）はない。このため地方の諸国の民は、活路を求めて、自分の土地を捨てて国境《くにざかい》から逃げ出したり、我が家など忘れたように山に住む。朝廷では様々なご祈禱が始まって、特別な修法も行われるけれど、まったくもって効験がない。都の常として、何事につけても、生活の基盤はぜんぶ、田舎ばかりをあてにしているのだが、都へ運ばれる物品が全然ないので、そう体裁ばかりつくろってもいられようか。苦しさを我慢しきれず、種々の宝物や家財をかたっぱしから捨てるように売り払おうとするが、いっこうに目を止める人もいない。たまたま取引が成立しても、金の価値は軽く、粟の方を重く高く交換する。物乞いは道ばたにあふれ、不平や苦しみを訴え悲しむ声が、耳の奥底にまで響きわたる。飢饉の初年は、こんな具合でやっとのこと暮れた。

（原文）

又、養和ノコロトカ、久クナリテヲボヘズ。二年ガアヒダ世中飢渇シテ、アサマシキ事侍リキ。或ハ春・夏ヒデリ、或ハ秋大風・洪水ナド、ヨカラヌ事ドモウチツヾキテ、五穀事〳〵クナラズ。ナツウフルイトナミアリテ、秋カリ冬ヲサムルソメキハナシ。是ニヨリテ国々ノ民、或ハ地ヲステ、サカヒヲイデ、或ハ家ヲワスレテ山ニスム。サマ〴〵ノ御祈ハジマリテ、ナベテナラヌ法ドモヲコナハルレド、更々其ノシルシナシ。京ノナラヒ、ナニワザニツケテモ、ミナ、モトハヰナカヲコソタノメルニ、タヘテノボルモノナケレバ、サノミヤハミサヲモツクリアヘン。ネムジワビツヽ、サマ〴〵ノ財物カタハシヨリスツルガ事クスレドモ、更ニメミタツル人ナシ。タマ〳〵カフル物ハ、金ヲカロクシ粟ヲ、モクス。乞食路ノホトリニヲホク、ウレヘカナシムコヱ、耳ニミテリ。マヘノトシ、カクノ如クカラウシテクレヌ。

※「五穀事〳〵クナラズ」に続けて、諸本は「むなしく春かへし」とある。校訂本文には補って示した。

※「更々」の踊り字は「ニ」に字形近く、他本は「更に」とするが、大福光寺本の他の「更ニ」の「ニ」の字形とは少し異なる。

※「秋大風……」は「秋・冬大風……」とする本文もある。

（エッセイ）

絵にも描けない惨劇

二〇一一年の夏、ＮＨＫで『ふたり――コクリコ坂・父と子の三〇〇日戦争 宮崎駿×宮崎吾朗』というドキュメンタリーが放映された。ご覧になった方もいるだろう。この時の取材内容の一部は、二〇一三年に、宮崎駿が長編映画の制作から引退を表明した後の特番でも流された。近年では、二〇二〇年十二月二十九日に、『アーヤと魔女』の公開に合わせて再放送されている。

この『ふたり』は、タイトル通り、駿と吾朗という、父と子の葛藤をうまく切り取りながら、東日本大震災に直面した際のジブリの制作現場の厳しい討議も映し出す。なかなかの迫力があった。少し心を動かされ、宮崎吾朗とジブリをネットで調べてみると……、『方丈記』にたどりつく！「堀田善衞展 スタジオジブリが描く乱世。」という展覧会（二〇〇八年、神奈川近代文学館）である。図録を取り寄せ、パラパラ眺めてみると、「「定家と長明」――堀田善衞の「定家明月記私抄」「方丈記私記」を原作とする、アニメーション映画化を想定した美術・イメージボードより」と題して描かれた、宮崎吾朗の作品などが数点掲載されていた。この時、宮崎駿は、一九四五年の東京大空襲の体験とオーバーラップレつつ『方丈記』を語る堀田善衛『方丈記私記』について、文字通り「方丈記私記とわたし」という講演を行っている（二〇〇八年十月十一日、県立神奈川近代文学館）。宮崎駿は、堀田から『方丈記私記』のアニメ化を奨められたというが、残念ながら実現していない。長明が、ジブリのアニメで躍動していたら、どんな声で『方丈記』の冒頭を歌い上げていたことだろう。

その後、この展覧会は、『方丈記』八〇〇年の記念の二〇一二年に、長明ゆかりの下鴨神社で、より完全な形でよみがえる（「『定家と長明』展　スタジオジブリが描く乱世。」二〇一二年十月一日〜十二月十六日）。約三百点あるという原画が一斉に展示され、私も、その一つ一つをじっくり鑑賞することができた。嬉しい後日譚である。

ところで「堀田善衞展」の図録に掲載されたジブリの『方丈記』の災害の絵は、大火と辻風である。後に言及するように、この二つの災害だけが選ばれたのは、夏目漱石の英訳『方丈記』と同じだ。その符合に興味を覚えるが、それはまたあとで考えるとして、ジブリについて言えば、図録に載る「京に侵入した源氏」に焼かれる街並みや、「廃墟となった大内裏」の絵なども、『方丈記』と同時代の都の荒廃を伝えているが、この重苦しい養和の飢饉は描かれていないようだ。

火事と風は、いわば一日の惨劇である。あの乱暴な遷都騒動も、半年前後のことだった。

ところが、その翌年の養和の飢饉は、政治の気まぐれに衰弱した人々を二年以上にわたって苦しめて、膨大な死者を出した。一枚の絵では画《か》きれない、地獄の時間と惨状が繰り返されたわけだ。『方丈記』が描く、複合的な災害の悲惨さは、後の十五世紀に、飢饉や疫病という災厄の果てに、応仁の乱の勃発に直面した、心敬という読者の記憶に、強く深く印象づけられることになる。本書「はじめに」で引いた『ひとりごと』の叙述だ。

これに先立つ都遷りの治承四年、「よからぬ事どもうち続きて」、主食の穀物は、壊滅的な打撃を受けた。京都はすでに、「何事につけても、みな、もとは田舎をこそ頼める」ような、成熟しすぎた〈都市〉だったのだ。地方の影響をもろにうけ、年が明けて治承五年、都でも飢饉が深刻となり、四月には餓死者があふれ出す。養和への改元は、七月十四日のことだ。「養和のころとか」などと長明がぼかすのは、災害が、改元をまたぐからだろうか？　あるいは後に触れるように、関東では、養和への改元を認めなかったからか？　しかし、そのころ長明は『鴨長明集』という歌集を作り、「養和元年五月日　散位鴨長明」と誌《しる》している（「承元元年（＝一二〇七）五月」とする伝本もある）。彼にとっては、しっかりと自覚された年号であり、時代だったはずなのだが。

養和への改元前、年の前半には、高倉上皇と平清盛が相次いで没し、時代は変わって、主役の交替が始まっていた。前年の治承四年八月、伊豆に挙兵した源頼朝が、いずれ平家を追い詰めていくことだろう。こんな時期のことを、それでも長明は、昔のことで覚えていない、ととぼけてみせる。この叙法には注意が必要だ。

先に都遷りのところで、「世の乱るる瑞相」と述べて、貴族と武士と、価値観の転倒を述べていたが、ここでもまさに「さまざまの財物《ざいもつ》かたはしより捨つるがごとくすれども、更に目見立つる人なし。たまたま換《か》ふる物は、金《こがね》を軽《かろ》くし粟《あは》を重くす」と革命的な変化が起こっていた。「世の不思議」五つの災厄は、目に見えない糸で因果を繋ぎ、長明を取り囲む世の中を、次第に破滅へと追い込んでいくかのようだ。

第十回、シンデミックの「濁悪世《ぢよくあくせ》」

あくる年《とし》は立《た》ち直《なほ》るべきかと思《おも》ふほどに、剰《あま》りさへ疫癘《えきれい》うち添ひて、まさざまに跡形《あとかた》なし。世の人みな扃《けい》しぬれば、日を経《へ》つつ窮《きは》まりゆくさま、少水《せうすい》の魚《いを》のたとへに適《かな》へり。果《は》てには、笠《かさ》うち着《き》、足ひき裹《つつ》み、よろしき姿《すがた》したる物、ひたすらに家ごとに乞《こ》ひ歩《あり》く。かく侘《わ》びしれたるものどもの、歩《あり》くかと見れば、すなはち倒《たふ》れ臥《ふ》しぬ。築地《つひぢ》のつら、道のほとりに、餓《う》ゑ死《し》ぬる物のたぐひ、数《かず》も知らず。取《と》り捨《す》てるわざも知《し》らねば、くさき香《か》、世界に充《み》ち満ちて、変《かは》りゆく貌《かたち》・ありさま、目も当《あ》てられぬこと多《おほ》かり。いはむや河原《かはら》などには、馬・車の行《ゆ》きかふ道だになし。あやしき賤《しづ》・山賤《やまがつ》も力尽きて、薪《たきぎ》さへ乏《とも》しくなりゆけば、頼《たの》むかたなき人は、みづからが家を壊《こほ》ちて、市《いち》に出《い》でて売《う》る。一人が持《も》ちて出《い》でたる価《あたひ》、一日《ひとひ》が命にだに及ばずとぞ。あやしき事は、薪の中に、あかき丹《に》つき、薄《はく》など所々《ところどころ》に見ゆる木、あひ雑《まじ》はりけるを、尋《たづ》ぬれば、すべきかたなき物、古《ふる》寺にいたりて仏をぬすみ、堂の物《もの》の具を破《やぶ》り取《と》りて、破《わ》り砕《くだ》けるなりけり。濁悪世《ぢょくあくせ》にしも生《む》まれあひて、かかる心うきわざをなん見侍りし。

〈大意〉

翌年には回復することができるだろうか、などと思ううちに、さらに伝染病まで加わって、ますます復旧のきざしもない惨状である。世の人はみな家に閉じこもったきり出てこず――「ケイシ」は難語。新日本古典文学大系の解釈による――、そのため日に日に追い詰められていく様子は、経典に無常を説くように、少ない水の中でかろうじて暮らしている「少水の魚」――無常のたとえとして『往生要集』に引用する――が、日に日に命を縮めるたとえそのものだ。しまいには、笠をかぶり、足に脚絆などした、そこそこの身なりの者が、一軒一軒、必死でひたすら物乞いをして歩く。ここまで窮して惚《ほう》けた者どもは、歩いていたかと思えば、突如その場に、ばたっと倒れ臥してしまう。塀の前や道ばたで飢え死にするような類《たぐい》の者どもは、数も知れない。運び捨てるすべもないので死体はそのまま放置されて腐敗し、悪臭はこの世全面に充満して、顔形や体が崩れ変ずる有様は、およそ目も当てられないほどひどい状態である。ましてや鴨川の河原などは、捨てられた死骸で一杯で、馬や車が行き交う道さえない。身分の低い者どもや賤しい山里住みの木こりなどの連中も力尽き、薪さえ乏しくなってきたので、頼りにするあてもない人は、自分で自分の家を壊し、市に持って行って売る。一人が持ち出して売買した代価は、一日の命をつなぐのにさえ足りないとのことだ。怪しいなと不審に思ったことは、薪の中に、赤い丹塗りの色が付き、金箔――金箔・銀箔とする理解もある――などが所々に見える木が混じっていたことで、事情を聞いてみると、なんと困窮して追い詰められ、どうしようもなくなったヤカラが、古寺に入って仏像を盗み、お堂の仏具を壊して取って、割り砕いたものだった、という話である。何の因果か、まさに「濁悪世」というひどい末世に生まれ合わせて、こんな情けないしわざを見たことですよ。

〈原文〉

アクルトシハタチナヲルベキカトヲモフホドニ、アマリサヘエキレイウチソヒテ、マサヾマニアトカタナシ。世人ミナケイシヌレバ、日ヲヘツ、キハマリユクサマ、少水ノ魚ノタトヘニカナヘリ。ハテニハ、カサウチキ足ヒキツヽミ、ヨロシキスガタシタル物、ヒタスラニ家ゴトニコヒアリク。カクワビシレタルモノドモノ、アリクカトミレバ、スナハチタフレフシヌ。築地ノツラ、道ノホトリニ、ウヘシヌル物ノタグヒ、カズモ不知。トリスツルワザモシラネバ、クサキカ世界ニミチ満テ、カハリユクカタチ・アリサマ、目モアテラレヌコトヲホカリ。イハムヤカハラナドニハ、馬・車ノユキカフ道ダニナシ。アヤシキシヅ・ヤマガツモチカラツキテ、タキヾサヘトモシクナリユケバ、タノムカタナキ人ハミヅカラガ家ヲコホチテ、イチニイデ、テウル。一人ガモチテイデタルアタヒ、一日ガ命ニダニ不及トゾ。アヤシキ事ハ、薪ノ中ニ、アカキニツキ、ハクナド所〳〵ニミユル木、アヒマジハリケルヲ、タヅヌレバ、スベキカタナキ物、フル寺ニイタリテ仏ヲヌスミ、堂ノモノ、具ヲヤブリトリテ、ワリクダケルナリケリ。濁悪世ニシモムマレアヒテ、カヽル心ウキワザヲナン見侍シ。

（エッセイ）
モノクロームに光る彩色

この世界は、あらゆる色彩に満ちている。それを写す絵画にも、太古から、美しい彩りがなされていた。だからこそ、モノクロで登場する新しいメディアにも、なんとかして色を付けたくなる。明治時代に、白黒写真に綺麗な色を塗った、手彩色《てざいしき》写真がたくさん作られたように。

「総天然色」をうたい文句にして、『風と共に去りぬ』という映画が日本で公開されたのは、一九五二年のことだ。アメリカでは、三九年に封切りされているから、十三年も経ってのことだった。その間に、アメリカとの戦争と敗戦があり、五二年は、ようやく日本の占領期が終わった年である。ちなみに日本でも、カラー映画を作る試みはなされていた。日本初と喧伝された長編カラー映画が、ちょうどその前年の一九五一年に公開されている。木下恵介監督、高峰秀子主演の松竹映画『カルメン故郷に帰る』である。いまではデジタルリマスターされたきれいな映像が観られるが、やはり『風と共に去りぬ』とは、ずいぶんスケールが違う。日本では、演出を含めて、まだまだ進化途上の技術だったようだ。

一方で、さらにその前年の一九五〇年に『羅生門』を作り、翌年、ヴェネツィア国際映画祭でグランプリを獲得して、世界的な評価を受けていた黒澤明は、それでもずっと、白黒映画を貫いていた。彼は絵がうまく、かつて画家志望だった人だから、そこには考えがあってのことだろう。後年、黒澤は『カルメン故郷に帰る』を高く評価していた。

その黒澤は、ようやく六三年に、『天国と地獄』という映画の中で、初めてカラーを用いた。しかしそれは、パートカラーという、きわめて限定的なやり方であった。とても重要な場面にワンシーンだけ。煙突から出る煙に、ピンク色を付けたのだ。

それから四半世紀以上が経った八九年に、今村昌平は『黒い雨』という映画をあえてモノクロで撮る。今村は、最後のシーンだけカラーで回したのだが、悩んだ末、公開ではカットした、というエピソードも印象的だろう。日本のマンガは、普通は線描の白黒で、カラー版は、雑誌の冒頭などに掲げられる特別な仕様だが、アメリカのコミックは、カラーでないと読んでくれない、と聞いたことがある。この違いをめぐって、日本マンガの移入をめぐって、かつて一悶着あったらしい。そうした文化の違いも面白い。

どうやら日本には、色に対して、節度ある美意識があったようだ。柳田國男の『明治大正史世相篇』という本の最初に、そのことについて、すぐれた分析がある。要点のみ引いておこう。柳田によれば、日本は、「緑の山々の四時《しじ》のうつろい、空と海との宵 暁《よいあかつき》の色の変化に至っては、水と日の光に恵まれた島国だけに、また類《たぐい》もなく美しく細かくかつ鮮やかであった」。ところが言葉の面では、「元来はなはだしく色の種類に貧しい国であったと言われて居る」。柳田は、そのことを否定的に捉えずに、「われわれの祖先の色彩に対する感覚が、つとに非常に鋭敏であった結果とも考えられる」と論じている。そして「つまりわれわれは色に貧しかったというよりも、しいて富もうとしなかった形跡がある」という。

『方丈記』も、地獄の紅蓮の焔を思い起こさせる安元の大火の描写（第四回参照）などを例外として、これまでは、あまりカラフルではなかった。だからこそ、静かな色彩的景観の中で、ここに描かれた「あかき丹」の朱色と金箔の輝きは、映像的にも、とてもインパクトのある場面となる。黒澤のパートカラーのように。往年の映画なら、衝撃的な音楽が鳴るシーンだろうか。

貧すれば鈍す。とうとう、神仏のおわす聖域さえ、人々は平気で破壊して、その日暮らしの経済の糧とする……。しばしば類似で話題になる兼実の『玉葉』には、「伝聞、近日、白川辺顚倒之堂舎等、往還之輩偏用レ薪、此事猶以為二罪業一之処、於レ今者破二取仏像一云々、云二金色一、云二彩色一、散々打二破仏体一為レ薪云々、聞二此事一、神心如レ屠、雖レ云二末世一、争有二如レ此之事一哉、国士之乱逆、只如レ此之漸也、武士之郎従幷京中誰人等所為云々、可レ悲々々」という記述がある。……白川辺の顚倒せる堂舎等、往還の輩、偏に薪に用いる。この事、なほもて罪業と為すところ、今においては、仏像を破り取る、と云々。金色と云ひ、彩色と云ひ、散々に仏体を打ち破り、薪と為す……、など、ざっと文字面を眺めても、そっくりだが、これは飢饉の時の記述ではない。五番目の災厄、大地震の時の惨状だ（文治元年十一月十六日条）。

なお、この節で触れたカラー映画と色彩観については、荒木『古典の中の地球儀』第5章で、私なりに詳しく論じている。必要に応じて、併読していただければ幸いだ。

最後に語釈を一つ。原文では「世人ミナケイシヌレバ」と表記される部分、難読箇所だが、新日本古典文学大系に従い、「世の人みな扃《けい》しぬれば」とした。同書の脚注では「扃トサシ」とある『色葉字類抄』という古辞書を引いて、「門戸を閉じ、中に引き籠ってしまったので」と解釈する。そして同脚注は「疫病流行の際、留守と称して疫神から逃れようとする習俗があった」と付記している。近時、この『方丈記』本文校訂を支持し、「習俗」について傍証も行う、宇野瑞木の論考も出来した（「疫病と「書く」ということ」）。

第十一回、沈黙の反復——愛と死を見つめて

いと哀《あは》れなる事も侍りき。去《さ》りがたき妻《め》・夫《をとこ》持ちたる物は、その思《おも》ひまさりて深《ふか》き物、必ず先立《さきだ》ちて死ぬ。その故は、わが身は次《つぎ》にして人を労《いた》はしく思《おも》ふあひだに、まれまれ得《え》たる食《く》ひ物をも彼《かれ》に譲《ゆづ》るによりてなり。されば、親子《おやこ》ある物は、定《さだ》まれる事にて、親《おや》ぞ先立《さきだ》ちける。また、母《はは》の命尽《つ》きたるを知らずして、いとけなき子の、なほ乳《ち》を吸《す》ひつつ臥《ふ》せるなどもありけり。

仁和寺に隆暁《りゆうげう》法印といふ人、かくしつつ数も知らず死ぬる事を悲《かな》しみて、その首《かうべ》の見ゆるごとに、額《ひたひ》に阿字を書きて、縁を結ばしむるわざをなんせられける。人数《かず》を知《し》らむとて、四五両月を計《かぞ》へたりければ、京のうち、一条よりは南、九条より北、京極よりは西、朱雀よりは東の、路のほとりなる頭《かしら》、すべて四万二千三百余《あまり》なんありける。いはむや、その前後に死《し》ぬる物多く、また、河原・白河・西の京、も

ろもろの辺地《へんぢ》などを加《くは》へて言《い》はば、際限もあるべからず。いかにいはむや七道諸国をや。崇徳院の御位《みくらゐ》の時、長承のころとか、かかるためしありけりと聞《き》けど、その世のありさまは知らず。目《ま》のあたり珍《めづら》かなりし事なり。

（**大意**）

胸の痛む、たいそう哀れなこともありました。このままずっと別れたくないと願う大事な妻や夫がいる者は、その愛情が相手よりも深い方が、必ず先立って死ぬ……。なぜかといえば、自分の身は二の次にして、連れ合いの方を大切に思い、やっとのことで手に入れた食べ物さえも相手に譲ってしまうからである。だから、親子で暮らしているものは、決まって親が先立ち、死んでいく。また、母の命がもう尽きてしまっているのに気づかず、幼な子が、ずっと乳を吸いながら寝ている、などということもあったという。

仁和寺の隆暁《りゅうぎょう》法印という高僧は、こんなふうに数知れず多くの人が死んでいくのを悲しんで、亡骸《なきがら》の頭が眼に入るごとに、その額に梵字の阿字を書き、成仏できるよう、仏縁を結ばせる所業をなさったというのだ。死者の数を知ろうと、夏の四月五月の両月、数えてみたところ、一条通よりは南、九条通より北、京極よりは西、朱雀よりは東の、洛中の路上や道ばたにある死者の頭数は、総計四万二千三百余りもあったという。いうまでもないことだが、その前後に死んだ者も多く、また、洛外の鴨川の河原、そして河を渡った東の白河、また湿地がちで当時は衰退していた西の京、さらに都から離れた辺地などまで加えて計算すれば、途方もないことになるはずだ。まして日本全土の七道諸国ともなれば……。崇徳院ご在位中（一一二三―四一）の御代、長承年間（一一三二―三五）のころ、こんな先例もあった――天承二年八月に長承に改元したのは疫病のためで、長承三年には洪水、大焼亡、風災、飢饉などがあり、四年四月には、疫病飢饉で保延と改元している――とか伝え聞くが、その時代の様子は知らない。しかしこれは、当時しかとこの目で見た、驚愕すべき惨事なのである。

〈原文〉

イトアハレナル事モ侍キ。サリガタキ妻・ヲトコモチタル物ハ、ソノヲモヒマサリテフカキ物、必サキダチテ死ヌ。ソノ故ハ、ワガ身ハツギニシテ人ヲイタハシクヲモフアヒダニ、マレ〳〵エタルクヒ物ヲモカレニユヅルニヨリテナリ。サレバ、ヲヤコアル物ハ、サダマレル事ニテ、ヲヤゾサキダチケル。又、ハヽノ命ツキタルヲ不知シテ、イトケナキ子ノ、ナヲチヲスイツヽ、フセルナドモアリケリ。仁和寺ニ隆暁法印トイフ人、カクシツヽ、数モ不知死ル事ヲカナシミテ、ソノカウベノミユルゴトニ、ヒタイニ阿字ヲカキテ、縁ヲ結バシムルワザヲナンセラレケル。人カズヲシラムトテ、四五両月ヲカゾヘタリケレバ、京ノウチ、一条ヨリハ南、九条ヨリ北、京極ヨリハニシ、朱雀ヨリハ東ノ、路ノホトリナルカシラ、スベテ四万二千三百アマリナンアリケル。イハムヤ、ソノ前後ニシヌル物ヲホク、又、河原・白河・西ノ京、モロ〱ノ辺地ナドヲクハヘテイハヾ、際限モアルベカラズ。イカニイハムヤ七道諸国ヲヤ。崇徳院ノ御位ノ時、長承ノコロトカ、カヽルタメシアリケリトキケド、ソノ世ノアリサマハシラズ。マノアタリメヅラカナリシ事也。

※諸本、「数も知らず死ぬる事を悲しみて」に続けて、「ひじり（を）あまたかたらひて」とある。

（エッセイ）

阿字の宿命

私の名前は「あ」で始まるので、学校のころはいやだった。名簿はたいてい一番目。当時は学校で一斉に行われていた痛い予防注射も、みんなの視線を浴びながら、いつも私からだった。何より、新学期。一番前の席に座らされ、真っ先に当てられては、おどおどしながら自己紹介。挙げ句の果てに、とりあえずキミ、委員やってよ、などと指名されたり。ああ、日本語はなんで「あ」から始まるの？　と嘆いていたら、アルファベットも「A」だった……。いろは順なら、人生も変わったはず。

そういえば、「あはれ」というのも、もともとは「あぁ」と口をついて出る、ためいきのようなコトバだったと、本居宣長は述べている。「あな」とか「あや」とかと同じで、「何ごとにても心に深く思ふことをいひて」、「歎ずる詞なり」（『石上私淑言《いそのかみささめごと》』）と。だから「いと哀れなる事」と長明が描くのも、文字通り、ああ、とか、おお、とうなり声を上げたくなるような、哀しくて、名状しがたい悲憤のこと。そう理解するのがよい。

国学者として、漢意《からごころ》という中国伝来の思想を排し、日本の歴史と固有の精神を探求した宣長だが、背景とする学問的素養は、とても広いものがあった。それはちょうど、文字無き人々の伝承と文芸を称揚して、新国学を喧伝した柳田國男が、膨大な内閣文庫の蔵書（現在の国立公文書館にある）を読み込んだ、無類の読書家であったことと、どこか通じている。そして宣長が「あはれ」をこんな風に考える発想の背景には、じつは彼の学識に裏打ちされた、外来の仏教的な思想をめぐる、「あ」という文字（阿字）についての認識がある。

人は生まれると、まず「あ」と泣き出だし、成長しても、嬉しいことがあれば「ああ」

と笑う。哀しいことがあると、やはり「ああ」と歎く。惜しい！　と悔しがり、欲しいなぁと願う時も、人はいつでも「あ」と言うものだと、密教では教えている（『阿字観次第』など）。これは、和歌の読みぶりや作法の原論とも通じることである。関連する事象や文献については、以前、荒木『徒然草への途』第七章に詳しく書いたことがある。

口を開くと、最初に出る音が「あ」。そして「うん」で閉じる。狛犬のあれだ。この阿吽こそがすべての根源である、という考えは、インドのサンスクリット（梵語、梵字）に由来する。「あ」から始まる五十音図の成立も、悉曇《しったん》と呼ばれる梵語の学習と関係している。『方丈記』が伝えるように、隆暁という高僧が死者の額に書き続けたのも、梵字の𑖀、という文字だった。

それにしても、四万二千三百余りとは。絶句するほかない。この時、四十代後半と考えられる後の東寺長者・隆暁だが、大福光寺本を読む限り、孤独の尊い仕業に見える。だが、たった独りで、だと大変だ。大福光寺本以外の『方丈記』の諸本（古本・流布本）には、「数も知らず死ぬる事を悲しみて」に続けて、「ひじり（を）あまたかたらひて、その首《かうべ》の見ゆるごとに」とある。だとすると、その作業は、信仰集団の仕事だったことになるが、いずれかまことならん。流布本本文を絵画化した『方丈記絵巻』では、実際に多くの聖達の作業を絵画化している（田中幸江『絵巻で読む方丈記』参照）。なおこの状況の史実については、本書「解説」に示した歴史学者・髙橋昌明の論文「養和の飢饉、元暦の地震と鴨長明」と同著『都鄙大乱』第四章「養和の大飢饉」の併読をお勧めする。

それにしても、仏教は、インドで生まれた数字に強い宗教だが、気が遠くなるような、尊い静寂の反復である。「久しくなりて覚えず」などと書いていた長明だったが、この悲惨な情景については、さすがに「耳に満つ」「目もあてられぬ」といい、飢饉の終わりは「目のあたり珍かなりし事也」と閉じている。やはり彼は「目」の人であり、自分の「耳」で聞く人であった。頭がぐらぐらするほど、強烈な臨場感だ……。

第十二回、災厄V　元暦の大地震勃発

また、同《おな》じころかとよ。おびたたしく大地震《おほなゐ》振《ふ》ること侍りき。そのさま世《よ》の常《つね》ならず。山はくづれて河をうづみ、海はかたぶきて陸地《ろくぢ》をひたせり。土さけて水涌《わ》き出《い》で、巌《いはほ》われて谷にまろび入《い》る。なぎさ漕《こ》ぐ船は波にただよひ、道ゆく馬は足の立《た》ち処《ど》をまどはす。

都《みやこ》のほとりには、在々所々、堂舎・塔廟《たふめう》ひとつとして全《また》からず。或いはくづれ、或いは倒《たふ》れぬ。塵《ちり》・灰立《はひた》ちのぼりて、さかりなる煙《けぶり》の如し。地《ぢ》のうごき家のやぶる音《おと》、雷《いかづち》にことならず。家の内に居《を》れば、忽ちに拉《ひし》げなんとす。はしり出《い》づれば、地破《ぢわ》れ裂《さ》く。

翼《はね》なければ空《そら》をも飛《と》ぶべからず。龍《りよう》ならばや雲にも乗らむ。恐《おそ》れのなかに恐《おそ》るべかりけるは、ただ、地震なりけりとこそ覚え侍りしか。

（大意）

また同じころだったか。激烈に揺れる大地震が起きたことがありました。あれはハンパじゃない、この世のさまとは思えないものでした。山は崩れて土砂が河を埋め、海はぐらりと傾いて津波が襲い、陸の平野一帯を潮水で浸《ひた》している。土の地面は裂けて水が湧き出し、大きな岩が割れ、砕けた岩石はごろごろと転がって谷底に落ちていく。海辺近くをこぎ行く船は、波に揺さぶられてゆらゆらと漂い、道を行く馬は、震動で、歩む足元をふらつかせる。

都の周辺では、あちこち、いたる所で、大きな寺社の塔や建物などが被害に遭い、一つとして無事な様子のものがない。あるものは崩れ落ち、あるものは倒壊してしまった。ちり、ほこり、灰などが渾然一体となってもうもうと立ちこめ、炎が盛んに吹き上げる煙のようだ。大地が動き、家が壊れ破れる音は、雷鳴のとどろきそのものだ。家の中にいると、たちまちに家が拉《ひしゃ》げて押しつぶされ、ぺっしゃんこになってしまいそうだ。かといって家の外へ走って逃げ出せば、地面が割れ裂ける……。

翼がないので、空を飛ぶことも出来ない。竜だったならば、雲にも乗れるだろうが、それもならず。何が怖ろしいといって、最も恐れるべきなのは、まさしくこの地震というものであったのだと、思い知らされたことでしたよ。

（原文）

又、ヲナジコロカトヨ。ヲビタヽシクヲホナヰフルコト侍キ。ソノサマヨノツネナラズ。山ハクヅレテ河ヲウヅミ、海ハカタブキテ陸地ヲヒタセリ。土サケテ水ワキイデ、イワヲワレテ谷ニマロビイル。ナギサコグ船ハ波ニタヾヨヒ、道ユク馬ハアシノタチドヲマドワス。ミヤコノホトリニハ、在々所々、堂舎・塔廟ヒトツトシテマタカラズ。或ハクヅレ、或ハタフレヌ。チリ・ハヒタチノボリテ、サカリナル煙ノ如シ。地ノウゴキ家ノヤブル、ヲト、イカヅチニコトナラズ。家ノ内ニヲレバ、忽ニヒシゲナントス。ハシリイヅレバ、地ワレサク。ハネナケレバソラヲモトブベカラズ。龍ナラバヤ雲ニモノラム。ヲソレノナカニヲソルベカリケルハ、只地震ナリケリトコソ覚エ侍シカ。

（エッセイ）

震災の記憶と津波の所在――描かれざる平家滅亡

一九六四年六月十六日の新潟地震の時、私は満四歳で、祖母と旧宅の勝手口に座っていた。はっと祖母を頼った、大きな揺れの印象はおぼろげで、直前まで、まどろむように静かだった昼下がりの光景の方を、強く記憶している。おそるおそる外へ出てみると、前の家の大きな石垣が、みんな崩れて落ちていた。

それから三十年が経ち、九五年の一月に、阪神淡路大震災に遭遇した。家族でのんびりと京都で食事をして帰宅した、その翌朝のことだ。神戸市東灘区の山手に立つ、古びた官舎の四階であった。ドカンと突き上げるような、振動の大きさにびっくりして、すぐに飛び起きると、あたりはまだ暗い。冬の五時台だから。ひそひそ声から聞こえはじめた人々のざわめきで、不気味な夜明けを迎えることとなった。

大きな地震を経験をすると、まずは身辺の状況に関心が集中する。すごかったねえ。あんたのとこはどうやったん？　うん、うちはな……。そして次第に全体像がわかってくる。

それに比べて『方丈記』は、テレビがカメラを切り替えるように、客観的な俯瞰から、大地震を叙述していた。この震災は、七月九日の午の時のころ。お昼時である。『方丈記』には、この地震の記述にも、『玉葉』との類似箇所が指摘される。「大地所々破裂、水出如レ涌云々、又聞、天台山中堂灯、承仕法師取レ之、不レ令レ消云々、但於二堂舎廻廊一者、多以破損、其外所々堂場、悉破壊顛倒云々」――大地は所々破裂し、水出でて涌くがごとし、と云々。又聞く、天台山中堂の灯、承仕法師これを取り、消さしめず、と云々、ただし堂舎の廻廊においては、多く以て破損す。その外、所々の堂場、悉く破壊顛倒す、と云々、というものだ（元暦二年七月九日条）。延暦寺根本中堂の不滅の法灯を消さないように、と尽力した僧侶についての伝聞が描かれるのは、兼実の弟・慈円が比叡山にいるからだろう。次回引用するように、慈円は『愚管抄』に、この地震と比叡山の被害を記している。
『方丈記』が、いま読むととてもリアルなのは、たとえば『玉葉』にみられるような、こうした客観的記述を参照してまとめているせいではないだろうか。『方丈記』が持つルポルタージュの魅力は、当事者的であると同時に、すぐれた「離見の見」を持つ、長明のまなざしとも関係があるようだ。そういえば、彼は、鳥だったら空を飛べるし、竜なら雲にも乗れるのに、と書く。彼自身に、こうした俯瞰への渇望もあったのではないか。この対句は、まるで昭和の名曲の一節のようだが、さにあらず。少なくとも前者は、『荘子』人間世篇を踏まえているらしい（「翼有るを以て飛ぶ者を聞くも、未だ翼無きを以て飛ぶ者を聞かざる也」原漢文）。

彼はその時、どこにいたのだろう。京都人の長明が、ここで海の描写を持ち出してくるのも気になる。もし海がそんなに身近であったなら、「行く河」の冒頭表現だって「海を見ていた午後」とでも綴られ、小さなアワも消えていった、と奏でそうだ。ユーミンか……。確かに恋と無常とは、近しい儚《はかな》さを共有する。あの『源氏物語』の柏木も、悲恋の中で「泡の消え入るやうにて亡《う》せさせたまひぬ」という（柏木巻）。

いや、この「海」とは琵琶湖のことで、津波というのも、琵琶湖をめぐる出来事だ。そういう理解もある。中山忠親の日記「『山槐記』同日条に琵琶湖の水が北に流れ、水位が数十メートル減じたという風聞が記されている。あるいはこの事件をさすか」(三木紀人古典集成頭注)と考える説だ。考古学的知見もあると、二〇一一年暮れに、新聞に報道されたこともある(滋賀県文化財保護協会による、長浜市の塩津港遺跡の発掘報告)。

しかし、少なくとも『方丈記』においては、私には何となく、違和感のある説明だ。『方丈記』が「海」という言葉を使うのは、ここと、あともう一箇所だけ。そう、あの福原遷都の時の風景である。南はすぐ海が迫り、内裏は山の中にある……と。こうした長明の限定的な用語法には、これまでも必ず意味があった。それもちょっと気になる。「鯨魚《いさな》取り海や死にする山や死にする　死ぬれこそ海は潮干《しほひ》て山は枯れすれ」という『万葉集』巻十六の旋頭歌がある(三八五二番)。「世間《よのなか》の無常を厭《いと》ふ」歌である。海と山とは、伝統的な対句として綴られて、無常を語る。もっとも『万葉集』には「鯨魚《いさな》取り　近江の海を沖離《さ》けて　漕ぎ来る船……」(巻二、一五三番)と詠む、長歌の一節もある。こちらは琵琶湖である。「海」として、見紛う近さだ。やはり問題は簡単ではない。

他にも気になるところがある。本回の冒頭だ。長明は「また、同《おな》じころかとよ」と大地震を語り出す。時系列がおかしくないか。前節は養和元年、二年(一一八一~八二)の飢饉だ。大地震の三、四年前である。そもそもその飢饉の語り出しも、「また、養和のころとか、久しくなりて覚えず」とあった。どうもこのあたり、年代のはぐらかしが続いている。津波の話で触れたが、都人の長明が、福原遷都で、鮮烈な山と海の風景を〈都〉として目の当たりにするのは、飢饉のさらに一年前のことである。

時間を戻せば、遷都の翌年、治承五年閏二月四日に平清盛が没し、同年六月に「近日、天下飢饉」（『百練抄』）。七月十四日、養和と改元された。そしてその四年後の寿永四年三月二十四日、大地震の数カ月前に、平家は壇ノ浦に沈む。しかし長明は、飢饉と地震をあえて「同じころかとよ」と書く……。清盛の死と平家滅亡はどこへ？　読んでいるこちらまで、不思議なループに巻き込まれそうだ。このことについては、木下華子「災害を記すこと――『方丈記』「元暦の大地震」について」に考察があるが、私なりの視点で、次の回であらためて考えてみたい。

さて、大地震の被害は甚大かつ多様だが、『方丈記』の諸本のうち、流布本と呼ばれる伝本には、本節の後、次のような文章が付加されている。

その中に、ある武者《むしゃ》のひとり子《ご》の、六つ七つばかりに侍りしが、築地《ついひぢ》のおほひの下に、小家をつくりて、はかなげなる跡《あと》なし事をして、遊び侍りしが、俄《には》かにくづれ、うめられて、跡かたなく、平《ひら》にうちひさがれて、二つの目など一寸ばかりづつうち出《い》だされたるを、父母《ぶも》かかへて、声を惜しまず悲しみあひて侍りしこそ、あはれに、かなしく見侍りしか。子のかなしみには、たけきものも恥を忘れけりと覚えて、いとほしく、ことわりかなとぞ見侍りし。

わずか六、七歳の武士のひとり子が遊んでいたら、地震で築地の塀が崩れ、押しつぶされて死んでしまった。そのさまを生々しく、またどぎつく描写して、号泣する両親の悲嘆が語られる。訳文は付けずにおく。一条兼良（一四〇二―八一）が書写したと伝える、流布本の最古本――天文十四年（一五四五）、子孫の一条兼冬が、兼良の自筆と誌す識語がある――から見える記述であるが、これはおそらく、『方丈記』の世界を愛する中世人の誰かが、『方丈記』らしく書き加えたものだろう。たとえば角川ソフィア文庫の補注で簗瀬一雄も指摘するように、この一節は、文末や区切りにことごとく「侍り」と書こうとしたりして――『方丈記』における「侍り」の用法については、本書第五回に誌した――、いろいろとやり過ぎなのだ。ここに見える「恥」という名詞の異例についても、後述する。

新潮日本古典集成のように、この部分を『方丈記』の本文として掲載する注釈書もあるが……、妙にリアルなこの一節が、私は嫌いだ。怖気で身震いしそうである。きわめて個人的な事情だが、私の弟は、新潟地震のあの日から、十日ほど後に生まれた。大地震のあ

『方丈記之抄』挿絵。国立国会図書館デジタルコレクション。大地震の混乱が、一枚の絵に凝縮されて描かれる。

の時、私はまだ、文字通りの「ひとり子」だった。しかも年齢は、満四歳。いや……、数えで「六つ」であったのである……。

　などと書いてから数年後、たまたま岩波書店の『図書』を読んでいたら、新井満が体験した、新潟地震の日記が引用されていた（「21世紀の方丈庵をつくる」）。彼は高校三年生であったという。新井満については、後でもう一度触れるが、参考までに誌しておく。

第十三回、大地の異変——余震と大仏「みぐし」墜落の記憶

かくおびたたしく振《ふ》る事は、暫《しば》しにて止《や》みにしかども、その余波《なごり》、暫《しば》しは絶《た》えず。世《よ》の常《つね》、驚《おどろ》くほどの地震《なゐ》、二三十度振《ふ》らぬ日はなし。十日二十日過《す》ぎにしかば、ややうやう間遠《まどほ》になりて、或いは四五度、二三度、もしは一日《ひとひ》まぜ、二三日に一度など、おほかたその余波三月《なごりみつき》ばかりや侍りけむ。四大種《しだいしゅ》のなかに水・火・風はつねに害をなせど、大地《だいぢ》にいたりては殊《こと》なる変をなさず。昔、斉衡《さいかう》のころとか、大地震《おほなゐ》振りて、東大寺の仏のみぐし落《お》ちなど、いみじき事どもはべりけれど、なほこのたびには及《し》かずとぞ。すなはちは、人皆《み》なあぢきなき事を述《の》べて、いささか心の濁《にご》りも薄《うす》らぐと見えしかど、月日かさなり年経《へ》にしのちは、事《こと》のはにかけて言ひ出《い》づる人だになし。

（大意）

このように激しく揺れることは、しばらくするうちに止んだけれども、その余震は、当分の間、絶えず続いた。普段ならびっくりするほどの地震が、一日に二、三十度の頻度で起こらない日はないほどだ。さすがに十日、二十日と過ぎてしまうと、だんだんと間遠になり、ある日は四、五度、ある日には二、三度、または、一日おき、二、三日に一度などとなって……。その余震は、およそ三ヶ月ばかりも続いたでしょうか。四大種といわれる地・水・火・風の四大元素のなかで、水、火、風は三災といって、つねに災害を引き起こすものだが、大地にかぎっては泰然としてゆるがずに、格別の異常など起こさないものだ。昔、斉衡年間（八五四―八五七）のころのこととか、大地震が起きて揺れ、東大寺大仏の御頭が落ちたりするなど、たいへんなことがあれこれあったと聞いておりますが、それでもこのたびの地震のひどさには及ばない、と申します。もっとも地震の当座には、人はみな、この世のはかなさなどを述べ合って、いささかでも心の汚さや濁りというものが薄らぐかのように見えたけれど、月日を重ね、年が経ってしまった後は、そんなことを言葉として口に出していう人さえいない。

（原文）

カクヲビタ、シクフル事ハ、シバシニテヤミニシカドモ、ソノナゴリ、シバシハタエズ。ヨノツネヲドロクホドノナヰ、二三十度フラヌ日ハナシ。十日廿日スギニシカバ、ヤウ〳〵マドヲニナリテ、或ハ四五度、二三度、若ハ一日マゼ、二三日ニ一度ナド、ヲホカタソノナゴリ三月バカリヤ侍リケム。四大種ノナカニ水・火・風ハツネニ害ヲナセド、大地ニイタリテハコトナル変ヲナサズ。昔、斉衡ノコロトカ、ヲホナヰフリテ、東大寺ノ仏ノミグシヲチナド、イミジキ事ドモハベリケレド、ナヲコノタビニハシカズトゾ。スナハチハ、人ミナアヂキナキ事ヲノベテ、イサヽカ心ノニゴリモウスラグトミエシカド、月日カサナリ年ヘニシノチハ、事ハニカケテイヒイヅル人ダニナシ。

※大福光寺本の「事ハ」を諸本「ことのは」「言ノ葉」「ことの葉」などとする。

（エッセイ）

その一、「事は」と言の葉――本文理解の前提として

これから地震の原因をめぐる「噂」について話を進める予定なのだが、その前に、本文の理解と語釈について、補足が必要かも知れない。

喉元過ぎればなんとやら。歳月という時間が経って、あの余震の恐ろしささえもうすっかり忘れられ、地震のことは、人々の口の端にも上らなくなった。そうした趣旨をあらわす最後のところを、大福光寺本は「事ハ」という、あまり見慣れない表記で描写する。諸本は「ことのは」「言ノ葉」「ことの葉」などとあり、意味はこちらが明確である。しかし新日本古典文学大系脚注は「事は」＝「こと（の）は」と読める大福光寺本の本文を尊重し、「事の端（はし）にかけて」と解釈する。

ちょっとユニークで、こじつけに見えるかも知れないが、「ことば」の原義を考えると腑に落ちる説明である。「ことば」とは「コトハ（言端）の義〔名言通・大言海〕」（『日本国語大辞典　第二版』語源説）をあらわす。あるいは「言（こと）の端（は）の意」（『角川古語大辞典』）とも解説される。「は（ば）」は、そもそも「端」なのである。「こと（言）」の方も「「こと（事）」と同語源」（『日本国語大辞典　第二版』）と考えられている。つまりそもそも「事端」というのが、コトバの語源であった。

なぜそうなるかと言えば、「ことば」とは本来、「コト（言）のすべてではなく、ほんの端（はし）にすぎないもの。つまり口先だけの表現の意が古い用法」であったからだ。それが「コト（言・事）という語が単独では「事」を意味するように片寄って行くにつれ、コトに代ってコトバが口頭語の意味を現わすに至」ったという(『岩波古語辞典 補訂版』)。この問題をめぐっては、内田賢徳の「言の葉の寓意」という論文に深い分析があるが、いまは紹介に留める。ともあれ大福光寺本の「事は」とは、まさしく、コトバとコトノハの原義を、先祖返りのように表象する語形であったことになる。

本書の校訂でも大福光寺本の「事ハ」という本文を採用し、訓釈において「事のは」と「の」を補読して解釈本文を定め、「ことのは」と読んだ。結果的に諸本と〈読み〉は同じになる。

その二、地震の噂と龍の潜伏——清盛の影

人の噂も七十五日。江戸時代からあることわざだ。人間とは移り気なもの。最初は好奇心満々で、熱心に秘密をばらまくせに、忘れっぽくて、すぐ飽きる。中世の『源平盛衰記』では「人の上は百日こそ中《まうす》なれ」(巻三「小松大臣教訓人道事」)という。その期間は、ちょっと長い。これは『平家物語』では理想化されて描かれる平重盛が、父清盛を教訓することばの中に出てくる。『源平盛衰記』は『平家物語』の異本である。中世における噂とメディアという問題については、酒井紀美『中世のうわさ——情報伝達のしくみ』とい

う、日本中世史家の専門書が参考になる。

この地震についても、いくつか噂があった。九条兼実は『玉葉』に、仏厳という僧侶（医僧）が得た夢想を記している。仏厳が語るところによれば、「赤衣」を着た人が夢に現れて、今度の大地震は、衆生の罪が「深重」なので、天と地の神様がお怒りになったために起きた（「今度大地震、依㆓衆生罪業深重㆒、天神地祇成㆑瞋也」）と話したという。さらにその赤衣の人は、源平の争乱で死亡した人々が日本国中に満ちあふれているということは、それぞれの罪障の報いであるが、その根本は、治天の君、後白河院に帰する（「依㆓源平之乱㆒死亡之人満㆑国、是則依㆓各々業障㆒、報㆓其罪㆒也、然而所㆑帰猶在㆑君」）など、他にもさまざまな時代の深層を語ったという。元暦二年（一一八五）八月一日付の日記の記事だ。詳しくは、湯浅吉美の論文「九条兼実の地震観」に分析がある。地震の発生は七月九日だから、二十日程経て発生した噂、ということになる。なお、さらにその後の八月十四日には、文治と改元され、年号も鎌倉時代らしくなってくる。

『玉葉』の記主兼実の弟で、鴨長明と同じ年頃の慈円は、仮名書きの歴史書『愚管抄』の中で、また別の噂を記している。「元暦二年七月九日午時バカリ、ナノメナラヌ大地震アリキ」――お昼ごろに起きたこの大地震は、古い建物をみな壊し、比叡山延暦寺の根本中堂さえも傾けるほどの大惨事だった。この異常事態は「龍王動」だという。世間では、平清盛が竜になって、地震で大地を揺さぶったと語られている、と慈円は記す（「古キ堂ノマロバヌナシ。所々ノツイガキクヅレヌナシ。スコシモヨハキ家ノヤブレヌモナシ。山ノ根本中堂以下ユガマヌ所ナシ。事モナノメナラズ龍王動トゾ申シ。平相国龍ニナリテフリタルト世ニハ申《まうし》キ」）。畳みかけるような叙法で、「き（し）」という自己体験の過去（歴史的事実を表す用法もある。第八回参照）の助動詞を用いているから、慈円がこの耳で確かに聞いた、という書きぶりである。根本中堂が出てくるところは、前回の『玉葉』記事と併読する必要があるだろう。ただし『愚管抄』は、地震から三十年以上後の、慈円晩年の書物で、天台座主という天台宗の総監に四回もなっている。若き日とは視点も違うだろう。

『方丈記』も、前節でことさらに「龍《りょう》ならばや雲にも乗らむ」という譬喩を挙げていたが、この大地震をめぐって、「龍王動」説と、平相国清盛が「龍ニナリテ」揺らした（フリタル）地震だという説と、二つの竜が出て来る。両説の関係はどういうことになっているのか。少し煩瑣になるが、以下、児島啓祐の研究を紹介しながら、その一解を示しておこう。

「龍王動」というのは、中山忠親の日記『山槐記』の元暦二年七月九日条に引かれた、陰陽師・安倍晴光による占文の「天文奏」と関連する。「天文奏」とは、天文密奏ともいい、天変地異が有ったとき、「陰陽頭、および天文博士、また宣旨をこうむった者が、その変異について奉る上奏の書」である（『角川古語大辞典』）。仏典に〈火動・龍動・金翅鳥動・天王動〉という四種の地動説があり（『大智度論』）、古来、地震をめぐる天文密奏において、「龍所動」「龍神動」と記された例が豊富に残るようだ。

しかしここで「龍王」という言い方がなされることには、平家滅亡と深く関わる、特別の理由があった。慈円『愚管抄』は、壇ノ浦の戦いで祖母二位の尼とともに海に沈んだ安徳天皇が「「龍王」の娘の生まれ変わりであったからこそ」、竜宮のある「海へカヘリヌル也」と考察していた。「『愚管抄』において「龍王」とは、平家と所縁の深い語句」なのである。

「天文道において通行の「龍所動也」や「龍神動」が用いられずに、「龍王動」と記された意義」は、「壇の浦合戦と元暦地震が一連の平家滅亡の物語として捉えられているという点」にある。「『愚管抄』における元暦二年の二つの事件を結ぶ鍵語は「龍王」と平家なのである。だからこそ、元暦地震記事において「龍王動」説と「平相国龍」説は共に併記されたのだといえよう。二つの「龍」の地震説は、元暦二年の平家滅亡を象徴する表現なのである」というのだ（以上、児島「元暦地震と龍の口伝――『愚管抄』を中心に」）。ちなみに余震は、年末まで続いた（『醍醐寺雑事記』、新日本古典文学大系『方丈記』脚注参照）。

「龍」の複合とともに、もう一つ、悲劇の輻奏があった。清盛の命を受けた、平重衡による、壊滅的な南都奈良の焼き討ちである。治承四年暮れのことだ。東大寺も焼け崩れ、大仏の「御《み》ぐしは焼け落ちて大地にあり」と『平家物語』は描く（巻五「奈良炎上」）。これは昔、文徳天皇の時代に、斉衡二年（八五五）の地震の連続の中、同年五月二十三日、東大寺の大仏の頭が落ちた（『文徳天皇実録』）と言及する『方丈記』の表現と、瓜二つではないか。ここでも長明は、あえて直示を避けるが、連想はやはり、清盛と平家の悪行に結びつく。

前回も述べたように、清盛の死は、治承五年（一一八一）閏二月四日のことである。養和と改元されるのは、七月十四日のことだが、源頼朝は、養和という年号を認めずに、治承を使い続けた（北爪真佐夫「元号と武家」）。長明はといえば、福原遷都にあれほど憤慨しながら、清盛とも平家とも、その名称を明示しない。続く飢饉も「養和のころとか」と少しぼかした表現で書き始め、四年後の平家滅亡の年の大地震を「また、同じころかとよ」と、あたかも同時期のように誌していた。清盛が、とさえ言えばすべてがクリアになるのに、『方丈記』はあえて名前を出さない。それ故の時空の輻輳が、五大災厄の闇の基調となる。

その三、四大種の大三災と小三災

さて長明は「四大種《しだいしゅ》のなかに水・火・風はつねに害をなせど、大地《だいち》にいたりては殊《こと》なる変をなさず」という。重要な災害観である。

『往生要集』の著者・源信の作と仮託される『三界義』という問答体の書物がある。三界とは、衆生が生まれ変わり、輪廻流転する迷いの世界で、欲界、色界、無色界をいう。この『三界義』が様々な問題を解き明かす中に「小三災大三災事」がある。これが江戸時代の加藤磐斎『長明方丈記抄』という注釈書に引かれ、解釈に参照されている。「小三災」とは飢饉災・疾病災・刀兵災で、「大三災」とは火災・水災・風災の三つである。本書「はじめに」で引いた、心敬『ひとりごと』にも、「三災」の語が見える。そして『三界義』の最末尾には、「地震之事」を掲載し、「地動」（地震を指す）には「何因縁」があろうか、と問答する。こうして見ると、『三界義』は、まさに『方丈記』の「世の不思議」をおおむね網羅した災害観を提示していることに気付く。

ただしそれ故に、その中には、都遷りが入っていないことが際立つ。逆に言えば、人災としての都遷りの特殊性が浮かび上がるだろう。一方で『三界義』の小三災には「刀兵災」が明記されている。すなわち『方丈記』が避けて描かなかった、源平の争乱が明確に内在していた。『三界義』は、源信の名の下に、都遷りと源平の争乱を歴史の道理のもとにさらけ出し、『方丈記』の沈黙を雄弁に傍証する。江戸時代以来、『三界義』が『方丈記』五大災厄の総括として参照されるのも、むべなるかな、である。

一方で、若き日に『方丈記』を英訳した漱石は、『方丈記』の災害描写について、「それは本質的ではない」と言う。漱石は訳文に「All these however are not essential」と付し、不要だから「with little hesitation」、ほとんどためらいなくカットしてしまうことができる、と書いて、五大災厄の遷都以下、後半三つを略して、翻訳していない。その意味については、あらためて『草枕』と関連して論じるが、外的な事情の一つとして、漱石は大正五年（一九一六）に亡くなっており、大正十二年九月一日の関東大震災を知らない、ということがあるのかも知れない。彼の門下生の寺田寅彦は「鴨長明の方丈記を引用するまでもなく、地震や風水の災禍の頻繁でしかも全く予測し難い国土に住むものにとっては、天然の無常は、遠い遠い祖先からの遺伝的記憶となって五臓六腑にしみ渡っている」と書き（『日本人の自然観』一九三五年、本書「解説」参照）、芥川龍之介は、関東大震災後の東京「本所界隈」の見聞と推移を描いた『本所両国』という作品を遺して、家族に『方丈記』を読み聞かせていた（本書第二回参照）。若き日の師と対照的である。

それにしても、大火から始まって、いろんなことがあった。それでもこの世は変わることなし。人はいつしか苦しみを忘れ、同じ都の風景に還っていく。鴨川の流れのように。長明も、最後の災厄である地震の年には、すでに「而立」（『論語』）となる、三十歳を過ぎていた。

第十四回、五大災厄の終わりに――この世の中のありにくさ

すべて、世の中のありにくく、わが身《み》と栖《すみか》とのはかなく徒《あだ》なるさま、また、かくのごとし。いはむや、所により身のほどに随《したが》ひつつ心をなやます事は、あげて計《かぞ》ふべからず。もし己《おの》れが身、数《かず》ならずして、権門のかたはらに居《を》るものは、深《ふか》く悦《よろこ》ぶ事あれども、大《おほ》きに楽《たの》しむにあたはず。歎《なげ》き切《せち》なるときも、声《こゑ》をあげて哭《な》くことなし。進退《しんだい》やすからず、起居《たちゐ》につけて恐《おそ》れをののくさま、たとへば、雀《すずめ》の鷹《たか》の巣《す》に近《ちか》づけるがごとし。もし貧《まづ》しくして、富《と》める家のとなりに居《を》るものは、朝夕《あさゆふ》すぼき姿《すがた》を恥《は》ぢて、へつらひつつ出《い》で入《い》る。妻子・僮僕《とうぼく》の羨《うらや》めるさまを見るにも、福家《ふくか》の人のないがしろなる気色《けしき》を聞《き》くにも、心念々に動《うご》きて、時としてやすからず。もし狭《せば》き地《ち》に居《を》れば、近《ちか》く炎上《えんしやう》ある時、その災《さい》を遁《のが》るる事なし。もし辺地《へんぢ》にあれば、往《わう》反《ばん》わづらひ多《おほ》く、盗賊の難《なん》はなはだし。また、勢《いきほ》ひある物は貪欲《とんよく》深く、独身《どくしん》なる物

は人に軽《かろ》めらる。財あれば恐《おそ》れ多《おほ》く、貧《まづ》しければ恨《うら》み切《せち》なり。人を頼めば、身、他の有《う》なり。人をはぐくめば、心、恩愛につかはる。世に随《したが》へば身苦《くる》し。随《したが》はねば狂《きやう》せるに似《に》たり。いづれの所を占《し》めて、いかなるわざをしてか、暫《しば》しもこの身を宿《やど》し、たまゆらも心をやすむべき。

（大意）

総じて、この世の中が生きにくく、我が身と栖とが、いずれもかりそめで儚い様相は、またこのようなものだ。ましてや、存在する場所により、また身分に応じて心を悩ますことは、いちいち数えることができないほど多い。もし、自分自身は取るにも足らぬ身分や出自でありながら、権勢盛んな貴族の傍に住む者は、深く悦ぶことがあっても、大っぴらにそれを楽しむことができない。哀しみの嘆きが切実な時でも、声を上げて泣くことがない。何をするにも安穏ならず、起居振舞につけて恐れおののくさまは、ちょうど雀が鷹の巣に近づいた時のようなものだ。もし貧しい身で、富有な家の隣に暮らす者は、朝に夕にみすぼらしい姿を恥じて肩身狭く、ぺこぺこと気を遣って自宅を出入りする。妻子や下僕が羨ましがる姿を見るにつけても、裕福な家の人が侮り軽視する気配を耳にするにつけても、心はたえず動揺して、一時も安らかなことはない。もし狭い土地に住まいすれば、近くで火の手が上がった時、その災禍を逃れられない。かといって、もし都から遠い辺地に住むと、往来に難儀多く、盗賊の危害もひどいものだ。また、勢力ある者は貪欲深く、身よりのない独り者は人から軽んじられる。財産があれば恐れや心配も多く、貧しければ恨めしく、不満で一杯だ。人をあてにすれば、この身は他人のモノとなる。親身に人を世話すれば、心は恩愛の情に支配される。世の趨勢に流されると身が苦しい。従わねば狂人のようだ。どんな敷地に居所を定め、いかなる所業をすれば、しばしの間もこの身を宿し、ほんの一瞬でも心を休めることができるというのか。

〔原文〕

スベテ、世中ノアリニクヽ、ワガミトスミカトノハカナクアダナルサマ、又カクノゴトシ。イハムヤ、所ニヨリ身ノホドニシタガヒツヽ、心ヲナヤマス事ハ、アゲテ不可計。若ヲノレガ身カズナラズシテ、権門ノカタハラニヲルモノハ、フカクヨロコブ事アレドモ、ヲホキニタノシムニアタハズ。ナゲキセチナルトキモ、コヱヲアゲテナクコトナシ。進退ヤスカラズ、タチヰニツケテヲソレヲノヽクサマ、タトヘバ、スヾメノタカノスニチカヅケルガゴトシ。若マヅシクシテ、トメル家ノトナリニヲルモノハ、アサユフスボキスガタヲハヂテ、ヘツラヒツ、イデイル。妻子・僮僕ノウラヤメルサマヲミルニモ、福家ノ人ノナイガシロナルケシキヲキクニモ、心念々ニウゴキテ、時トシテヤスカラズ。若セバキ地ニヲレバ、チカク炎上アル時、ソノ災ヲノガル、事ナシ。若辺地ニアレバ、往反ワヅラヒヲホク、盗賊ノ難ハナハダシ。又、イキヲヒアル物ハ貪欲フカク、独身ナル物ハ人ニカロメラル。財アレバヲソレヲホク、貧《マヅシ》ケレバウラミ切也。人ヲタノメバ、身他ノ有ナリ。人ヲハグクメバ、心恩愛ニツカハル。世ニシタガヘバ身クルシ。シタガハネバ狂セルニ、タリ。イヅレノ所ヲシメテ、イカナルワザヲシテカ、シバシモ此ノ身ヲヤドシ、タマユラモコ、ロヲヤスムベキ。

(エッセイ)

『方丈記』と夏目漱石『草枕』

鴨長明は、歩く人だ。すでに読んだように、若き日には、災害や遷都の地を訪ねて街を駆けずり回り、山を越え、海を望んで、すぐれたルポルタージュを残した。六十を目前にしたこのあとも、「日野山の奥」にある方丈の庵に住みながら、野や山々を散策する姿が見られる。ならば「かくのごとし」と閉じられるこの節の冒頭文も、いっそのこと「山路を登りながら、こう考えた」と意訳してみようか……。

ん？　すでにお気づきだろうか。これは、夏目漱石の文章である。『草枕』の有名な出だしだ。「智に働けば角が立つ。情に棹させば流される。意地を通せば窮屈だ。とかくに人の世は住みにくい」と続く。右を向いても左を見ても、どん詰まりの行き止まり。どうすりゃいいの？　ダブルバインドの行き場のなさ。総じてこの世はありにくい。……と、また『方丈記』につながってしまう。「住みにくさが高じると、安い所へ引き越したくなる。どこへ越しても住みにくいと悟った時、詩が生れて、画が出来る」という展開も、『方丈記』後半の、和歌や音楽を軸にした、芸術生活に重なりそうだ。

『方丈記』と『草枕』の関係については、はやく三木紀人などによって言及されており、「『草枕』の冒頭は、いかに長明に似ていることか」とまで述べる研究者もいる（松本寧至）。それも当然のことだ。漱石は、帝大生だった二十代の前半に、ディケンズという先生に頼まれて、『方丈記』を英訳している。翻訳は、楽しいけれど難儀なもの。外国語を母語の日本語に訳すのならまだしも、漱石の場合は、古文を英語に訳すのだから大変だ。適切な訳語が見つかるまで、いくども原文を読んでは考え、辞書を引いては、ふさわしい英語を模索する。そうして漱石は『方丈記』を深く記憶し、身に染みこませていったのだろう。同じころ、親友の正岡子規に宛てた手紙には『方丈記』が引用され、その思想に耽溺気味の、若き帝大生・夏目金之助の姿がほのみえる。

その後、漱石は、三十代でイギリスに渡り、深刻なカルチャーショックに悩むことになる。漱石が後に『文学論』の序で「倫敦に住み暮らしたる二年は尤も不愉快の二年也」と記すとおりだ。留学中の一九〇一年「明治三十四年四月頃以後に」書いた『断片』と呼ばれるメモに、英語で、『方丈記』の英訳とほぼ同じ内容の文章が綴られている、との指摘がある（下西善三郎「漱石と『方丈記』」）。今回冒頭の「生まれ死ぬる人、いづかたより来りて、いづかたへか去る」という部分である。そしてその体験は、ゆっくりと熟成されて、いつか自作の中に再現される。漱石のロンドン時代を描いた『倫敦塔』という小説にも『方丈記』の影響が見られる、との指摘がある（増田裕美子「漱石と『方丈記』」）。「来《きた》るに来所《らいしょ》なく去るに去所《きょしょ》を知らずと云うと禅語めくが」とある部分だ。その通りだろう。

その上で私は、この『倫敦塔』の『方丈記』への言及に、「禅語めくが」と漱石が注記をしている点に関心を抱く。漱石は、若き日に、禅に深い関心を抱いていた。そしてその頃、漱石は『方丈記流水抄』という江戸時代の注釈書で『方丈記』を読み、英訳を進めていったのである。『流水抄』には、当時彼の関心を深く占めていた、禅の要素が散見する。漱石はおそらく、『流水抄』の中から禅語や禅籍からの引用を発見して、『方丈記』を「禅の本」として認識し、読解していた。この「禅語めくが」は、その痕跡であり、傍証となるだろう。漱石と禅、また右の『草枕』などをめぐる記述に関して、より詳しくは荒木「『方丈記』と『徒然草』」、同「禅の本としての『方丈記』」などを参照のこと。

漱石は一九〇三年に留学から帰国した。その当時を描く『倫敦塔』は、『方丈記』の影響が明確な『草枕』執筆の前年、明治三十八年（一九〇五）に発表された小説であることも注目点だ。この漱石『草枕』と『方丈記』との関係は、もう少し問題を展開させて考えることができるので、次回、もう一度取り上げよう。

繰り返し熟覧した古典が頭にこびりつくのは、長明だって同じこと。このあたりの文章にも、慶滋保胤の『池亭記』という、愛読した漢文の表現が、随所にちりばめられている。また「人を頼めば、身、他の有《う》なり」というのは、中国の『荘子』山木篇「人を有する者は累《くる》しみ、人に有せらるる者は憂ふ」（原漢文）の影響という。

五十代後半の長明が、この箇所で『方丈記』に描くのは、仏教的無常観の中で、身分と貧富の格差が苦しめる心の現実である。漱石の芸術とは違う。そしてなにより、漱石の死は、満年齢で五十を待たず、彼を冥界に連れ去ってしまったのである（一九一六年十二月没）。

出口のない矛盾を、みずから問い詰めるこの姿勢は、『方丈記』最終段落にもう一度繰り返されるだろう。実際、ここで用いられた「狂」の文字は、『方丈記』で二回のみの使用であり、一例はここ。もう一例が、最終段で用いられる。ただし、ここの「世に随へば身苦し。随はねば狂《きやう》せるに似たり。いづれの所を占《し》めて、いかなるわざをしてか、暫《しば》しもこの身を宿《やど》し、たまゆらも心をやすむべき」という名文は、いかにも長明らしい表現だが、実は、『行基菩薩《ぎようきぼさつ》遺誡《ゆいかい》』の一節として知られていた、先人の文章の応用である。

ともあれ五大災厄は、ひとまずここで一区切り。次章からは、自分の住まいの履歴書を、現在の自足とともに語り出すことになる。『方丈記』もいよいよ中心部。そして後半へと移っていく。

第三章　私の人生と住まいの記

第十五回、縮み志向の後半生——家出・独立と出家・大原まで

わがかみ、父方《かた》の祖母《おほば》の家を伝へて、ひさしく彼《か》の所に住《す》む。その後《のち》、縁欠《か》けて身衰《おとろ》へ、偲《しの》ぶ方々《かたがたし》繁《げ》かりしかど、終《つひ》に屋《や》とどむる事を得ず。三十余《みそぢあまり》にして、更に、わが心と、一つの庵を結《むす》ぶ。これをありし住《す》まひに比《なら》ぶるに、十分が一なり。居屋《ゐや》ばかりを構《かま》へて、はかばかしく屋を作るに及《およ》ばず。わづかに築地《つひぢ》を築《つ》けりといへども、門《かど》を建《た》つるたつきなし。竹《たけ》を柱《はしら》として、車を宿《やど》せり。雪降《ふ》り風吹《ふ》くごとに、危《あや》うからずしもあらず。所、河原近《かはらちか》ければ、水難も深く、白《はく》波《ば》の恐れも騒《さわ》がし。

すべて、あられぬ世《よ》を念《ねむ》じ過《す》ぐしつつ心をなやませる事、三十余年なり。その間《あひだ》、折々《をりをり》の違《たが》ひ目《め》、自《おの》づから短《みじか》き運をさとりぬ。

すなはち、五十《いそぢ》の春を迎《むか》へて、家を出《い》でて世を背《そむ》けり。もとより妻子なければ、

捨《す》て難《がた》きよすがもなし。身に官禄あらず。何《なに》に付《つ》けてか執をとどめん。むなしく大原山の雲に臥《ふ》して、また五《いつ》かへりの春秋をなん経にける。

（大意）

私は昔、父方の祖母の家を伝領して、長い間そこに住んだ。その後、寄る辺《べ》やゆかりを失い、我が身も落ちぶれて、懐古追憶の想いは複雑であれこれと多かったけれど、結局、その家屋を留めることができなかった。

三十を過ぎた齢《よわい》になって、あらたに、我が心から自分で決めて、一つの庵を結んだ。これをかつての住まいに比べてみると、わずか十分の一の大きさである。自分が居住する母屋をこしらえるばかりで、思うように他の建家や離れを造ることができない。かろうじて築地塀は築いたけれども、門を構えるだけのゆとりも方策もない。竹を柱とする粗末な宿りを設けて、車を停めておく。雪が降り積もったり、風が強く吹いたりする折々には、危険や不安を感じないわけではない。所在地は鴨川の河原に近いので、水の災難も激しく深刻で、川の白波《しらなみ》ならぬ盗人（白波《はくば》は盗賊を指す漢語。しらなみは、それを訓読して出来た和語）の恐れも騒がしく、落ち着かない。

おしなべて、想像を絶してひどく住みにくいこの世を堪え忍んで、時を過ごしながら心を悩まされることが、三十年以上となった。その間、人生の節目節目に当ての外れた不如意があり、自然と自分の命運のつたなさを悟ることになった。

そこで、（『論語』に天命を知ると説く）五十歳の春をむかえて、出家遁世したのである。もともと妻子はいないので、心残りの捨てがたい縁者もいない。この身に官位・俸禄は持たぬ。何に対して執着をとどめることがあろうか。そんなふうに思って、とりとめもなくいたずらに大原の山に隠居して、また五年の年月を経たのだった。

〈原文〉

ワカ、ミ、父カタノ祖母ノ家ヲツタヘテ、ヒサシク彼ノ所ニスム。其後縁カケテ身ヲトロヘ、シノブカタ〴〵シゲカリシカド、ツヰニヤトヾムル事ヲエズ。ミソヂアマリニシテ、更ニ、ワガ心ト、一ノ菴ヲムスブ。是ヲアリシスマヒニナラブルニ、十分ガ一也。居屋バカリヲカマヘテ、ハカ〴〵シク屋ヲツクルニヲヨバズ。ワヅカニ築地ヲツケリトイヘドモ、カドヲタツルタツキナシ。タケヲハシラトシテ、車ヲヤドセリ。雪フリ風フクゴトニ、アヤウカラズシモアラズ。所、カハラチカケレバ、水難モフカク、白波ノヲソレモサハガシ。スベテ、アラレヌヨヲネムジスグシツヽ、心ヲナヤマセル事、三十余年也。其間、ヲリ〳〵ノタガヒメ、ヲノヅカラミジカキ運ヲサトリヌ。スナハチ、イソヂノ春ヲムカヘテ、家ヲ出テ世ヲソムケリ。モトヨリ妻子ナケレバ、ステガタキヨスガモナシ。身ニ官禄アラズ。ナニ、付ケテカ執ヲトヾメン。ムナシク大原山ノ雲ニフシテ、又五カヘリノ春秋ヲナン経ニケル。

※大福光寺本「ヤトヾムル事ヲエズ」の部分、諸本「あと（を）とどむることを得ず」、「心とどむることをえず」などとする。

※大福光寺本「ナラブルニ」の部分、諸本「なずらふるに」もしくは「なぞらふるに」とある。

（エッセイ）

その一、「ワカカミ」という冒頭語

カタカナは、たいてい漢字の一部分から出来ており、直線的で速く書ける。ノートや急ぎのメモには、うってつけの文字であった。主に男性が、学問の場で、また仏教のコンテクストなどで用いることが多い。ただ、漢字を柔らかくくずしたひらがなと違って、書道にはなじまない、とも言われる。上手下手より、実用とスピードが優先される。『方丈記』

大福光寺本も、急いで一気に書かれたようだ、と評されることがある。そのためか、字形が紛らわしい箇所や、誤写もある。もっとも、あらためて全体を眺めてみると、大福光寺本には、なかなか味わいのある文字配りと、しっかりした書きぶりがなされているようにも思う。

たとえば今回の冒頭だが、大福光寺本の原本で確認すると、「ワカ、ミ」と明確に書いてある。しかし従来、注釈書などで、この本文が採用されることは、まずなかった。一般には、「わが身」という本文に校訂して、「底本「ワカ、ミ」。諸本による」（岩波文庫新版脚注）などと注記するかたちをとる。別の注釈書で「底本では「ワカ、ミ」とあるが、これでは「わがかみ」となって、意味が通ぜぬので、「わが身」と改めることにした」（講談社学術文庫）などとあるのを読むと、いささか乱暴な改訂に見えるが、本文処理としては結果的に、他書も同じことを行っている。

大福光寺本に忠実なことで知られる新日本古典文学大系も、珍しく、これは誤写だと指摘して、「当初。その昔」の意味をあらわす「ソノカミ」が正しいと、本文を直していた。「ソ」と「ワ」、「ノ」と踊り字の「、」が紛れたものだというのだ。これまでにない、独自の本文校訂である。しかし校注者の佐竹昭広は、この新大系刊行後も分析を怠らず、「その後、「ワカガミ」と読んで意味の通じる語であると考えるに至った。したがってこの部分は内容的に改める必要がある」と訂正を表明した（前掲『閑居と乱世』）。そして佐竹は、同時代の例を挙げて「若上」と漢字を当て、「若かった昔」の意であると付記して、改訳している（同上書）。

しかし、新大系より四半世紀以上先行する簗瀬一雄『方丈記全注釈』は、「諸本によって」「わが身」と本文を改訂した上で、「大福光寺本以外は、すべての伝本が「わが身」であるが、なお大福光寺本の表記「ワカ、ミ」によろうとする意見がある」との補注を付けている。研究史の上でも、注意が必要だ。簗瀬が引くのは「底本をそのまま生かして「我が上《かみ》」とし、自分の若かったころ、昔、の意としてみた」とする武田孝説、また「ワカ、ミは「わが上」で「上」は往昔の意の「かみ」だろう」とする神田秀夫説の二つである。三木紀人も「我が上」という解釈を紹介しつつ、「熟さないので他本により「、」を衍字と見て」「わが身」と「訂正」（新潮日本古典集成頭注）する。その後、三木は「ただし、「若上」＝若い頃、または「我が上」＝私の過去の意かとも思われる」と注している（三木『鴨長明』）。

じつは私も、用例さえ補強できれば、「ワカ、ミ」の本文を残して、「我が上」と読みたいと思っている。解釈は先行説と同様で「上」は昔。私の昔、つまりは若い頃、という意味である。結果的に、佐竹改定案とも意味は同じとなるのだが、私は、ここに「我」という語が出てくるのが大事だと思うのだ。ならば諸本の「我が身」でいいではないか、ということになりかねないが、ちょっと待ってほしい。これは、書写した人が、わかりにくい「ワカ、ミ」を合理的に短絡した、解釈本文かも知れない。第二十二回で「事」と「身」とについて後述するように、『方丈記』諸本は、いささか安易に「身」という語に寄り添いすぎる傾向がある。文献学的には、いったんしりぞけた方がよい本文だと思う。これまでどおり、安易な近道を取らず、あくまで大福光寺本のかたちから理解を深めるべきだろう。他本による改訂は、最後の手段とすべきである。

その二、『方丈記』の構造と『池亭記』――〈われ〉の照応

では、なぜ「我が昔」という意味となることが大事なのか。それは、この作品の仕組みと関係する。『方丈記』は、「行く河の流れ」の第一章の後、第二章を「予（われ）」と語り起こし、自分がものの心を知る大人になってから見聞した「不思議」として、外部世界の五大災厄を叙述していた。それが終わり、段落を改めて、ここで再び長明の筆は「我が昔」に還り、第二章の「予」と照応する。ここに「我」が顕在することで、『方丈記』の叙法が『池亭記』依拠であったことが、より明確となるのである。

先に見たように『池亭記』は、「予《われ》、二十余年より以来《このかた》」、東の京と西の京とを見続けてきたが……と起筆して、平安京の「西京の荒廃」と「住民の東北部への移住」（新日本古典文学大系『本朝文粋』脚注）を描く。そのあと、また「予」と書き起こし、「予《われ》、本《もと》より居処なく、上東門《じゃうとうもん》の人家に寄居《ききょ》す。常に損益《そんえき》を思ひ、永住を要《もと》めず」と誌し、我が「池亭の構造と景観」（同前新大系脚注）へと、叙述の筆を進めた。また同段で「予《われ》、六条以北《よりきた》に初めて荒地《くわうち》をト《ぼく》し、四つの垣を築《つ》きて一つの門を開く」と記し、人家の寄居から出て、自分の家を作る、住まいの歴史と自己を語っていく。

『方丈記』もよく似た構造であった。ここで「我」と書き起こして段落を替え、自分史としての家の歴史を語り始める。『方丈記』において、これが第三章の始発となる。そのメルクマール（道標）が、「我が上」という語り起こしなのであった。大福光寺本の本文を丁寧に読むことで、『方丈記』の『池亭記』参照が部分にとどまらず、作品の仕組みとも深く連動していることもよくわかる。

『方丈記』の長明は、〈若かりし昔〉に寄寓・伝来した家を出て、小さな我が家を作り始め、やがて「方丈」の庵の「構造と景観」を叙述することになる。それも『池亭記』に倣った語りである。ただし長明には「ひさしく彼の所に住む。その後《のち》縁欠けて身衰へ、偲《しの》ぶ方々繁《かたがたしげ》かりしかど、終《つひ》に屋とどむる事を得ず」という零落があった。もっとも、大福光寺本に「ヤトヾムル事ヲエズ」とある部分が、諸本には「跡（を）とどむることを得ず」とあり、微妙な本文の揺れも存する。長明が、先祖伝来の家をどのような事由で去り、もしくは手放さざるを得なかったのかは不明だ。ただし、はやく父を亡くして「みなし子」となり（長明『無名抄』、『源家長日記』）、「縁欠けて身衰へ」た長明の激動は、『池亭記』の保胤より、はるかに複雑であった。そのことは、次回、説明しよう。

ただし『方丈記』は、その不如意の具体には触れず、一気に「三十余」の自身の自立・独歩に到達する。通説の生年にしたがえば、五大災厄最後の元暦二年（一一八五）の大地震が、数えで三十一歳にあたる。長明は触れないが、平家滅亡の壇ノ浦の戦いは、すでにその年の三月に終わっていた。時代はすでに、新世界へと突入している。

つまり「三十余」の年とは、彼の而立であるとともに、「予」長明が、もの心付いてから見知った外界の「世の不思議」五大災厄の終わりでもあった。災害と自分史と。それぞれパラレル・別次元で描かれているが、この符合は偶然ではない。五大災厄の果てに、世に住まうことのありにくさを見届け、荘厳な議論を記した長明は、章をあらため、「我が上」の歴史を記す。同じ頃、誰に強いられることもなく、「我が心と」（自分の心で）自ら決めて、独り庵を結んだ、という。すべての災厄を見届けて、私は新たな旅に出た、とでも言わんばかりの書きぶりだ。この年時の照応は、長明の年齢推定にも、大事な傍証となるだろう。長明が、このように自分を語ることができるのは、『池亭記』という範例があるからだ。ただむやみと赤裸々に自分を語っているわけではない。

だが長明の転落は、三十余歳の独立では、終わらなかった。続いて記される彼の我が家の様子は、読みようによっては、パロディのように貧しい。ここを読むと、私はいつも『物《もの》くさ太郎』という、究極の怠け者が主人公として登場する御伽草子の描写を思い出す。

> 家造《づく》りの有様、人にすぐれてめでたくぞ侍りける。四面四町に築地《ついぢ》をつき、三方に門を立て、東西南北に池を掘り、島をつき、松杉を植ゑ、島より陸地《ろくぢ》へそり橋をかけ、高欄に擬宝珠《ぎぼうし》をみがき、まことに結構世にこえたり。十二間《けん》の遠侍《とをさぶらひ》（＝主殿から遠い侍の詰所）、九間の渡り廊下、釣殿、細殿、梅壺、桐壺、籬《まがき》が壺にいたる迄、百種の花を植ゑ、主殿《しゆでん》十二間につくり、檜皮葺《ひはだぶき》に葺《ふ》かせ、錦《にしき》をもつて天井をはり、桁《けた》うつばり、たる木の組入れには、銀《しろかね》金《こがね》を金物《かなもの》にうち、瓔珞《えうらく》の御簾《みす》をかけ、馬屋、侍所《さぶらひどころ》にいたる迄、ゆゆしく造《つく》り立てて居《ゐ》ばやと、心には思へ共《ども》、いろいろ事足らねば、ただ竹を四本立て、薦《こも》をかけてぞ居たりける。雨の降るにも、日の照るにも、ならはぬ住居《すまゐ》して居たり。

かつての長明の実家のように、物くさ太郎も、描き出す理想の夢の住まいは豪奢そのものだ。しかし、それはあくまで「心には思へども」の妄想であって、現実は、原文に傍線を引いて示した箇所の描写のように、竹の柱に薦《こも》を掛けた貧乏所帯。雨の日も晴れの日も困窮する、ぼろ屋だった。

『方丈記』にも竹の柱が出てくる。新日本古典文学大系脚注は、宗長（一四四八―一五三二）の連歌「仮の世とおもひとるこそあはれなれ／竹を柱に柴ふける庵」を例として引く。宗長は、大永五年（一五二五）十月に日野の「長明の閑居の旧跡」を尋ねており（『宗長手記』）、長明に憧れを持っていた。「竹の柱」という表象は、隠者の住まいの類型的な描写であった。『平家物語』で、鬼界ヶ島に一人残された俊寛が構えた「わが家」は、「松の一《ひと》村《むら》ある中に、より竹（＝浜辺などに流れ寄る竹）を柱にして、葦《あし》をゆひ、けたはり（＝桁梁）にわたし、上にもしたにも松の葉をひしと取《とり》かけたり。雨風《あめかぜ》たまるべうもなし（＝雨風には、ひとたまりもない）」（巻三「有王」）という。西行の著作に仮託される『撰集抄』にも、隠者の形象として「竹なんど拾ひあつめて、如形《かたのごとく》いほりし廻《めぐり》て」（巻一―二）とある。

ただし、実家の十分の一以下だと嘆く長明の家の竹の柱は、母屋ではない。あくまでそれは、車寄せのことだと断っている。そして以下、長明の描く住まいの縮小と苦難の歴史は、もちろんシリアスな「記」であるが、隠者の風情もあり、プライドも潜むだろう。同時に、堀田善衞のいう「ユーモア」や「皮肉」も読み取れる。私たち後世の読者も、複眼的で柔軟な視野が必要だ。

その三、『方丈記』の近代性――夏目漱石の英訳から

長明は「あられぬ世を念じ過ぐしつつ心をなやませる事、三十余年なり」と続けている。いつも不遇にさいなまれ、転落していく生涯に、長明は遂に、自らの恵まれぬ運命を悟った、という。そして五十の春に出家。洛北の大原へと向かう。やがていつしか、「五年」の月日が経った。長明は、五年周期でものを考えるのが得意だ。福原遷都の時も、「都の手振り」という「五年《いつとせ》」の響く和歌を引く。『方丈記』の執筆も、後半で自ら語るように、「この所に住みはじめ」て「今すでに、五年《いつとせ》を経たり」という時期だった。

こう読むと、漱石のことがあらためて重なってきて、面白い。『草枕』には「世に住むこと二十年にして、住むに甲斐ある世と知った。二十五年にして明暗は表裏のごとく、日のあたる所にはきっと影がさすと悟った。三十の今日はこう思うて居る」とある。「世に住むこと二十年」から「二十五年」という年齢は、一八五七年生まれの夏目漱石が『方丈記』を英訳した年頃にあたる。『漱石全集』所収の夏目金之助（K. Natsume）『方丈記英訳

（*A Translation of Hojio=ki with a Short Essay on It.*）』には一八九一年十二月八日と誌されている。この日付を信じれば、その完成は、漱石が数えで二十五歳、東京帝国大学二年生だった明治二十四年暮れのことであった。

安元三年（一一七七）の大火から元暦の大地震（一一八五）までの時代に、長明もほぼその年齢を過ごしていた。三十歳の今日は、「――喜びの深きとき憂《うれい》いよいよ深く、楽《たのし》みの大いなるほど苦しみも大きい」と『草枕』は続く。『方丈記』の影響は明白だが、時間もまた、五年区切りのリズムである。ただそれゆえに、ちょっと気になることがある。

先に読んだ箇所だが、確認のためにあらためて記すと、『方丈記』では、序章すぐ後の「予《われ》、ものの心を知れりしより、四十《よそぢ》あまりの春秋を送れるあひだに」という記述から、五つの災害が描かれる。この部分はもともと、物事の分別が付く年齢になった後、四十余年経ってということだから、長明の年齢は『方丈記』執筆時の五十いくつ、という設定である。ところがなぜか夏目漱石は、この冒頭部分を"More than forty years of existence have rewarded me with the sight of several wonderful spectacles in the world"と訳していた。つまり「四十年あまり生きてきた、私の人生で……」という意味である。アストンの"During the forty springs and summers which have passed since I first knew the heart of things"という直訳（私が、最初にものの心を知ってから過ぎた、四十の春と夏の間に）と比べると明らかだが、ここにはどうやら誤訳がある。漱石にとって『方丈記』のこの部分は、長明の四十歳の時点だと、先験的にイメージされていたようだ。

そのことは、後の『草枕』を引き寄せる。『草枕』が雑誌『新小説』に発表されたのは、明治三十九年（一九〇六）のことだ。漱石はその時、ちょうど数えで四十歳であった。翌年に単行本となっている。『草枕』の執筆年次と『方丈記』のこの誤訳の年齢が、ぴったりと重なるのである。四十となる漱石が『草枕』を書くとき、『方丈記』があらためて密接に感じられて、こんな描写が生まれたのだろう。私も、あの長明と同じ年頃になったのか、と。一般に、誤訳や誤解も、創造性の大事なモチベーションとなるものだ（井筒俊彦『意味の深みへ』、若松英輔『井筒俊彦　英知の哲学』参照）。

かくして『方丈記』をめぐる漱石の理解には、思い込みや誤りも存する。もっとも目立つ差異《ズレ》は、前回、漱石の関東大震災未体験のことを書いて考えたように、災害文学の『方丈記』から、「それは本質的ではない」と五大災厄の後半三つの翻訳を省略してしまったことである（第十三回参照）。漱石にとって長明とは、森の詩人であり、ワーズワースのような詩人と対比される人だった。そしてたとえば南方熊楠がなぞらえたソローのように、一人暮らしをして文学をつづる、作家としての長明に関心があった。五大災厄など、外的世界の悲惨な描写は、漱石にとって「not essential」、むしろ『方丈記』という作品の本質理解には邪魔？　ですらあったということだろうか。この理解は結果的に、『草枕』の作品世界にも近似する。もっとも、げすの勘ぐりで言えば、まだ二十代の帝国大学生だった漱石には、複雑な事象が絡み、仏教語などの難語や、固有名詞も多い五大災厄の訳解が、面倒くさかっただけなのかもしれない。なお漱石の英訳『方丈記』をめぐるこうした問題については、前掲した「『方丈記』と『徒然草』」、「禅の本としての『方丈記』」にも記したが、プラダン・ゴウランガ・チャラン『世界文学としての方丈記』に、視野の広い、総合的考察がある。適宜それぞれの参照を乞う。

ところで「もとより妻子なければ、捨て難きよすがもなし」と強がる長明だが、その史実については、『鴨長明集』の表現の解釈などをめぐって、妻子不在の真偽にも議論がある。この直前の回で長明は、身よりのない「独身」は人から軽んじられる、いったい「いづれの所を占めて」、何をすれば、心は穏やかになるのだろう？　と、自問していた。正・反・合の弁証法そのものだ。その合一する答えを求めて『方丈記』は、この「我の昔」から本論に入る。

そして次回、ついに本書のキーワード「方丈」が登場する。

第十六回、六十《むそぢ》の露と日野の「方丈」――『方丈記』の核心

ここに、六十《むそぢ》の露消《き》えがたに及《およ》びて、更に末葉《すゑば》のやどりを結《むす》べる事あり。いはば、旅人の一夜《ひとよ》の宿《やどり》をつくり、老いたる蚕《かひこ》の繭《まゆ》をいとなむがごとし。これを中《なか》ごろの栖《すみか》に比《なら》ぶれば、また百分が一に及《およ》ばず。とかく言《い》ふほどに、齢《よはひ》は歳々《としどし》に高《たか》く、栖《すみか》は折々《をりをり》に狭《せば》し。

その家のありさま、世《よ》の常《つね》にも似《に》ず。広《ひろ》さはわづかに方丈、高《たか》さは七尺がうちなり。所を思《おも》ひ定《さだ》めざるが故《ゆゑ》に、地《ぢ》を占《し》めてつくらず。土居《つちゐ》を組《く》み、打《う》ち覆《おほ》ひを葺《ふ》きて、継目《つぎめ》ごとに懸金《かけがね》を懸《か》けたり。もし心にかなはぬ事あらば、やすく外《ほか》へ移《うつ》さむがためなり。その改《あらた》めつくる事、いくばくの煩《わづら》ひかある。積《つ》むところ僅《わづ》かに二両、車《くるま》のちからを報《むく》ふ外《ほか》には、さらに他の用途《ようどう》いらず。

（大意）

ここに、六十という、露のようにはかない人の命が消え失せる定命《じょうみょう》の齢《よわい》を前にして、またあらたに、露が宿る葉先のような人生の末路の仮の宿りを構え結ぶことになった（消ゆ、葉、宿り、結ぶ――露の縁語）。たとえていえば、旅人が一晩の仮寝の宿を拵え、老いた蚕が繭を作り営むようなものだ。この宿りをを以前のすみかと比べると、さらにまた小さく、百分の一にも及ばない。あれやこれやというちに、齢は年々高くなり、住まいは、住み替えるたびごとに狭くなっていく。

今度の家の様子は、世の尋常な住まいとは違う。広さはわずか、一丈（三メートルほど）四方の方丈の庵であり、高さは七尺（二メートル強）もないほどのつましさだ。どうしてもこの地に住みたいなどと思い定めるような場所もなく、執着もないので、土地を所有して作ることはしない。ただ木材で土台を組み、雨露を防ぐ簡単な屋根を葺き、継ぎ目ごとに掛け金をかけて固定してあるだけだ。もし心にかなわないことがあれば、容易に他の場所に移せるように、というためである。改めて造り替えたところで、どれほどの手間やしんどさがあろうか。材料を荷車に乗せてみても、わずかに車二両ですむ。車を引く労力の報酬以外には、まったく他の費用がかからないのだ。

料金受取人払郵便

京都中央局
承　　認

6633

差出有効期間
2026 年 1 月
31 日まで

（切手をはらずに
お出し下さい）

郵便はがき

6008790

110

京都市下京区
正面通烏丸東入

法藏館 営業部 行

愛読者カード

本書をお買い上げいただきまして、まことにありがとうございました。
このハガキを、小社へのご意見またはご注文にご利用下さい。

お買上 **書名**

＊本書に関するご感想、ご意見をお聞かせ下さい。

＊出版してほしいテーマ・執筆者名をお聞かせ下さい。

お買上 **書店名**	区市町	**書店**

◆新刊情報はホームページで http://www.hozokan.co.jp
◆ご注文、ご意見については info@hozokan.co.jp

24. 01. 50000

ご氏名《ふりがな》	年齢　　歳　男・女
〒□□□-□□□□ ご住所	電話
ご職業（ご宗派）	所属学会等
ご購読の新聞・雑誌名（ＰＲ誌を含む）	

ご希望の方に「法藏館・図書目録」をお送りいたします。
送付をご希望の方は右の□の中に✓をご記入下さい。　□

注 文 書

月　日

書　名	定　価	部　数
	円	部
	円	部
	円	部
	円	部
	円	部

配本は、○印を付けた方法にして下さい。

イ. **下記書店へ配本して下さい。**
（直接書店にお渡し下さい）

（書店・取次帖合印）

書店様へ＝書店帖合印を捺印の上ご投函下さい。

ロ. **直接送本して下さい。**
代金（書籍代+送料・手数料）は、お届けの際に現金と引換えにお支払下さい。送料・手数料は、書籍代計16,500円未満780円、16,500円以上無料です（いずれも税込）。

＊お急ぎのご注文には電話、ＦＡＸもご利用ください。
電話 075-343-0458
FAX 075-371-0458

（個人情報は『個人情報保護法』に基づいてお取扱い致します。）

（原文）

コヽニ、六ソヂノ露キエガタニヲヨビテ、更スヱバノヤドリヲムスベル事アリ。イハヾ、旅人ノ一夜ノ宿ヲツクリ、老タルカイコノマユヲイトナムガゴトシ。是ヲナカゴロノスミカニナラブレバ、又百分ガ一ニオヨバズ。トカクイフホドニ、齢ハ歳〳〵ニタカク、スミカハヲリ〳〵ニセバシ。ソノ家ノアリサマ、ヨノツネニモニズ。ヒロサハワヅカニ方丈、タカサハ七尺ガウチ也。所ヲ、モヒサダメザルガユヘニ、地ヲシメテツクラズ。ツチヰヲクミ、ウチヲホヰヲフキテ、ツギメゴトニカケガネヲカケタリ。若心ニカナハヌ事アラバ、ヤスクホカヘウツサムガタメナリ。ソノアラタメツクル事、イクバクノワヅラヒカアル。ツムトコロワヅカニ二両、クルマノチカラヲムクフホカニハ、サラニ他ノヨウドウイラズ。

（エッセイ）

長明の不遇と出家まで

本書〈序章〉で略述したように、鴨長明の誕生は、父の長継《ながつぐ》が数えで十七歳の時、と推定されている。長明には兄もいる。だから長継は、現代なら、中高生の年齢で親となったことになる。そして彼は、長明の父となった時分から、禰宜としての活躍が知られている。

有能で、出世も早かったようだ。ただ、どうやら病気がちだったらしく、鴨祐季《かものすけすえ》という人を猶子にして、下鴨神社最高位の正禰宜を譲った。しばらくして、三十四、五歳のころ、十代後半の長明を残して、この世を去る。

長明のショックは大きかった。「すみわびぬいざさは越えん死出《しで》の山　さてだに親の跡を踏むべく」――親のあとを追って死んでしまいたい、という和歌を詠み、下鴨社の神官鴨輔光を驚かせている。輔光は「すみわびて急ぎな越えそ死出の山　此《こ》の世に親の跡をこそ踏め」、生きていてこそ、この世で親の跡を継げるものですよ、と詠んで諫めたが、長明は「なさけあらば我まどはすな　君のみぞ親の跡ふむ道はしるらん」と返歌し、頑なだった(『鴨長明集』九九番～)。

そして長明の運命は急転する。その後いくどかの人事異動でも、彼は社司(神主)になれなかった。長明は「縁欠けて身衰へ」、父方の祖母の家を手放して、「三十余《みそぢあまり》」で独り、小さな家を構える。長明は「わが心と」やったことだ――無理矢理のお仕着せじゃない、俺の意志だと強調する。

『方丈記』の筆致は淡々と軽やかだが、実人生は、なかなか複雑だ。本書第一回に引いた『十訓抄』九ノ七には、「鴨社《かもしや》の氏人《うじびと》」鴨長明は、「和歌、管絃の道に、人に知られたりけり。社司を望みけるが、かなはざりければ、世を恨みて、出家して」との前置きがある。

確かに長明は、管絃と和歌の才に恵まれ、後白河院の北面に出仕した時期もあったようだが、三十代以降の様子は不明だ。『源家長日記《みなもとのいえながにっき》』という史料によると、四十代の半ばには、下鴨神社とも距離を置き、引きこもっていた。その長明に幸運が訪れたのは、後鳥羽院のお陰である。院に和歌の能力を評価されて北面に出仕し、さらに建仁元年（一二〇一）、再興された和歌所の寄人《よりうど》（所員）に抜擢された。『新古今和歌集』編纂の前夜である。先の日記を遺した源家長は、長明とは和歌所の同僚（家長は、開闔《かいびゃく》という事務長相当）であった。

院は、長明の音楽の才能にも興味を持ち――後に、長明のもとにあった「手習《てならひ》」という琵琶を求めている。長明はその琵琶の撥に和歌を記していたという――、その精励をほめ、河合社の禰宜にしようとする。父長継も次代の祐季も、河合社の禰宜を経て、下鴨神社の正禰宜惣官となっている。河合社へ、と聞いて、長明も悦び、感涙にむせぶのだが、鴨祐季の子で下鴨社の正禰宜だった祐兼《すけかね》に、我が長子祐頼こそ、年は長明の子供ほどの若さだが、神職に精励し、神意にも叶うと推され、はばまれてしまう。長明は絶望に沈んだ。それならば、と後鳥羽院は、氏社《うじしゃ》を官社に格上げして、その神主に、という代案を出すのだが……。長明は、もはや心を閉ざし、かたくなに断って「かきこもり」、決意を固めて出家して、洛北の大原に住むこととなった（以上『源家長日記』）。

『方丈記』は、自らのその後の人生を振り返って「其間、折々の違ひ目、自づから短き運をさとりぬ」とさらりと語り、さっそうと「五十の春」の旅立ちをうたう。ここにも『池亭記』の「予」が響いている。『池亭記』では、先に引いた「予《われ》、六条以北に初めて荒《くわ》地《うち》をトし《ぼく》、四つの垣を築《つ》きて一つの門を開く」に続いて、我が「池亭の構造と景観」（『本朝文粋』新大系脚注）を叙述し、続く段落を「予、行年《かうねん》漸く五旬に垂《なんなん》として、適《たまたま》小宅有り」と始めていた。いよいよ「作者の生活態度」（同前新大系脚注）を語るところだ。『方丈記』にいう、旅人の宿りと、老いたる蚕の繭の譬喩も、『池亭記』からの借り物である。

しかし「予」、「わがかみ」と『池亭記』の「予」を受けてきた長明は、ここでは〈わたし〉の語を用いていない。「無常」のところで見たように、長明はくどい語の反復を嫌う。緩やかにバリエーションを付け、本文を練っていくのである。

『池亭記』の「五旬」と、『方丈記』の「五十」「六十」という年齢設定の重なりとずれ。このことは、長明という人のライフストーリー構築を考える上でも、興味深いものだ。もっとも六十を前にして、といいながら、この時点の彼は、まだ五十代前半であった。年齢表記は、価値観や慣例に基づく概数である。保胤の「五旬」も実際には、五十歳より若かったのではないか、と考えられている。

遁世者が多かったらしい大原は、長明には騒がしく、思うように過ごせなかったのだろうか。「むなしく」五年を過ごした後に引っ越して、長明は、ようやく真の孤独の生き方を発見する。独り自在に生きるために得た、移動式で、土地にしばられず、身と心も一体となる、ミニマル（必要最小限）な「方丈」の庵というライフスタイルの着想だ。「方丈」という語は、この書のタイトルである。この語が見えることからも、この第三章が『方丈記』の本論・中心部であることがわかる。ただ長明らしいのは、本文中に「方丈」の語は、ここ一回しか使わないことだ（対照的に略本では「方丈」が複数回用いられている）。しかも「ヤドリ」「栖」「家」とずらしながら、なかなか「草庵」と言わない。ずっと先の第四章のところで「さびしき住まひ、一間の庵」と述べ、最終段でやっと「草庵を愛するも……」と表現する周到さだ。

ともあれ、続く次回のところで、長明は、ようやく「イマ」を語り出す。

第十七回、日野の庵のインテリア

いま、日野山の奥《おく》にあとを隠《かく》してのち、東に三尺余の庇《ひさし》をさして、柴折《しばを》りくぶるよすがとす。南に竹《たけ》の簀子《すのこ》を敷き、その西に閼伽《あか》棚《だな》をつくり、北に寄《よ》せて障子をへだてて阿弥陀の絵像を安置《あんぢ》し、そばに普賢を画《か》き、まへに法花経を置《お》けり。東のきはに蕨《わらび》のほとろを敷《し》きて、夜《よる》の床《ゆか》とす。西南に竹の釣《つ》り棚《だな》をかまへて、くろき皮籠《かはご》三合を置《お》けり。すなはち、和歌・管絃・往生要集ごときの抄物《せうもつ》を入れたり。かたはらに琴・琵琶各々《おのおの》一張を立《た》つ。いはゆる折琴《をりごと》・継琵琶《つぎびわ》、これなり。仮《かり》の庵の有様《ありやう》、かくのごとし。

(**大意**)

いま、この日野の山の奥に隠遁してから後は、庵の東側に三尺余り(一メートル弱)の廂を延ばし、その下で柴木を折って焚《た》くための拠り所とする（調理の場であるらしい）。南面は濡れ縁として竹のすのこを敷き、その西側には仏に供える水や花などを置く閼伽棚をこしらえ、（庵内には）衝立障子を立てて部屋を区切り、西面の北側に本尊・阿弥陀仏の絵像を掛けて安置し、傍らには普賢菩薩の絵を描き、前には『妙法蓮華経』を置いてある。東側の端には、ぼうぼうに伸びて柴のようになった蕨の「ほとろ」（穂）でこさえた粗末なむしろを引いて、夜休む寝床とする。西面の（衝立障子を隔てた）南側には竹のつり棚をしつらえて、黒い皮籠を三つ置いてある。そこには、和歌に関する書物、管絃に関する書物、また源信『往生要集』などの抜き書きが入れてある。その側には、琴と琵琶とを、それぞれ一張ずつ立て置く。これは、小さくたたんで持ち運びもしやすい、折り琴、継ぎ琵琶というものである。仮の庵の様子は、こんな感じだ。

（原文）

イマ、日野山ノヲクニアトヲカクシテノチ、東ニ三尺余ノヒサシヲサシテ、シバヲリクブルヨスガトス。南タケノスノコヲシキ、ソノ西ニアカダナヲツクリ、北ニヨセテ障子ヲヘダテ、テ阿弥陀ノ絵像ヲ安置シ、ソバニ普賢ヲカキ、マヘニ法花経ヲ、ケリ。東ノキハニワラビノホトロヲシキテ、ヨルノユカトス。西南ニ竹ノツリダナヲカマヘテ、クロキカハゴ三合ヲ、ケリ。スナハチ、和歌・管絃・往生要集ゴトキノ抄物ヲイレタリ。カタハラニ琴・琵琶、ヲノ〳〵一張ヲタツ。イハユルヲリ琴・ツギビワ、コレ也。カリノイホリノアリヤウ、カクノ事シ。

※校訂本文の「南に」の「に」は大福光寺本にはないが、釈文として補読可能であろう。他本にも存する。

（エッセイ）
小さな家と世界文学

小さな家、というのは、どこか人の、甘酸っぱい郷愁をさそうものがある。中島京子の『小さいおうち』もそうだ。黒木華の好演で話題の映画にもなった（山田洋次監督、松竹、二〇一四年）。この小説の原点には、さらに『ちいさいおうち（*The Little House*）』（バージニア・リー・バートン著、石井桃子訳）という絵本の世界が響いている。私の手元にある「岩波の子どもの本」シリーズの『ちいさいおうち』の帯には映画『小さいおうち』の写真と、山田洋次監督のコメントが載っている。

バートンの『ちいさいおうち』は、田舎の丘の上にぽつんと立つ、ちっちゃなお家《うち》が主人公。擬人化されたこの家は、一人の人間のように、都会に憧れ、行ってみたいと想う。だが皮肉なことに、静かだった田舎は、あっというまに都市化して、立ち並ぶ住宅が、林立するビルになる。「ちいさいおうち」は、はりめぐらされる鉄道や、道路の立体交差などの喧噪に悩まされることとなった。

長い年月が経ち、ビルに囲まれて息も絶え絶え、というところで、かつての住人のはるかな子孫に、ようやく救い出される。彼らが「けんちくやさん」に「ひっこし」をたのむと、「これは　しっかりした　いえだ。これなら、どこへでも　もっていけます」と言って「けんちくやさんは、じゃっきで　ちいさいおうちを　くるまに　のせました」。そしてあちこち移動して理想の場所を追い求め、ついに「ひろいのはらの　まんなかに　ちいさいおかがみつかりました」。「ああ　ここがいい」。そして、もう「まち」はこりごり。二度ともどることはないと、「ちいさいおうち」は思う。まるで『方丈記』ではないか?

〈日本一小さい家〉。八十を過ぎた最晩年に、兵庫県神崎郡福崎町の生家をそう呼んで、自分の家系と原体験を回顧録で語ったのは、柳田國男である（『故郷七十年』）。柳田は逆に、東京で立身出世し、さらに学者として大成した後、かつて故郷で家族が集住した小さな住まいと暮らしを、複雑な思いで回想する。

その反対に、豊かで大きな邸宅の想い出が、生涯脳裡を離れずに、苦しみ続けたのが鴨長明であった。彼の実家のイメージは、いにしえの神話に続く鴨氏の禰宜の家の系譜という、栄誉と幸福が一体となった象徴的な大きさである。しかし、父の死を最大の契機として、長明はそれらを次第に失い、縮小ばかりのつらい坂を転げ落ちる……。

独りになっても、身を変えて出家遁世しても、〈住む〉ことからは逃れられない。かつては鴨川の川端という土地が彼を脅かし、今度は大原という〈場〉が彼を縛る。なぜいつも苦しいのか？　問題は、自分の住まい方にあったのではないだろうか。家を捨てて、〈住まい〉に特化した今、ようやく長明にも、はっきりとそれが見えた。信仰に身を捧げ、澄み切った穏やかさで何物にも縛られない、独りだけの空間を求めて……。自分と一対一の、絶対的等身大の住まいとは何か？

難問だ。長明が自分とだけ向き合い、出家を超える発想の大転換を成し遂げるためには、新たな劇的リセットが必要だろう。たとえば頭が真っ白になるような、ひとりぼっちの巣籠もりの時空（西郷信綱『古代人と夢』など参照）、とか。『源家長日記』が描出する失意の長明を見ると、引きこもりは、長明の習い性でもあった、……ような気もする。怒られるかな。「むなしく大原山の雲に臥して、又五かへりの春秋をなん経にける」。このムナシさは、実は、自分を白紙にして、一からやり直すために、必然的な時間だったのだ。そして、気付く。家が土地から自由であればいいのだ！　と。移動する家？　「ちいさいおうち」？　あの都遷りでいやになるほど見たように、普通の家が丸ごと移動するのは大変だ。だが、あながち不可能なことでもなかった。もしそれが、たった一人の「方丈」なら……。そう、なんとかなるではないか。権力者に根こそぎやられる遷都ではなく、我が志をもっての心の遷都だ。

「方丈」は隠者の庵室の定番で、維摩居士に由来する、根拠あるミニマムの象徴的な居住空間の名前である。たとえじゃなく、いっそのこと、実際にその寸法でやってしまおう!!　わくわくする発想だ。引っ越しは、未知の世界へ飛び出す冒険として、そもそもとても楽しいもの。私もかつては大好きだった。しかも、考えぬいてひらめいた、〈わたし〉だけの新しいライフスタイルなのである。それが、仏教の歴史や久遠の時間とどこかでつながって、「世ノ常」ならざる不思議な家として達成できるだなんて。誰も知らない住まい方。「方丈」の「記」のモチベーションが、まさにいま、ここにある。

長明は、洛北の大原から、平安の都を跨いで大きく縦断し、遠く南の宇治・日野の山に着地した。そして「方丈」の骨格に、調度の飾りを始めていく。『方丈記』のこのあたりの文章を熟読して、彼の住まいを想像してみようか。信仰と芸術に彩られた、シンプルな閑居の生活空間を。ただし、よく読むと、長明の仮の庵は、なかなかいい住まいではないか。たとえば同時代の慶政『閑居友』――長明の『発心集』をよく読み、批判的に言及し、作品を形成した説話集である——には「身に持ちたる物少しもなし。仏も経もなし。ましてそのほかのもの、つゆちりもなし」(上六)とあり、『撰集抄』——長明が尊敬する西行仮託の説話集——にも「着たる帷《かたびら》の外《ほか》には、露もちたる物も侍らず」(巻七—一〇)という隠者を描く。はるかに質素な空間である。それに比べて、長明は。そう、坂本龍馬じゃないけれど、家具もまた人を縛るよ……。

第十八回、西に傾く春夏秋冬――庵をめぐる宇宙観

その所のさまを言《い》はば、南に懸樋《かけひ》あり。岩《いは》を立《た》てて水をためたり。林の木ちかければ、爪木《つまき》を拾《ひろ》ふに乏《とも》しからず。名を音羽山《おとはやま》といふ。まさきのかづら、跡埋《あとうづ》めり。谷しげけれど、西晴《は》れたり。観念のたより、なきにしもあらず。

春は、藤浪《ふぢなみ》を見る。紫雲のごとくして西方に匂《にほ》ふ。夏は、郭公《ほととぎす》を聞く。語《かた》らふごとに死出《しで》の山路《ぢ》をちぎる。秋《あき》は、蜩《ひぐらし》の声《こゑ》、耳《みみ》に満《み》てり。空蝉《うつせみ》の世《よ》をかなしむ楽《がく》と聞《き》こゆ。冬は、雪をあはれぶ。積《つ》もり消《き》ゆるさま、罪障《ざいしやう》にたとへつべし。

もし念仏もの憂《う》く、読経まめならぬ時は、みづから休《やす》み、身づから怠《おこた》る。さまたぐる人もなく、また、恥《は》づべき人もなし。ことさらに無言《むごん》をせざれども、独り居《を》ればば、口業《くごふ》を修《をさ》めつべし。必ず禁戒をまもるとしもなくとも、境界《きやうがい》なければ、何《なに》につけてか破《やぶ》らん。もし跡《あと》の白波《しらなみ》にこの身を寄《よ》する朝《あした》には、岡屋《をかのや》に行きかふ船をながめ

て満沙弥《まんしゃみ》が風情をぬすみ、もし桂《かつら》の風《かぜ》、葉《は》を鳴《な》らす夕《ゆふべ》には、尋陽《じんやう》の江《え》を想《おも》ひやりて源都督《げんととく》の行《おこな》ひをならふ。もし余興あれば、しばしば、松のひびきに秋風楽《しうふうらく》をたぐへ、水の音《おと》に流泉《りうせん》の曲をあやつる。芸はこれ拙《つたな》けれども、人の耳を悦《よろこ》ばしめむとにはあらず。ひとり調《しら》べひとり詠《えい》じて、みづから情《こころ》を養《やしな》ふばかりなり。

（**大意**）

この庵のある場所の様子を述べてみようか。南には懸《か》け樋《ひ》がある。岩を組み合わせて水を溜めておく。林の木々が近いので、薪用の小枝を拾うのに不自由しない。山の名を音羽山という。まさきのかずら（つるまさき）の蔓が一面にはえて路面を埋め、往来する人の足跡を覆い隠している。谷にも草木が茂っているけれども、西側は広々として見晴らしがよい。日想観《にっそうかん》（西方に向いて端座し、西に入る落日を眺めて、我が身の西方往生を観想する）の如き修行を行う手立てがないわけでもないのだ。

春は、藤波を見る。往生の証しの紫雲のように、藤の花が美しく西方になびいて咲き、よい香りも漂う。夏は、時鳥《ほととぎす》の音《ね》を聞く。死出の山路（人が死後越えて行く山道）を往来する、この鳥の囀りの語らいを聞くたびに、冥途の旅の道標《みちしるべ》となってくれ、と願い、約束する。秋は、蜩《ひぐらし》の声音《こわね》が一面に響き、耳の奥までしみわたる。ウツセミのように儚い現世を悲しむ音楽に聞こえる。冬は、雪をいとおしむ。（「年の内に積もれる罪はかきくらし降る白雪とともに消えなん」という紀貫之の『拾遺集』の和歌のように）積もり消えていく様子は、正に人間の罪障（悟りや極楽往生を妨げる罪）に譬えることができよう。

もし念仏も億劫で読経にも身が入らぬ気分の時は、自分で休みを決め込み、みずから怠ける。咎める人もなく、また、恥ずかしく思う人もいない。わざわざ無言の行をしなくとも、独り住みで話す相手もないので、口の業は、正しく修めることができるはずだ。厳重に禁戒を守ろうとしなくとも、戒《い》むべき環境がないのだから、何を契機に破ることがあろうか。

「世の中を何に譬へむ　あさぼらけ　こぎゆく船のあとの白波」（沙弥満誓）などと無常のこの世に生きる身を嘆く朝は、岡屋の津（巨椋《おぐら》池東端）に行き交う船を眺めては、沙弥満誓の風情を模して和歌を詠み、桂に吹く風が葉を鳴らす夕べには、潯陽《じんよう》の江に夜客を送る時、楓（カツラとも読む）が風に音を立て、都を偲ぶ琵琶の音が聴えてくる……、という白居易『琵琶行』の趣向に想いをはせ、桂大納言源経信に倣って琵琶を奏でる。もしさらに興が乗れば、たびたび、松を梢を鳴らす風の音に「秋風楽」の曲を合わせて琴を弾き、水の音にのせて「流泉」の秘曲を琵琶で奏でる。私の芸自体は拙いものだが、人の耳を喜ばそう、というわけではない。独り演奏し、自ら歌って、自分の情意を癒やし慰めるばかりである。

（**原文**）

ソノ所ノサマヲイハヾ、南ニカケヒアリ。イワヲタテ、水ヲタメタリ。林ノ木チカケレバ、ツマ木ヲヒロウニトモシカラズ。名ヲ、トハ山トイフ。マサキノカヅラ、アトウヅメリ。谷シゲ、レド、西ハレタリ。観念ノタヨリ、ナキニシモアラズ。春ハ、フヂナミヲミル。紫雲ノゴトクシテ西方ニ、ホフ。夏ハ、郭公ヲキク。カタラフゴトニシデノ山ヂヲチギル。アキハ、ヒグラシノコヱミ、ニ満リ。ウツセミノヨヲカナシム楽トキコユ。冬ハ、雪ヲアハレブ。ツモリキユルサマ、罪障ニタトヘツベシ。若念仏物ウク読経マメナラヌ時ハ、ミヅカラヤスミ、身ヅカラヲコタル。サマタグル人モナク、又、ハヅベキ人モナシ。コトサラニ無言ヲセザレドモ、独リヲレバ、口業ヲ、サメツベシ。必ズ禁戒ヲマモルトシモナクトモ、境界ナケレバ、ナニ、ツケテカヤブラン。若アトノシラナミニコノ身ヲヨスルアシタニハ、ヲカノヤニユキカフ船ヲナガメテ満沙弥ガ風情ヲヌスミ、モシカツラノカゼハヲナラスユフベニハ、尋陽ノエヲ、モヒヤリテ源都督ノヲコナヒヲナラフ。若余興アレバ、シバ〳〵、松ノヒヾキニ秋風楽ヲタグヘ、水ノヲトニ流泉ノ曲ヲアヤツル。芸ハコレッタナケレドモ、人ノミ、ヲヨロコバシメムトニハアラズ。ヒトリシラベヒトリ詠ジテ、ミヅカラ情《コヽロ》ヲヤシナフバカリナリ。

（エッセイ）

その一、四方四季のちいさいおうち

春はあけぼの。東の空が白んで、紫がかった雲が細く棚引き……。誰もが知る『枕草子』冒頭の情景だ。『徒然草』にも、『枕草子』を意識した「折節の移り変るこそ、ものごとにあはれなれ」と始まる四季の描写がある（第一九段）。『うつほ物語』や『源氏物語』には、それぞれの趣向で、美しい日本の季節感を切り取った、四季の庭、四季の家が描かれている。たとえば光源氏の豪邸、六条院とか。しかし、春は、夏は、秋は、冬はと、小さな庵の周辺で展開する『方丈記』の四季折々の風景は、またしても、慶滋保胤の『池亭記』を踏まえてのものなのだ。

保胤は、我が池亭の四季の四方の風情を、美しく描写する。春には、東の岸の柳が嫋《たお》やかに揺らぎ、夏には、北の戸の竹を抜けて清風が訪れる。秋は、西の窓に月が照り、そして冬は、南の簷《のき》の日あたりがよく、日向ぼっこが出来る（「春は東岸の柳有り、細煙嫋娜《さいえんでうだ》たり。夏は北戸の竹有り、清風颯然《さつぜん》たり。秋は西窓の月有り、以て書を披《ひら》くべし。冬は南簷《なんえん》の日有り、以て背《せなか》を炙《あぶ》るべし」）と。

これには、さらに原典があった。白居易の『草堂記』という文章である。江州（現在の江西省九江市）の司馬という地方官に左遷された白居易は、廬山（やはり現在の江西省にあり、ユネスコ世界遺産である）北峰の香炉峰（香鑪峰）の北方にあった遺愛寺の西隣に草堂を構えて住み、愛着していくども詩文をものした。『草堂記』は『方丈記』『池亭記』と同様、文字通りこの「草堂」を描き出した文章である。その他にも『和漢朗詠集』山家《さんか》に採られた白居易の詩の一節「遺愛寺の鐘は枕を欹《そばだ》てて聴く、香鑪峰の雪は簾を撥《かか》げて看《み》る」（原漢文）が著名だろう。もっとも、この詩文と香炉峰が日本で広く知られるようになったのは、『枕草子』のエピソードの影響が大きい。「雪のいと高う降りたる」日、中宮が「少納言よ、香炉《かうろ》峰《ほう》の雪いかならん」と仰せを下し、清少納言が「御格子《みかうし》あげさせて、御《み》簾《す》をたかくあげたれば、笑はせ給ふ」とある、あのシーンである。

白居易は『草堂記』（『白氏文集』巻二十六、一四七二）の中で、草堂の周りには、春の花、夏の雲、秋の月、冬の雪という美景がある（「春は錦繡《きんしう》の谷の花有り、夏は石門《せきもん》の澗《たに》の雲有り、秋は虎渓《こけい》の月有り、冬は鑪《ろ》峰《ほう》の雪有り」原漢文、『鴨長明全集』大曾根章介の訓読）と叙述している。白居易の「草堂」には「漆《うるしぬり》の琴《きん》一張、儒仏道（＝儒教、仏教、道教の三教）の書《ふみ》、各《おのおの》三両巻を設《まう》けたり」という（『草堂記』）。このあたりは、長明の庵に、ちょっと似ている。

『池亭記』と『方丈記』では、四季に四方の方角が当てられる。いわば四方四季で、まるで御伽草子『浦島太郎』に描かれた、竜宮城のようでもある。浦島太郎の見た竜宮は、「四方に四季の草木をあらは」すユートピアであった。

まづ東の戸をあけて見ければ、春の景色と覚えて、梅《むめ》や桜の咲き乱れ、柳の糸も春風に、なびく霞のうちよりも、鶯の音《ね》も軒近く、いづれの木末《こずゑ》も花なれや。南面《みなみおもて》を見てあれば、夏の景色とうち見えて、春をへだつる垣穂には、卯の花や、まづ咲きぬらん、池の蓮《はちす》は露かけて、汀《みぎは》涼しきさざなみに、水鳥《みづとり》あまた遊びけり。木々の梢《こずゑ》も茂りつつ、空に鳴きぬる蟬の声、夕立過ぐる雲間より、声たて通るほととぎす、鳴きて夏とや知らせけり。西は秋とうち見えて、四方《よも》の梢も紅葉《もみぢ》して、籬《ませ》の内なる白菊《しらぎく》や、霧たちこむる野辺の末、真萩《まはぎ》が露を分け分けて、声ものすごき鹿の音《ね》に、秋とのみこそ知られけれ。さて又北をながむれば、冬の景色とうち見えて、四方《よも》の木末《こずゑ》も冬がれて、枯葉《かれば》に置ける初霜や、山々やただ白妙《しろたへ》の、雪に埋《むも》るる谷の戸に、心細くも炭竃《すみがま》の煙《けぶり》にしるき賤《しづ》がわざ、冬と知らする気《け》色《しき》哉《かな》。

このように竜宮城は、四方の戸を開けると、陰陽五行説にしたがって、東は春、南は夏。そして西の秋、北の冬と、いつでも四季が顕現する。『池亭記』は、このシンメトリをあえて崩して、夏を北に、冬を南と反転して配当し、いかにも過ごしやすき四時殿を描出する。スケールと景観はそれぞれ全く違うが、保胤と白居易、そして東アジアの理想郷と。まさに伝統的な文学空間を享受して、『方丈記』は、我が宇宙を彩ろうとしている。

もちろん、そんな文学史など知らなくとも、この一節を読むだけで、ゆたかな空間イメージが読者の心を包み、やすらぎを与えてくれる気がする。ありきたりな表現だが、日本の四季の順行とは、誇るべき潜在的な原点として、私たちの心の根っこにある。海外で暮らしたり、外国人研究者と交流すると、そのことをあらためて深く考える。少し前に『古典の中の地球儀』という本を書きながら、あらためてそう思った。

不思議な偶合だが『ちいさいおうち』に、またしても、同じような記述がある。都会から移動した「ちいさいおうち」は、丘の上の最後の安住で、四季の運行を体感する幸せを嚙みしめる。「あたらしい　おかのうえに　おちついて、ちいさいおうちは　うれしそうに　にっこりしました。また　お日さまを　みることができ、お月さまや　ほしも　みられます。そして　また、はるや　なつや　あきや　ふゆが、じゅんに　めぐってくるのを、ながめることも　できるのです」と。

『方丈記』は、鴨長明が蓮胤という法体《ほったい》（僧侶の姿）になって書いた、世捨て人の文章である。方丈の庵の西面の北側には、阿弥陀の絵像を懸け、南側に『往生要集』を置いて、西方の極楽浄土を願う。長明は、この環境をうまく利用して、季節の推移と色彩を、独自の美しい仏教的文脈で装飾する。だがよく見ると、春だけに方角が配当されていることに気付く。その方角も、本来は東に配当される春の景色を、西方に棚引く藤の花で形容していた。擬《なぞら》えられた紫雲は、往生の瑞相で、西方浄土へ、というイメージである。

その二、四方四面のグローカル

こうした四方四季をめぐる問題は、私の近年の関心事の一つである。二〇一二年に発表した論考で、光源氏の四季の豪邸・六条院を論じたことが、その発端だ（「〈非在〉する仏伝――光源氏物語の構造」。のちに『かくして『源氏物語』が誕生する』の第六章となった）。相前後して、日本の庭園をめぐる、学際的共同研究に参画するチャンスを得た（研究代表者・白幡洋三郎）。同じ二〇一二年の晩秋に研究会で発表し、『方丈記』の庵の四季についても、考察する機会を得たのである。

発表後のディスカッションの中で、建築学者の横山正から、イタリアの建築家、アンドレア・パラーディオ（Andrea Palladio、一五〇八―八〇）の「ラ・ロトンダ」という建築の空間を教えられ、長明の「方丈の庵」と不思議な交差感覚を経験した。『方丈記』をめぐって、新たな視界の展開を覚えた瞬間だ。

渡辺真弓『ルネッサンスの黄昏――パラーディオ紀行』の解説によれば、ラ・ロトンダとは、「パラーディオのヴィラの中では最も有名な作品であり、その理想的な姿のためにパラーディアニズムの究極のシンボルと見なされている」。「パラーディオ自身が『建築四書』の中で述べている言葉で」言えば、次のような建築であるという。

敷地は考え得るかぎり美しく、快適なところである。というのは、きわめて登りやすい小さな丘《モンティチェッロ》の上にあり、一方の側は船が通えるバッキリオーネ川によってうるおされ、他の側はきわめて美しい丘陵地で取り囲まれて、まるでひじょうに大きな劇場のような形になっており、また、一面に耕されていて、きわめて良質の果物ときわめてみごとなブドウの樹で充満している。それゆえ、ある方向では視界が限られ、ある方角ではより遠くまで見え、また他の方位では地平線まで見渡せるという、きわめて美しい眺望をあらゆる側から楽しめるので、四方の正面のすべてにロッジアがつくられている。

敷地の美しさと快適さ。小さな丘の上の家。船の行き交い。川と丘陵地。そしてオーチャード（果樹園）。また、視界の限定と無限まで……。一つ一つ数え上げるまでもないほど、『方丈記』の叙述を彷彿とさせる。

注目すべきは「四方の正面のすべてに」作られた「ロッジア」である。「四面にあるロッジア（神殿風列柱廊玄関、ポルティコとも言う）はこの建物を著しく特徴づけ、その美の根拠の一つをなす重要な要素である。機能主義的な観点からは説明できないこのロッジアの存在理由をパラーディオ自身はあっさりと、「美しい眺望をあらゆる側から楽しめるので」と受け流している」。そしてこのラ・ロトンダの四方は、「対角線がほぼ東西南北を指すように配置され」、四方の正面が、東西南北とは四十五度ずれて設計されている（以上、渡辺真弓前掲書）という。

ならば、ある意味で『源氏物語』の六条院と一緒だ。六条院は、大きな敷地を十字に仕切ったような四町の土地に立つ、四つの邸宅で成り立っている。その所在は、全体を俯瞰で見れば、辰巳（＝東南）の町が紫上が住む春の町で、未申（＝西南）の町は、秋好中宮が住む秋の町。戌亥（＝北西）の町は、明石御方の住む冬の町で、丑寅（＝北東）の町が、花散里の住む夏の町となっている。結果的に「その町の位置は四方四季と四十五度相違している」のである（渡辺仁史「『源氏物語』の六条院について」、詳細は前掲『かくして『源氏物語』が誕生する』参照)。六条院の場合は、条里制の平安京の四区画に、四季の家を建てて一つの大邸宅としたための必然であったが、ラ・ロトンダには別の目的があった。「それは一日の間に一度も陽のあたらない面がないようにし、四面の等質性を高めるためのパラーディオの工夫だということが言われる」(渡辺真弓前掲書)。では長明の方丈の庵は、どうなっていただろう?

『方丈記』にも「東に三尺余の庇《ひさし》をさして」、「南に竹《たけ》の簀子《すのこ》を敷き、その西に閼伽棚《あかだな》をつくり、北に寄《よ》せて障子をへだてて阿弥陀の絵像を安置《あんち》し」と、ことさらに東・西・南・北を叙述するところがある。しかし長明の方丈は、阿弥陀堂などに典型的な、四方に庇のある一間四面ではない。東にのみ、ことさら長く延ばした庇は、彼の実家、下鴨神社の「流れ造《づくり》」(岡田精司『京の社』参照)にたぐえられる結構ではないか、と思う。それでも、東の庇と南の簀の子は「ロッジア」にも擬されるが、西の閼伽棚は、南の簀の子の西側にある。「北」は、庵の西面を衝立障子で南北に区切った北側のことで、そこに阿弥陀仏を安置したというのである。その代わりに長明は、庵周辺の春・夏・秋・冬の四季の描写を重ねて連ね、ゆるやかに四方を描こうとする。それが長明の構想した、幻想的な四面のデザインであった。

もっとも、このラ・ロトンダというヴィラには『源氏物語』や『方丈記』との間に、一つ決定的な違いがあった。四方に対する、四季性への無頓着である。ロッジアの四面は、一日の時間の中で理想を求めた普遍であり、四季の渇望ではなかった。

だがそれは、おそらくパラーディオという個性のせいばかりではない。むしろ『源氏物語』や『方丈記』の特異性だろう。かれら古典文学が根ざす、アジアの中の日本文芸としての伝統と、日本文化のユニークさの証しなのである。

その三、孤高のロックンローラーとトラウマ

この美しい宇宙の中に、彼はひとり抱かれていた。独り居て独り想う。彼だけの天地の方丈では、念仏読経も自由だ。いかようになしても、破戒を招くことがない。長明は、そう強弁している。そして無常のこの世を嘆きつつも、朝には和歌を詠じ、いつしか夕べの風情に我が身をひたし、琵琶を弾く優雅さだ。こんなしぐさで憧れるのが、源経信（一〇一六―九七）という先人であった。経信は、長明の和歌の師・俊恵の祖父で、桂流《かつらりゅう》の祖とされる琵琶の名手だ。漢詩文にも和歌にも抜群に優れ、超一流の教養を持つ貴人であった。

経信の万能を証明する逸話が伝えられている。絶対の権力を誇った白河院が、京都の嵐山の大堰川に「詩、歌、管絃の三つの舟を浮かべ」、選りすぐりの才人を集めて競わせた

折のこと。当日、経信は、なんと遅参してしまうのだ。白河院は不機嫌きわまりない。ようやく現れた経信は、詩も和歌も音楽も「三事兼ねたる人」なので、水際にひざまづき、「やや、どの舟にまれ寄せ候へ」――どうかどの舟にでもお乗せください、と懇願した。芝居がかったこの決めぜりふが言いたくて、わざと遅れてきたらしい。そのように、この説話を載せる『十訓抄』(十ノ四)は語っている。経信は、「さて、管絃の舟に乗りて、詩・歌を献ぜられたりけり」。結局音楽の舟に乗り、しかも詩と和歌を作って献上したというのだから、スタンドプレーの一挙三得? だ。『大鏡』などに載る、前代の藤原公任が演じた三舟の説話(『日本紀略』寛和二年(九八六)十月十日条や『古事談』に載る史実とは微差がある。荒木『京都古典文学めぐり』参照)の本歌取りで、新たな趣向であった。

かたや長明には、秘曲づくし事件という失敗が伝わっている。『文机談《ぶんきだん》』(琵琶奏者の隆円が誌した、十三世紀後半の書物という)によれば、長明の琵琶の師中原有安《なかはらのありやす》は、長明には伝授を尽くさず没してしまった。しかし「すき物」の長明は、管絃の名人たちを集め、「賀茂のおくなる所」で、「秘曲づくし」を開催。名人たちの演奏に興が乗った長明は、伝授を受けてもいないのに、琵琶の秘曲『啄木《たくぼく》』を、皆の前で数回演奏してしまった。これを漏れ聞いた琵琶の名人藤原孝道《たかみち》は、重罪だと憤り、後鳥羽院に繰り返し強く告発の奏上を行う。後鳥羽院の「御たづね」に、長明は弁明して許しを乞うた。後鳥羽も罪科《とが》とまでは思っておらず、厳罰は気の毒だ、朝廷の憐れみをしかるべく、と「つぶやく輩《やから》」もいたが、孝道は告発を緩めず、強硬だ。長明は「これにたへず」都を去り、「修行のみちにぞ思ひたちける」という。ただし『文机談』には、大原でも日野でもなく「ふたみの浦といふ所に方丈の室をむすびてぞ、のこりのすくなき春秋をばおくりむかへける」とある。これでは、長明遁世の地が伊勢になってしまう。

確かに長明は、三十代のころ伊勢を旅行し、（文治二年〔一一八六〕説と建久元年〔一一九〇〕説がある。三木紀人『鴨長明』など参照。なお今村みゑ子「鴨長明の伊勢下向をめぐって」のように、出家後、元久元年〔一二〇四〕のことと解する新説もある）『伊勢記』（現在は散佚、逸文などで復元が試みられている）を残して「二見」に言及するが、出家とは別次元の話だ。ここには、長明が尊崇した西行のイメージとの混乱があるのではないか。西行は「高野山をすみうかれてのち、伊勢国二見浦の山寺に侍りけるに」（『千載和歌集』詞書）との時期があり、『西行物語』には伊勢や二見の様子が描かれる。長明も『伊勢記』の逸文とおぼしき和歌の詞書に「西行法師すみ侍ける安養山といふところに」と記している。

ともあれ『方丈記』では、俺が閑居するこの場所で、自分の楽しみで名曲を弾いて何が悪い。そう長明はうそぶく。秘曲づくし事件の反発か、トラウマだろうか、と勝手に想像してしまう。遁世して、断捨離の移動式庵室に住んでなお、「和歌・管絃」を座右の書にし、折琴《おりごと》・継琵琶《つぎびわ》を携帯するのが長明だ。興が乗れば、琴と琵琶の秘曲まで、曲名になぞらえて、松風や水の音に響かせて弾く。

こんな長明を「ロックンローラー」になぞらえた新井満は「ロックンローラーは孤高で、無頼なんです。家にも人間関係にも拘束されたくない。自由が欲しかった人、それが長明ではないか」という（第一回所引の『朝日新聞』大阪版夕刊、二〇一二年八月一日の記事）。たびたび言及する新井満だが、彼には一度、遭遇したことがある。下鴨神社で開催された『方丈記』八〇〇年の特別展で、という奇遇である（荒木「『方丈記』再読」参照）。毀誉褒貶も烈しかった新井自身の思いの投影があるような長明評だが、確かに長明が管絃を奏でて陶酔し、つい度を越してしまう悦楽は、私にもよくわかる気がする。ただそれだけに、遁世者の心得、隠者の悟りという点ではいかがなものか。小人閑居して不善を為す、とは謂わないまでも、ちょっと心配になってくる。

第十九回、十歳の友、麓より来たる——閑居の日常と散策

また、ふもとに一つの柴《しば》の庵《いほり》あり。すなはち、この山守《もり》が居《を》る所也。かしこに小《こ》童《わらは》あり、ときどき来《きた》りて、あひ訪《とぶら》ふ。もしつれづれなる時は、これを伴《とも》として遊行《ゆぎやう》す。かれは十歳、これは六十、その齢《よはひ》ことのほかなれど、心をなぐさむること、これ同《おな》じ。或いは茅花《つばな》を抜《ぬ》き、磐梨《いはなし》を採《と》り、零余子《ぬかご》をもり、芹《せり》を摘《つ》む。或いはすそわの田居《たゐ》にいたりて、落《お》ち穂《ぼ》をひろひて、穂組《ほくみ》をつくる。

もしうららかなれば、峰《みね》に攀《よ》ぢのぼりて、はるかに、ふるさとの空をのぞみ、木《こ》幡《はた》山・伏見《ふしみ》の里《さと》・鳥羽・羽《は》束師《つかし》を見る。勝地《しようち》は主《ぬし》なければ、心をなぐさむるに障《さは》りなし。歩《あゆ》み煩《わづら》ひなく、心遠《とほ》くいたるときは、これより峰《みね》つづき炭《すみ》山を越《こ》え、笠取《かさとり》を過《す》ぎて、或いは石間《いはま》に詣で、或いは石山を拝《をが》む。もしはまた、粟津《あはづ》の原《はら》を分《わ》けつつ、蟬歌《せみうた》の翁《おきな》が跡《あと》を訪《とぶら》ひ、田上《たなかみ》河をわたりて、猿丸大夫《さるまろまうちぎみ》が墓《はか》をたづぬ。帰《かへ》るさには、折《をり》

につけつつ、桜《さくら》を狩《か》り、紅葉《もみぢ》をもとめ、蕨《わらび》を折《を》り、木《こ》の実《み》をひろひて、かつは仏にたてまつり、かつは家土産《づと》とす。

（**大意**）

また、麓に一軒の柴の庵（山野の雑木で作ったような粗末な仮屋、というのが原義）がある。これは、この山の番をする山守が住んでいる所である。そこには少年がおり、時々やってきては、私を訪ね、顔を出す。もし用事もなく、所在ない時は、この童を伴って、あちこちを、遊行・散策する。あちらは十歳、こちらは六十だ、互いの年はことのほか離れているけれど、心を慰める楽しみは全く同じ。あるときはちがやの花穂を抜き、岩梨の実を取ったり、山芋の芽などもぎ取り、芹を摘む。あるときは山裾に広がる田圃《たんぼ》（「すそわのたゐ」は『万葉集』の訓読に由来する歌語）に行って、落ち穂を拾い、子ども遊びの真似事に穂組という田の神へのお供え飾りを作る。

もしよく晴れたうららかな日和《ひより》であれば、高い峰によじ登って、遥かに都の空を仰いでかつて住んでいたあたりを遠望し、目を転じて、木幡山、伏見の里、鳥羽、羽束師（いずれも現在、京都市伏見区）などの歌枕を眺める。「勝地は本来定主《ていしゅ》なし」の名句（白居易）

どおり、優れた景観には決まった所有主はない。誰でも自由に鑑賞してよいものだ、私が観て心を慰めることに何の差し障りもない。道の歩みも調子よく、遠くへ行きたい、と心に思いを馳せる時は、さらに峰続きに炭山を越え、笠取山を過ぎて、近江に足を延ばし、あるときは岩間寺（岩間山正法寺、現滋賀県大津市、本尊千手観音。西国三十三所第十二番）に参詣し、あるときは石山寺（同じく現大津市、本尊如意輪観音。観音信仰の大名刹、西国三十三所第十三番）を拝む。あるいはまた、粟津の原を分けて行き、蟬歌の翁こと蟬丸の古跡を訪れ、田上川を渡って、猿丸大夫の墓を訪ねる。帰り道には、折節ごとに、桜の花見をしたり、紅葉狩りをしたり、ワラビを折り、木の実を拾ったりして持ち帰り、仏にお供えするとともに、また我が家の土産《みやげ》にする。

（原文）

又、フモトニ一ノシバノイホリアリ。スナハチ、コノ山モリガヲル所也。カシコニコワラハアリ、トキ〴〵キタリテ、アヒトブラフ。若ツレ〴〵ナル時ハ、コレヲトモトシテ遊行ス。カレハ十歳、コレハ六十、ソノヨハヒコトノホカナレド、心ヲナグサムルコトコレヲナジ。或ハツバナヲヌキ、イハナシヲトリ、ヌカゴヲモリ、セリヲツム。或ハスソワノ田イニイタリテ、ヲチボヲヒロヒテ、ホクミヲツクル。若ウラ、カナレバ、ミネニヨヂノボリテ、ハルカニフルサトノソラヲノゾミ、コハタ山・フシミノサト・鳥羽・ハツカシヲミル。勝地ハヌシナケレバ、心ヲナグサムルニサハリナシ。アユミワヅラヒナク、心トヲクイタルトキハ、コレヨリミネツヾキスミ山ヲコエ、カサトリヲスギテ、或ハ石間ニマウデ、或ハ石山ヲヲガム。若ハ又、アハヅノハラヲワケツヽ、セミウタノヲキナガアトヲトブラヒ、タナカミ河ヲワタリテ、サルマロマウチギミガハカヲタヅヌ。カヘルサニハ、ヲリニツケツヽ、サクラヲカリ、モミヂヲモトメ、ワラビヲ、リ、コノミヲヒロヒテ、カツハ仏ニタテマツリ、カツハ家ヅトトス。

（エッセイ）

その一、外山の日野と長明の晩年

鴨長明が隠栖して、日々の暮らしを過ごした日野の地は、旧来は宇治郡であった。奈良街道の交通の要衝だ。これもごく個人的な思い出だが、私が初めて『方丈記』を通読したのは大学生のころ。四年生で『方丈記』を講読する演習授業があり、私の担当は、ちょうどどこの箇所、という奇遇である。そのころは、銀閣寺にほど近い、京都市左京区の浄土寺という所に下宿していた。だから日野というのは、心理的にも、はるかに遠い場所だった。

いつでもどこでも渋滞する京都のバスは息苦しく、当時、ほんとうに苦手で……。

ところが近年尋ねてみると、地下鉄の東西線が延伸し、とても近く、便利になっていて驚いた。東西線も、随心院や勧修寺最寄りの小野駅、そして醍醐寺の醍醐駅までは、一足早く開業しており（一九九七年）、ある時期、調査などでよく利用したが、その七年後に開通した石田駅まで足を伸ばすのは、初めてのことだった。日野の法界寺と親鸞の誕生院もある。今ならば、滋賀や奈良はもちろんのこと、大阪や兵庫からでも、長明の健脚を想像しながら山道散策を楽しみ、さほど苦労なく、「日野山の奥」を訪ねることができる。

本書第二十五回に写真を掲げて論じるが、日野の山中には、その上が長明の住居跡だと伝える巨岩が鎮座し、「長明方丈石」という碑文がある。ここが本当に庵のあった場所かどうか。疑問も呈されてはいるが、伝承は、江戸時代以前に遡る。長明が近所を歩いたことは確実だろう。それだけでも、なにか懐かしい気持ちになる。

場所の同定はむずかしいが、彼の出家に因縁浅からぬ後鳥羽院も、長明の庵跡を二度訪ねたと、中世には語り伝えていた（心敬『ささめごと』）。明確な史実で言えば、「建武元年（一三三四）暮れの夢想により和歌所へ進呈すべく自撰したもの」（『新編国歌大観』解題）という法印公順の家集『拾藻鈔』第八雑歌上（三五〇番）に、

鴨長明とやまの方丈にかきつけ侍りし
くちはてぬその名ばかりとおもひしに　あとさへのこる草のいほかな

とある。

この歌は、西行の故事と和歌を思わせる。西行が「みちの国へまかれりける野中に、めにたつさまなるつかの侍りけるを」と、野原の中で中将・藤原実方《さねかた》の墓に目を止め、「くちもせぬその名ばかりをとどめおきて　枯野《かれの》の薄《すすき》かたみにぞみる」（『新古今和歌集』巻八哀傷、七九三番、『山家集』にも）と詠んだ歌話である。実方は、藤原行成と口論になった際の粗暴な行いを一条天皇から咎められ「歌枕見て参れ」と、長徳元年（九九五）に陸奥守として赴任。現地で歌枕をめぐる逸話も残しながら（『古事談』巻二他）、同四年に任地で没した著名な歌人である。あるいは、鹿ケ谷の陰謀で散った藤原成親《なりちか》を詠んだ判官入道（平判官康頼《やすより》）の和歌「朽果《くちは》てぬ其《その》名ばかりは有《あり》木にて身は墓《はか》なくも成親の卿」（『源平盛衰記』巻十「丹波少将上洛事」）にも通じるだろうか。いささか悲劇の匂いや風情がただよう和歌だ。この他にも、歌人や連歌師など、多くの風流人が長明を想い、このあたりを往来したようだ（『大日本史料』建保元年十月十三日条など参照）。『方丈記』は終わりの方で、「閑居の気味《きび》」「住まずして誰《たれ》かさとらむ」と書いているが、もじっていえば、〈訪《と》はずして誰か悟らむ〉といったところか。

ただ、庵とは本来、ここで対比的に言及がなされる山守の柴の庵のように、実用的で粗末なものであった。それに比べて「方丈記に描かれた長明の庵などは」、「宗教性の希薄な、趣味性のまさった庵」の「代表的なものの一つである」と、古代・中世の「庵」の形象を分析した小野恭平は評価する。第十七回のエッセイでも少し触れたが、このことは覚えておいて、あらためて後に考えよう。

ところで長明が最初に「むなしく」過ごした洛北の大原と、現・京都市伏見区の日野では、北から南へと対極だ。下鴨神社も平安京をも飛び越えて、はるか遠く離れている。その懸隔を結ぶのが、禅寂《ぜんじゃく》という人物である。法界寺を氏寺とした藤原北家日野家の出身で、俗名は長親という。大原に居住する僧侶だった彼は、「蓮胤上人〈長明入道〉」の遺志により『月講式《がっこうしき》』という文章を綴って追善した。本書〈序章〉で記したように、堀部正二という戦前の国文学者が、近衛家の陽明文庫に伝わるこの資料を発見して考証し、鴨長明の没年月日を確定させることとなった。その後、『月講式』の伝本や内容の研究も進んだ。これについても後述するが、大事な研究史上の出来事である。

さて、このゆったりと自足した閑居の暮らしの直前に、鴨長明は大きな旅行を終えていた。鎌倉に行き、将軍源実朝と面会する、という大仕事である。鎌倉幕府の『吾妻鏡』建暦元年（一二一二）十月十三日条に、下記のように記されている。『方丈記』擱筆の半年ほど前のことである。

鴨社氏人菊大夫長明入道〈法名蓮胤〉。依二雅経朝臣之挙一。此間下向。奉二謁　将軍家一。及二度度一云々。而今日当二于幕下　将軍御忌日一。参二彼法花堂一。念誦読経之間。懐旧之涙頻相催。註二一首和歌於堂柱一。

草モ木モ靡シ秋ノ霜消テ空キ苔ヲ払ウ山風

長明は、藤原雅経（一一七〇―一二二一）の推挙によって鎌倉に下向し、将軍・源実朝と度々面会する。ちょうどこの日は亡き源頼朝の命日であるということで、法華堂に参って「念誦読経」し、哀悼の和歌をお堂の柱に書き付けた、という。

その二、太宰治が描いた長明と鎌倉殿

この出来事については、いろいろな解釈があるが――たとえば五味文彦『鴨長明伝』に、長明の下向は『方丈記』執筆後の建暦二年後半で、記事には『吾妻鏡』の誤編集ありと解

する説がある――、長明の鎌倉訪問と実朝との出会いについては、どうやら史実であるらしい。

実朝には、長明自讃の歌句「石川やせみのを川の清ければ……」（本書第一回参照）を踏まえたとされる「君が代もわが代も尽《つ》きじ　石川や瀬見《せみ》の小川の絶えじとおもへば」という和歌もある（『金槐和歌集』『続古今和歌集』他）。実朝自撰の私家集『金槐和歌集』では、この歌は、長寿を言祝ぐ「賀」の部に置かれている（三六九番）。そこには「祝《いはひ》の歌」という詞書が付され、この歌に続いて「朝《てう》にありてわが代は尽きじ天《あま》の戸《と》や　出《い》づる月日の照らむかぎりは」という和歌が配置され、賀の部は終わる（新潮日本古典集成の校訂による）。「朝」は、朝臣として帝に仕える実朝自身のこと。両歌に描かれる「君が代」は、都にいる後鳥羽院の齢《よわい》であり、治世である。それを自らの齢「わが代」と対置させて言祝ぐ。東国の将軍・実朝にとって大事な歌であった。なかなか意味深長な文学空間が、そこにある。

じつは、あの太宰治が、『右大臣実朝』という小説の中で、この実朝と長明と、二人の面談を活写している。大事な文学史的刻印だ。いささか長い引用となるが、ここで紹介しておこう。

太宰によれば、長明は「ただいまの御賢明のお尋ねに依り、蓮胤日頃の感懐をまつすぐに申し述べまするが、蓮胤、世捨人とは言ひながらも、この名誉の欲を未だ全く捨て去る事が出来ずに居りまする。姿は聖人に似たりといへども心は不平に濁りて騒ぎ、すみかを山中に営むといへども人を恋はざる一夜も無く、これ貧賤の報のみづから悩ますところか、はたまた妄心のいたりて狂せるかと、われとわが心に問ひかけてみましても更に答へはござりませぬ。御念仏ばかりが救ひでござりまする」と実朝に語る。まだ書かれていないはずの『方丈記』末尾の一節が援用されているのも面白い。

少しこの小説の文脈をたどっておこう。太宰は、長明の姿をかなりシニカルに捉える。たとえば「まことに案外な、ぽつちやりと太つて小さい、見どころもない下品の田舎ぢいさんで、お顔色はお猿のやうに赤くて、鼻は低く、お頭は禿げて居られるし、お歯も抜け落ちてしまつてゐる御様子で、さうして御態度はどこやら軽々しく落ちつきがございませんし」のごとくだ。

長明は「おそれながら申し上げまする。魚の心は、水の底に住んでみなければわかりませぬ。鳥の心も樹上の巣に生涯を託してみなければ、わかりませぬ。閑居の気持も全く同様、一切を放下し、方丈の庵にあけくれ起居してみなければ、わかるものではござりませぬ。そこの妙諦を、私が口で何と申し上げても、おそらく御理解は、難からうかと存じまする」と、実朝に「さらさらと申し上げ」る。またしても『方丈記』の一節だ。

しかし実朝は「一向に平気で」受け流し、長明に対して「一切ノ放下」「デキマシタカ」と微笑みながら「ややお口早におつしや」ってうっちゃる。

そこで長明は、「物欲を去る事は、むしろ容易に出来もしまするが、名誉を求むる心を棄て去る事は、なかなかの難事でござりました。瑜伽論にも「出世ノ名声ハ譬ヘバ血ヲ以テ血ヲ洗フガ如シ」とございまするやうに、この名誉心といふものは、金を欲しがる心よりも、さらに醜く奇怪にして、まことにやり切れぬものでござりました。ただいまの御賢明のお尋ねに依り、蓮胤日頃の感懐をまつすぐに申し述べまするが……」と以下、先に引用した『方丈記』もどきの弁明を、息せき切って語り続けた。

太宰は、「遁世ノ動機ハ」？「と軽くお尋ねにな」る実朝を描き、長明に「おのが血族との争ひでござります」と答えさせている。『源家長日記』に記された史実であるが、実朝は「信仰ノ無イ人ラシイ」とつぶやいている。小説の語り手も、長明については「とにかく私たちから見ると、まだまだ強い野心をお持ちのお方のやうで、ただ将軍家の和歌のお相手になるべく、それだけの目的にて鎌倉へ下向したとは受け取りかねる節もないわけではございませんでしたが、あのやうにお偉いお方のお心持は私たちにはどうもよくわかりませぬ」と辛辣だ。

それから長明は、「十月の十三日、すなはち故右大将家の御忌日に法華堂へお参りして、読経なされ、しきりに涙をお流しになり御堂のお柱に、草モ木モ靡キシ秋ノ霜消エテ空キ苔ヲ払フ山風、といふ和歌をしるして、その後まもなく、あづまを発足して帰洛なさつた御様子でございます」と鎌倉を去り、都へ帰った。そして小説は「それから二、三箇月経つか経たぬかのうちに「方丈記」とかいふ天下の名文をお書き上げになつたさうで、その評判は遠く鎌倉にも響いてまゐりました」と続く。以下「まことに油断のならぬ世捨人で、あのやうに浅間しく、いやしげな風態をしてゐながら、どこにそれ程の力がひそんでゐたのでございませうか」などと書かれ、語り手の邪推が語られるが、省略に従う。

ともあれ太宰治が、それなりに『方丈記』を読み、長明のことを意識していたことは、間違いない。

この太宰に『富《ふ》嶽百景《がくひやくけい》』という短編小説がある。東京をひととき離れ、富士をながめて過ごす「私」の、つかの間の心の平和の恢復と、その芸術を描く名作だ。私は高校生のころ教科書で初めて接し、それ以来好きになって、何度も繰り返し読んだ作品である。先に見たような『右大臣実朝』における太宰の長明への関心（詳しくは吉野朋美「鴨長明の描かれ方」など参照）なども重ね合わせて、この頃しきりに、長明が歌枕を望み、芸能者の故地を訪ねる幸福感と『富嶽百景』の小説世界が似ているな、と思うようになってきた。

どちらにも、子どもを連れて山を歩く場面がある。何より、太宰も長明も、二人とも富裕で大きな名家に生まれ、〈わたし〉の「苦しみ」の中で文学を綴った作家である。

ただし『富嶽百景』から垣間見る太宰の幸福は、その後、どうやら長くは続かなかった。長明の心の平穏はどうだろうか。次の回で、もう少しだけ、この二人の作家の話を続けてみよう。

第二十回、深い夜の景気と山の音

もし夜《よ》しづかなれば、窓《まど》の月に故人をしのび、猿《さる》の声《こゑ》に袖《そで》をうるほす。叢《くさむら》のほたるは、遠《とほ》く槙《まき》のかがり火《び》にまがひ、あか月の雨《あめ》は、自《おの》づから木《こ》の葉《は》吹《ふ》く嵐《あらし》に似《に》たり。山鳥《どり》のほろと鳴《な》くを聞《き》きても、父《ちち》か母《はは》かとうたがひ、峰《みね》の鹿《かせぎ》のちかく馴《な》れたるにつけても、世《よ》に遠《とほ》ざかるほどを知《し》る。或いはまた、埋《うづ》み火をかきおこして、老《お》いの寝《ね》覚《ざ》めの友《とも》とす。恐《おそ》ろしき山ならねば、梟《ふくろふ》の声《こゑ》をあはれむにつけても、山中《さんちう》の景気、折《をり》につけて尽《つ》くる事なし。いはむや、深《ふか》く思《おも》ひ、深《ふか》く知《し》らむ人のためには、これにしも限《かぎ》るべからず。

（**大意**）

独り過ごす夜が、もし静かで穏やかであれば、漢詩の一節（「三五夜中新月色、二千里外

故人心　白（＝白居易）」『和漢朗詠集』十五夜、「巴猿三叫、暁霑行人之裳　江相公」同『朗詠集』猿など）など口ずさみながら、窓から庵にさしこむ月をながめて、旧友を懐かしく思い出して偲び、峡谷に啼く悲しげな猿の声に涙して、袖を潤したりする。古歌の風情（たとえば「晴るる夜の星か河辺か蛍かも　わが住むかたの海人《あま》のたく火か」『新古今集』在原業平など）そのままに、草むらに舞う蛍は、遠く宇治の槙の島に行き交う舟のかがり火に見まがうように光り、夜半過ぎ、日付の変わった夜更けの暁に降る雨は、ふと目覚めて聞けば、嵐が吹いて散らす木の葉の音にどこか似て、ふと、西行にそんな歌があったと思い出す（「暁落葉」の題で「時雨かと寝覚めの床《とこ》に聞こゆるは　嵐にたへぬ木の葉なりけり」と西行は詠む）。行基菩薩作と伝える和歌（「山鳥のほろほろと鳴く声聞けば　父かとぞ思ふ母かとぞ思ふ」）のように、山鳥がほろほろと啼くのを聞いても、あれは父か母かの生まれ変わりだろうかと疑い、西行の和歌のように、峰の鹿がすぐ側まで馴れ近づいてくるのを見るにつけても、逆に自分が遠ざかった世俗の世との距離を知る（「山深み馴るるかせぎのけぢかさに　世に遠ざかるほどぞ知らるる」という歌）。灰の中からかき起こしても答えはしない埋み火を、あかく灯して、独り寝の老いの寝覚めの友とする（「いふこともなき埋み火をおこすかな　冬の寝覚めの友しなければ」『堀河百首』埋火、源師頼）。西行は、山深く住んで、都で聞き慣れた鳥の音《ね》が聞こえず、梟《ふくろう》の声が響くのを「もの恐ろし」と詠んだが（「山深みけぢ

かき鳥の音はせで　もの恐ろしき梟《ふくろふ》の声」)、ここは危険な恐ろしい山ではないので、梟の声をしみじみと愛《め》で聞く……。それに付けても、この山中の景趣は、折々につけて見事で、尽きることはない。私でもこんなに思うのだ、まして、思慮深く、知性と教養があり、深く情趣を知る人にとって、そのすばらしさは、いま私が掲げた文学や芸術のことばに限るはずもない。

〈原文〉

若夜シヅカナレバ、マドノ月ニ故人ヲシノビ、サルノコヱニソデヲウルホス。クサムラノホタルハ、トヲクマキノカヾリビニマガヒ、アカ月ノアメハ、ヲノヅカラコノハフクアラシニニタリ。山ドリノホロトナクヲキ、テモ、チ、カハ、カトウタガヒ、ミネノカセギノチカクナレタルニツケテモ、ヨニトホザカルホドヲシル。或ハ又、ウヅミ火ヲカキヲコシテ、ヲイノネザメノトモトス。ヲソロシキ山ナラネバ、フクロフノコヱヲアハレムニツケテモ、山中ノ景気、ヲリニツケテツクル事ナシ。ハイムヤ、フカクヲモヒフカクシラム人ノタメニハ、コレニシモカギルベカラズ。

※大福光寺本は「イハムヤ」を「ハイムヤ」と誤記している。

（エッセイ）

六十歳という「定命」

太宰治『富嶽百景』の「私」は、「茶店の六歳の男の子」と一緒に、「峠の近くのトンネルの方へ遊びに出掛け」る。前回の『方丈記』本文で、鴨長明と連れ立つ「小童」は「十歳」であった。じつは保胤『池亭記』にも、「児童」とのふれあいが描かれる。だが、その子の年齢は示されていない。

『方丈記』が十歳という子供の年を記すのは、「これは六十」という、自分の齢《よわい》と対比させたいからだろう。先にも見たように（第十六回参照）『池亭記』は、自らの年を「予、行年漸く五旬（＝五十）に垂《なんなん》として」（「ようやく五十歳になろうとして」『本朝文粋』新大系脚注）と記す。

もっとも推定一一五五年生まれの長明は、『方丈記』成立の建暦二年（一二一二）になっても、まだ数えで五十八歳である。なのに、方丈の住まいを構想した五年ほど前の時点の記述で、すでに「六十《むそぢ》の露消えがたに及びて」と老け面《ふづら》をしていた。なぜ「六十」にこだわるのかといえば、人間には定命《じょうみょう》という、定められた寿命があり、それは六十年だという、古来の通念があったからだ（佐竹昭広新大系脚注、佐竹『閑居と乱世』）。中世の幸若舞《こうわかまい》『満《まん》仲《じゆう》』にも「みな夢幻《ゆめまぼろし》の世の中なり。この娑婆《しやば》の定命《ぢやうみやう》を思へば、僅《わづ》かに六十年。下天の暁《げう》、老少不《ふ》定《ぢやう》の夢なり」という一節がある。

かたや子供の年齢だが、七歳までは神のうち、ということわざがある。また、八歳から人並み、というのが、東アジアの年齢観であった（柴田純『日本幼児史――子どもへのまなざし』など参照）。さすがにそこまで幼くはないけれど、「かれは十歳」。まだ元服していない童と、命尽きる時を間近にした、ため息つくほど年の離れた老翁とのタワブレだ。でも気が合って、消閑の楽しみは、なにも変わらないよと、長明はおどけてみせる。

遠くへ行きたい。そんな昼間は、ふらりと小さな旅に出て、美景を眺め、歌枕や名所を訪ねる。いや、正確には旅ではない。当時の旅の語義は、本来距離に関係なく、自宅を離れてよそに泊まることだから。長明は、必ず草庵に戻って来る。「帰るさに」、桜、紅葉、蕨、木の実などを嬉しげに手にして、「かつは仏にたてまつり、かつは家土産にす」。捨てたはずの家、持たないと決めた土地なのに。すでに彼は「日野山の奥」という、帰着する〈場所〉にとらわれつつあるようだ。愛着は、仏法が戒める、なによりいけないことなのだが……。

そして夜。ここからは「イマ」、この山中にいる長明だけの文学的世界である。なんだか幻想のプラネタリウムみたいだ。「窓の月に故人をしのび」以下は、いずれも、漢詩や和歌に詠まれたコトバの情景を借りたもの。長明が敬愛する、西行法師の和歌への言及が目立つ。中国や日本の詩歌人《うたびと》たちと時空を超えて交感し、闇と灯りと音が織りなす「山中の景気」は、尽きることなし。もっと教養と知性があれば、この世界は、自分などにははかり知れない、無限の芸術の拡がりをみせるだろう。長明は、そんな風にちょっと謙遜してみせて、絵にも画けない、絶景描写の助けとしていた。なかなか巧みな修辞である。

でも本当は、「老いの寝覚め」はつらく寂しい。たとえば川端康成の『山の音』という小説は、六十二歳の男性が、鎌倉で、寝つかれぬ夜に不思議な「山の音」を聞き、老いと死を意識するあたりから物語が始まる。眠れぬ夜の苦しさは、古来、文学の大事なテーマであり、時空間であった。『方丈記』は、次から第四章に入る。

第四章「閑居の気味」と「三界唯一心」

第二十一回、五年の月日と長すぎた春？——仮の庵の安逸と危うさ

おほかた、この所に住《す》みはじめし時は、あからさまと思《おも》ひしかども、今《いま》すでに、五年《いつとせ》を経《へ》たり。仮《かり》の庵《いほり》もややふるさととなりて、簷《のき》に朽葉《くちば》ふかく、土居《つちゐ》に苔《こけ》むせり。自《おの》づから事《こと》のたよりに都《みやこ》を聞《き》けば、この山に籠《こも》り居《ゐ》てのち、やむごとなき人のかくれ給へるも、あまた聞《き》こゆ。まして、その数《かず》ならぬたぐひ、尽《つ》くしてこれを知《し》るべからず。たびたび炎上《えんしやう》に滅《ほろ》びたる家、またいくそばくぞ。ただ、仮《かり》の庵《いほり》のみ長閑《のど》けくして、恐《おそ》れなし。ほど狭《せば》しといへども、夜臥《よるふ》す床《ゆか》あり、昼居《ひるゐ》る座あり。一身をやどすに不足なし。寄居《かむな》は、小《ち》さき貝《かひ》をこのむ。これ事知《し》れるによりてなり。雎《みさご》は、荒磯《あらいそ》に居《ゐ》る。すなはち人を恐《おそ》るるが故なり。われ、また、かくのごとし。事を知《し》り、世《よ》を知《し》れれば、欲《ねが》はず、趨《わし》らず。ただ、しづかなるを望みとし、うれへ無きを楽《たの》しみとす。

（大意）

およそ、この所に住み始めた時は、ほんの一時《いっとき》のことと思っていたのだが、いまもうすでに、五年を経過した。仮住まいのはずのこの庵もだんだんと古びて、馴染みの〈ふるさと〉（古里・故郷）となって、軒には枯れ葉が深く積もり、土台には苔が生えている。たまたま何かのつてがあって都の様子を聞くと、私がこの山に籠もり住んでから後、高貴な方々の中ですでにお亡くなりになってしまった人の消息も、数多く耳に入る。まして、その数に入らない下々《しもじも》については、どれほどたくさんの者どもが亡じたことか。すべての実数を知ることなど、とうてい出来はしない。たびたび起きた炎上で焼滅した家は、またいかほどの数になるものだろうか。ただ、私の仮の庵だけが、のんびりと平穏であり、恐れがない。居住空間は狭いとはいっても、夜寝る床があり、昼に腰を下ろす座もある。この身一つを宿すのに不足はない。ヤドカリは、小さな貝を好む。これは自分をめぐる事情や世の道理を知っているからである。ミサゴなど猛禽のくせに、荒い海波が打ち寄せる磯辺の岩に住む。それはつまり、人を恐れるためである。私も、また、そのようなものだ。己と己を取り巻く道理を知り、この世というものを知っているので、俗世の成功や幸せなど、願わず、あくせくしない。ただ、一人静かに過ごすことを望みとし、憂えや煩いがないこの暮らしを楽しみとする。

（原文）

ヲホカタ、コノ所ニスミハジメシ時ハ、アカラサマトヲモヒシカドモ、イマスデニ、イツトセヲヘタリ。カリノイホリモヤ、フルサトヽナリテ、ノキニクチバフカク、ツチヰニコケムセリ。ヲノヅカラコトノタヨリニミヤコヲキケバ、コノ山ニコモリヰテノチ、ヤムゴトナキ人ノカクレ給ヘルモ、アマタキコユ。マシテ、ソノカズナラヌタグヒ、ツクシテコレヲシルベカラズ。タビ〳〵炎上ニホロビタル家、又イクソバクゾ。タヾ、カリノイホリノミノドケクシテ、ヲソレナシ。ホドセバシトイヘドモ、ヨルフスユカアリ、ヒルヰル座アリ。一身ヲヤドスニ不足ナシ。カムナ《寄居》ハ、チヰサキカヒヲコノム。コレ事シレルニヨリテナリ。ミサゴハ、アライソニヰル。スナハチ人ヲヽソルヽガユヘナリ。ワレ、マタ、カクノゴトシ。事ヲシリ、ヨヲシレヽバ、ネガハズ、ワシラズ。タヾ、シヅカナルヲ望トシ、ウレヘ無キヲタノシミトス。

＊大福光寺本「コレ事シレル」、「事ヲシリ」の「事」を、諸本はいずれも「身」とする。

（エッセイ）

『方丈記』と長明の〈いま〉

『方丈記』は「随筆」だと称される。でも「断片的に感想を述べたる小篇の集まり」でしかない「他の随筆」と一緒にしてはダメですよ。『方丈記』は「首尾一貫せる一篇の文」であり、「全編を通じて些《いささか》のゆるみなく」、「わが文学史上に光を放てる」傑作なのだから……。先にも引いた山田孝雄は、そう明言する（岩波文庫旧版解説）。私もまったく同感だ。ゆく河の流れの第一章に始まり、「予《われ》」の人生と平行する外部世界の五大災厄から、住まい論の自問自答へと続く。我が生涯を回顧して、妻子なく世をのがれ、出家に至る経緯を語り、主題の「方丈」の庵を詳述した後、「ゆるみなく」進んで、ここから段落が変わる。長明は、これまでの経験と叙述を踏まえ、「コノ所」、「方丈」の「イマ」から、世と人と、住まいと〈ワタシ〉を論じていくのである。

……などと、あらためて『方丈記』を振り返っていた時、『ぐるりのこと。』という映画（橋口亮輔監督、ビターズ・エンド配給、二〇〇八年）を観る機会があった。リリー・フランキーと木村多江が、奇妙な夫婦生活を演じる、面白い映画である。後に、木村多江とNHKのよるドラ『阿佐ヶ谷姉妹ののほほんふたり暮らし』（二〇二一年）で共演して話題になる安藤玉恵が出ていたことも、今となっては注目だろう。

社会からハズレかけた男は、頼まれ仕事で法廷画家となって、様々な重大事件とその公判に直面する。時は流れ、彼は次第に、自分の人生と、この世の中との関わりを取り戻していく。ところがその傍らで、第一子を失い、今度は妻の精神が大きな振幅を見せ、家族もまた、揺れ動くことになってしまう。最後には……。いや、そこから先は、映画をどうぞ。いろいろと違うのに、なんとなく私は、長明と、連想の糸を結んでしまった。

――と、二〇一二年にこのエッセイを新聞の連載用に書いていたあの頃は確信していたのだが、いま振り返ると我ながら、その糸が曖昧だ。もう一度観たら想い出すだろうか。キーポイントは「ぐるりのこと」というタイトルと、自堕落だった主人公の男の、世界との関わり方にあった気がする。「ぐるりのこと」とは、この映画の英語タイトルが *All Around Us* であるように、人々それぞれのささやかな身辺を指す。そして長明もここから、方丈の庵を起点に「ぐるりのこと」に向き合っていくのだ。

先に「いま、日野山の奥に」と誌してから、『方丈記』には、確実に〈いま〉という単語が増えて来る。つれづれなるままに、日暮らし、庵にひとり。うつりゆく〈いま〉、思うことを書く、という意味では、ここからが本当の「随筆」なのかも知れない。とはいえ、刻々と推移する現在を意識するのは、とても怖いことだ。「夢の夢の夢の、昨日は今日の古《いにしえ》、今日は明日《あす》の昔」という、『閑吟集《かんぎんしゅう》』に載る室町時代の小歌《こうた》がある。未来に向けて〈いま〉を活きるしかないのに。それは一瞬も留まることなく、いつも〈昔〉に呑み込まれてしまう、という恐ろしさ……。私の好きな歌の一節を引けば「悲しいのは　時が過ぎてしまう事」なのである（吉田拓郎『悲しいのは』、作詞は岡本おさみ）。

高い峰に登って「はるかに故郷《ふるさと》」京都の空を眺め、いつでも引っ越せばよい。オレは土地には縛られない、と標榜（豪語？）する長明だったが、「むなしく」過ごした大原と同様に、あれからもう、五年が経った。いまやこの仮の庵のみ、のどかな「故郷《ふるさと》となりて」、と彼は書く。『方丈記』で「ふるさと」が平安京を指さないのは、これが初めてだ。福原遷都の時に、見捨てられた「ふるさと」＝古京を嘆いていた彼が、なんと、この方丈の庵の方を「ふるさと」と呼ぶ。その愛着も、拭いがたく染み込みつつあるようだ。

ただし、ここでの「故郷《ふるさと》」の用法には、白居易の影響もありそうなので、付記しておく。先に見た香炉峰の詩文（本書第十八回参照）の原拠は、「香鑪峯下新卜山居草堂初成偶題東壁」という詩（『白氏文集』巻十六）の第四首（「其三」九六八）だが、そこには「遺愛寺の鐘は枕を欹《そばだ》てて聴き、香鑪峯の雪は簾を撥《かか》げて看る。……心泰《やす》く身寧《やす》きは是れ帰する処、故郷何ぞ独り長安に在るのみならんや」とある。「故郷」は、この詩のキーワードだ。江州に左遷中の白居易は、長安という都と廬山の草堂とを比べ、長安ばかりが「故郷」ではない。心がのびのびと解放され、身の安寧なるこの草堂こそ、我が故郷だと詠じていた。『方丈記』とそっくりだ。「草堂記」の冒頭にも「白居易が廬山の景勝を看て心ひかれた様子を、旅人が故郷を訪れて立ち去り難いさまにたとえる」描写がある（加固理一郎「白居易の「遺愛寺鐘欹枕聴」について」）。典拠を踏まえながら、我がオリジナルを構築していく。長明らしい文章作法だ。

第二十二回、人はなんで家を作るか——What men live by?

惣《すべ》て、世《よ》の人の栖《すみか》をつくる習《なら》ひ、必ずしも事のためにせず。或いは妻子・眷属《けんぞく》の為につくり、或いは親昵《しんぢつ》・朋友《ぼういう》の為につくる。或いは主君・師匠、及び財宝・牛馬の為にさへこれをつくる。われ、今、身の為にむすべり。人の為につくらず。故《ゆゑ》如何《いかん》となれば、今の世《よ》のならひ、この身のありさま、伴《とも》なふべき人もなく、頼《たの》むべき奴《やつこ》もなし。縦《たと》ひ広《ひろ》くつくれりとも、誰《たれ》を宿《やど》し、誰《たれ》をか居《す》ゑん。

夫《それ》、人の友《とも》とあるものは、富《と》めるを尊《たうと》み、懇《ねむご》ろなるを先《さき》とす。必ずしも、情《なさけ》あると、淳《すなほ》なるとをば愛せず。ただ、絲竹・花月を友とせんにはしかじ。人の奴《やつこ》たる物は、賞罰はなはだしく、恩顧あつきを先《さき》とす。更に、はぐくみあはれむと、安《やす》くしづかなるとをば欲《ねが》はず。ただ、わが身を奴婢《ぬび》とするにはしかず。いかが奴婢とするとならば、もしなすべき事あれば、すなはち己《おの》が身をつかふ。懈《たゆ》からずしもあらねど、人を従《したが》へ人を顧《かへり》みるよりやすし。もしありくべき事あれば、みづからあゆむ。苦《くる》しといへども、馬・鞍《くら》・牛・車と心をなやますにはしかず。

（大意）

総じて、世の人が住まいを造る習いの常として、必ずしもこの世で生きていく大事のためには造作しないものだ。ある者は妻子や親戚のために造り、ある者は親しい知人や大事な友達のために作る。ある者は主君や師匠のために、また財宝や牛馬のために家を造る場合さえある。私は今、我が身＝心とカラダのために庵を結んでいる。人のために造ったのではない。理由はなぜかといえば、この世の常として今ではもう慣れっこだが、出家遁世の我が身の状況では、一緒に暮らすべき家族も伴侶もなく、たよりになる下人もいないからだ。たとえ家を広く造ったとしても、誰を宿し、誰を住まわせようというのか。

そもそも、人が友達として付き合うのは、富裕な人を尊び、親しげに近寄ってくる人を第一にする。必ずしも、情のある人や、心が純朴な人を愛するというわけではない。ならばただ、管絃の音楽や、春の花秋の月のような自然の情趣を友とするほうがいい。人の下人として仕える者は、どっさりと褒美を出し、恩顧を厚くかけてくれる主人をよしとする。

決して、情をかけて慈しむ主人や、安穏で静かな環境を望まない。ならばただ、我が身を自分の召使いとするのが一番である。どのように自分の身を召使いとするかといえば、もしなすべきことがあれば、さっと自分の身を使う。億劫で邪魔くさくないわけではないが、人に指図し、他人の面倒を見るよりはたやすい。もし出かける用事があれば、我が足で歩み行く。しんどいといっても、やれ馬だ鞍だ、やれ牛だ車だと手配して、心をなやますよりはましである。

〈原文〉

物テ、ヨノ人ノスミカヲツクルナラヒ、必ズシモ事ノタメニセズ。或ハ妻子・眷属ノ為ニツクリ、或ハ親昵・朋友ノ為ニツクル。或ハ主君・師匠、ヲヨビ財宝・牛馬ノ為ニサヘコレヲツクル。ワレ、今、身ノ為ニムスベリ。人ノ為ニツクラズ。ユヘイカントナレバ、今ノヨノナラヒ、此ノ身ノアリサマ、トモナフベキ人モナク、タノムベキヤツコモナシ。縦ヒロクツクレリトモ、タレヲヤドシ、タレヲカスヘン。

夫、人ノトモトアルモノハ、トメルヲタウトミ、ネムゴロナルヲサキトス。必ズシモ、ナサケアルト、スナホナルトヲバ不愛。只、糸竹・花月ヲトモ友トセンニハシカジ。人ノヤツコタル物ハ、賞罰ハナハダシク、恩顧アツキヲサキトス。更ニ、ハグ、ミアハレムト、ヤスクシヅカナルトヲバネガハズ。只、ワガ身ヲ奴婢トスルニハシカズ。イカヾ奴婢トスルトナラバ、若ナスベキ事アレバ、スナハチヲノガ身ヲツカフ。タユカラズシモアラネド、人ヲシタガヘ人ヲカヘリミルヨリヤスシ。若アリクベキ事アレバ、ミヅカラアユム。クルシトイヘドモ、馬・クラ・牛・車ト心ヲナヤマスニハシカズ。

※大福光寺本「事ノタメニ」の「事」を、諸本「身」とする。

（エッセイ）

「ぐるりのこと」を捨てた果てに

「事」と「身」と。活字では、まず紛れようのない文字である。しかし写本のくずした字体だと、この二つは時によく似ており、文脈次第では、読み違えをして、ややこしいことになる。たとえば前回の後半部。仮の庵は「一身をやどすに不足なし」と述べ、ヤドカリは小さな貝を好む。「これ事知れるによりてなり」。「われまたかくのごとし。事を知り、世を知れれば、欲《ねが》はず、趨《わし》らず」とあった。ところがこれらの「事」を、他の写本は、すべてそろえて「身」に変えている。我が身を知る、という理解だろう。今回の「事のためにせず」も、他本はやはり「身のためにせず」と写していた。

一見、その方が、理屈も通ってわかりやすい。でも古典本文の解釈では、早とちりの合理性こそ、最大の敵なのだ。前に「ワカ、ミ」を安易に「我が身」とする諸本の本文改訂の問題に触れたが、危ない危ない。安良岡康作『方丈記全訳注』が「この「事」は、わけ・ゆえん・事情・理由の意」と解釈して、一貫して「事」を採用したように、「事」と「身」とでは大違いだ。「事を知り、世を知れれば」とあるように、「事」ならば、長明が悟った、自分を取り巻く事情と状況のことである。大きくいえば、拠って立つ世界観とか、パラダイムとかの謂いだろう。そして長明は、家と住まいと、この書の根元を問うて、「世の人の栖《すみか》をつくる習《なら》ひ、必ずしも事のためにせず」と書く。

世の人は「事のためにせず」。視界がせまく、自分をめぐる世の摂理を知らないと、長明は嘆き、そして「われ、今、身のためにむすべり」と宣言する。だからこれは、単純に身の分を論じた繰り返しではない。大局的な「事」の結論として、我が身の所業が導き出されているのである。ここは、そのように理解される大福光寺本本文と、新日本古典文学大系などの校訂に従っておく。

つまり長明は「人はなんで生きるか」と問うているのだ。ちなみにこれは、私が高校生のころ英語の副読本で読んだ、トルストイの小説のタイトルである。地上に堕ちた天使の物語だ。いま確認のため調べると、英訳名は *What Men Live by?* とある。「なんで」は、別の邦訳では「何によって」とある。英訳を見ても「Why」ではない。なんのために、何を指針として、の意味らしい。この問いを、我が身と一体の栖論として立て、「人はなんで建てるか?」と追求して主題とする。そう考えると、いかにも長明らしい、ユニークな言述ではないか。

親を失う不遇と、親族の妬みや反発・いじめ? の中で、実家も神社も出て、あたかも堕天使のように神の国を離れ、出家した長明。では彼は「なんで生きるか」。「もとより妻子なければ、捨て難《がた》きよすがもなし」と強がる長明は、我が家の中から、使用人と、友人までも排除した、という。『池亭記』では「人の師たるは、貴きを先にし富めるを先にして、文を以て次《ついで》とせず。師なきに如《し》かず。人の友たるは、勢《せい》を以てし利《り》を以てし、淡《たん》を以て交《まじは》らず。友なきに如かず」と綴る文章に相当する。長明は、それを圧縮して「師」を外し、「友」と「奴」の議論へと展開した。

友と使用人と。しかしそれは、いずれも、長明の子供の頃から、身の回りに欠かさずあった存在だ……。すなわち、広く長明をめぐる「事」にあたる。あっ、そうか。ここでふたたび『ぐるりのこと。』が連想される。そう、それらはみんな「ぐるりのこと」。いわば長明の生きてきた環境であったが、すべてを事削《そ》いで「事」を追求し、彼は一人になろうとする。

そもそも、至高の芸術人である長明にとって、ひとり音楽を演奏し、周りの自然や情景を、詩歌になぞらえうたう楽しみ。そんな時空を超えた文化・芸術生活が、いまは無上の友なのだ。「情《なさけ》」あって「淳《すなお》」なら、散策相手の、山守の子供で十分だ。とかく大人というものは……。

身分の高い人。若者。病気もしない丈夫なヤツ。酒好き。猛々《たけだけ》しい武士。嘘付き。欲張り。この七つは友達にしないほうがいい。一方、よき友とは、物くれる友。医師。知恵ある人の三つだと『徒然草』は述べる（第一一七段）。しかし兼好は別の所で、「同じ心」を通わせて語り合う「まめやかの心の友」などいない。気を遣って話を合わせれば「ひとりある心地」が深まるだけ（第一二段）、「ひとり灯《ともしび》のもとに文をひろげて、見ぬ世の人を友とする」のが一番だ、とも書いていた（第一三段）。あり得ない時空転倒だが、もし長明が『徒然草』を読んだとしたら、何と言うだろうか？　聞いてみたい気もする。

しかし、要らない要らないとばかり言って、一人きりで大丈夫なものなのか。短絡的な合理性というのは危険だと、本文の解釈についてたびたび論じてきたが、人生とても同じこと。私はここを読むと、いつもある落語を思い出して、複雑な気分になる。

けちんぼうを並べ立てる落語『始末の極意』のマクラに、次のような小咄がある。商売をしている旦那が、どうも使用人は無駄だと解雇して、夫婦で二人、商いをすることにした。しかし、そうしてやってみると、妻も要らない。それでは、と離婚して、一人身になるのだが……。よくよく考えれば、なんだ、俺も要らねえやと、身を投げた。こんなオチが付く。縁起でもない話だが、長明の決断は、一歩間違えば、危うい破滅と裏腹である。

長明は、もちろん、安直に自分を捨てたりはしない。「人のいとなみ、皆な愚《おろ》かなるなかに、さしも危《あや》うき京中《きやうぢう》の家をつくるとて、財《たから》を費《つひ》やし心をなやます事は、すぐれてあぢきなくぞ侍る」（第四回）。「所により身のほどに随《したが》ひつつ心をなやます事は、あげて計《かぞ》ふべからず」（第十四回）。そして「もしありくべき事あれば、みづからあゆむ。苦《くる》しといへども、馬・鞍《くら》・牛・車と心をなやますにはしかず」と、「心をなやます」キーワードを挙げながら、「ぐるりのこと」を問い続け、ここに至る。そして以下、さらに徹底的に自分を見つめ、一対一で、自分のカラダと向き合っていくのだ。

第二十三回、手の奴《やつこ》、足の乗り物——長明のユーモアと身心観

今、一身を分《わか》ちて、二つの用をなす。手の奴《やつこ》、足の乗《のりもの》、よく我《わ》が心にかなへり。身心《しんじん》の苦《くる》しみを知《し》れれば、苦《くる》しむ時は休《やす》めつ、まめなれば使《つか》ふ。使《つか》ふとてもたびたび過《す》ぐさず。物憂《う》しとても心をうごかす事なし。いかにいはむや、常《つね》にありき常《つね》にはたらくは、養性《やうじやう》なるべし。なんぞいたづらに休《やす》み居《を》らん。人をなやます、罪業《ざいごふ》なり。いかが他の力《ちから》を借《か》るべき。衣食《えじき》のたぐひ、また同《おな》じ。藤《ふぢ》の衣《ころも》、麻《あさ》の衾《ふすま》、得《う》るにしたがひて肌《はだへ》を隠《かく》し、野辺のおはぎ、峰《みね》の木《こ》の実《み》、わづかに命を継《つ》ぐばかりなり。人に交《まじ》はらざれば、姿《すがた》を恥《は》づる悔《くゐ》もなし。糧乏《かてとも》しければ、疎《おろそ》かなる報を甘《あま》くす。惣《すべ》て、かやうの楽《たの》しみ、富《と》める人に対《たい》して言《い》ふにはあらず。ただ、わが身ひとつにとりて、昔《むかし》・今とをなぞらふるばかりなり。

（**大意**）

今、この一身を分けて、二つの用をさせる。手という召使い、足という乗り物で、いずれもうまく私の心のままに動いてくれる。この身は心とカラダが一体で、使役する手足の苦しみを知っているから、苦しい時は休息させ、元気ならば使う。使うといっても、あまりにたびたびで度を過ごす、などということはない。疲れてだるい、しんどいと思っても、いらいらしたり、心を動かすことはない。いうまでもなく、常に活動して出歩き、常に体を動かすことは、身と心の養生となるはずだ。なんで無為に休み怠けていられようか。人を悩まし苦しめるのは、罪の所業である。どうして他人の力を借りることができようか。

衣食などについてもまた同じである。藤衣《ふじごろも》という目が粗く肌触りの悪い粗末な衣や、麻《あさ》衾《ぶすま》という質素な夜具などを、もとめず、手に入るまま身につけて、肌を隠すばかりの着衣とし、食といえば、野に生える嫁菜《よめな》（「野辺のおはぎ」は歌語）や、山の果実（「峰の木の実」も歌語）などで、何とかやっと命をつなぐ程度を食する。社会で人と交わり付き合うことがないので、自分のみすぼらしい姿を恥じて悔いることはない。日々の糧が乏しければ、それは自分のつたない前世の報いと甘んじて受けいれ、貧しい食を享受する。総じて、このような楽しみは、富んで豊かな人に対していうのではない。ただ、我が身の上一つのこととして、昔と今の有様を思い起こし、なぞらえ比べるだけなのである。

（原文）

今、一身ヲワカチテ、二ノ用ヲナス。手ノヤツコ、足ノ、リモノ、ヨクワガ心ニカナへリ。身心ノクルシミヲシレ、バ、クルシム時ハヤスメツ、マメナレバツカフ。ツカフトテモタビ〳〵スグサズ。物ウシトテモ心ヲウゴカス事ナシ。イカニイハムヤ、ツネニアリキツネニハタラクハ、養性ナルベシ。ナンゾイタヅラニヤスミヲラン。人ヲナヤマス、罪業ナリ。イカヾ他ノ力ヲカルベキ。衣食ノタグヒ、又ヲナジ。フヂノ衣、アサノフスマ、ウルニシタガヒテハダヘヲカクシ、野辺ノヲハギ、ミネノコノミ、ワヅカニ命ヲツグバカリナリ。人ニマジハラザレバ、スガタヲハヅルクヰモナシ。カテトモシケレバ、ヲロソカナル報ヲアマクス。惣テ、カヤウノタノシミ、トメル人ニタイシテイフニハアラズ。只、ワガ身ヒトツニトリテ、ムカシ・今トヲナゾラフルバカリナリ。

（エッセイ）

〈身〉とは何か？——引き裂かれそうな心とカラダ

いいか、お前とオレは違う人間なんだぞ。早い話が、オレが芋を食って、てめえの尻からプーって屁が出るか？

これは、寅さんの名文句。『男はつらいよ』第一作（一九六九年）に描かれたものだ。寅さんの妹、さくらに惚れてしまって悩んでいる博が、僕の気持ちがわからないのですか、と問い詰める。少しタジタジとした兄の寅さんが、筋違いの説教をする場面である。だから、お前と同じ気持ちになんかなれるはずないよ、と寅は続ける。でたらめで不思議な、それでいて妙に納得させられる、独特の理屈が痛快だ。この場面は、最近作られたシリーズ五〇周年記念作品『男はつらいよ　お帰り　寅さん』（二〇一九年）にも引用されていた。

このシリーズ映画は、落語のエッセンスを巧みに取り入れていることでも知られている。私は、このエピソードから『首提灯《くびぢょうちん》』という落語を思い出した。この噺《はなし》の前半に、試し切りで斬られてしまい、上半身と下半身と、カラダが離ればなれになってしまった、男の逸話が語られることがある。斬られた男は、仕方がないので、胴が風呂屋の番台で働き、足の方は、こんにゃく屋で、こんにゃくを踏んでこねて稼いでいる。落語らしいナンセンスだ。別れわかれの体を見て、知人が、なにか伝えることはないかと尋ねると、胴は、足に灸を据えてくれと伝言を頼む。知人が足にそう伝えると、足の方は、どうか胴に、お湯や茶を飲み過ぎるなと言って下さい。トイレが近くって困るんで、とオチが付く。

もともとは単行の小咄《こばなし》で、『胴斬り』という、独立した落語一席にもなっている。『ドラえもん』の素材にもなっているようだから、そちらでご存じの方も多いだろう。そうしてみると、「今、一身を分ちて、二の用をなす。手の奴、足の乗」というのは、なかなかシュールな表現だ。もしかすると、長明のユーモアかも知れない。ただし、胴と足と、二つの心を持ってしまったらしい落語の男と違って、長明の手と足を統括するのはあくまで「我が心」である。体の疲れは心の疲れ。切り離すことは出来ないもの。苦しいときは休み、元気なときは体を動かす。

心と一体のカラダを、『方丈記』は「身心《しんじん》」という語で表現する。この語は、『方丈記』にゆかりのある『往生要集』や『平家物語』の他に、禅宗の道元（一二〇〇—五三）に、多くの使用例がある。道元はずいぶん年下だが、鴨長明と禅思想というのも、今後、考えなければいけないテーマだろう。

第十九回で記したように、『方丈記』執筆前年の十月、長明は鎌倉に行き、源実朝と会った。そしてその父頼朝の命日に「法華堂」に参り、お経を読んで念仏を唱え、和歌を柱に書き付けている。この法華堂は、正治二年（一二〇〇）一月に、頼朝の一周忌供養が行われた寺で、導師は栄西（一一四一—一二一五）である。前年の正治元年に、鎌倉に下向した栄西は、北条政子の帰依を受け、同年、鎌倉の寿福寺を開山。のちの建仁二年（一二〇二）には、二代将軍源頼家を開基として、京都に建仁寺を建立する。

栄西は、実朝とも昵懇であった。『吾妻鏡』に、栄西が『喫茶養生記』を実朝に献上した、有名な記事がある。参考までに、訓読して引いておこう。

将軍家（＝実朝）いささか御病悩して、諸人奔走す。ただし殊なる御事無し。これ去《さん》る夜《ぬ》の御淵酔《えんすい》の余気《よき》（＝深酒の二日酔い）か。ここに葉上僧正（＝栄西）御加持に候するところ、この事を聞き、良薬と称して本寺（＝寿福寺）より茶一盞を召し進ず。而して（＝その時に）一巻の書を相ひ副へ、これを献ぜしむ。茶の徳を誉むるところの書（＝喫茶養生記）なり。将軍家御感悦に及ぶ、と云々。去る月の比、坐禅の余暇にこの抄を書き出だすの由、これを申す。

建保二年（一二一四）二月四日の記事だ。『方丈記』擱筆のおよそ二年後のことである。よく知られるように、栄西は入宋僧である。栄西が最初に中国・宋に渡航したのは、仁安三年（一一六八）のこと。この時、栄西と明州で落ち合い、天台山と育王山に昇ったのが、俊乗房重源（一一二一―一二〇六）だ。同年、一緒に帰国している（『栄西入唐縁起』他）。重源は、治承四年（一一八〇）年末、平重衡によって南都が焼き討ちされて東大寺大仏殿が焼け落ちた後、東大寺復興に尽力して大仏殿を再建し、東大寺大勧進職となった人だ。そして栄西は、重源亡き後の東大寺大勧進職なのである。

長明は、同じ治承四年に、日宋貿易を進めた平清盛の福原遷都を見学した（本書第七回）。その時は、自身の入宋など思いも寄らないことだったかも知れないが、同年の暮れに大仏のみぐしが焼け堕ちる事態に、深く心を痛めたことは間違いない。源平の騒乱を直叙せず、五年後の元暦二年三月の壇ノ浦の戦いにも触れなかった長明は、同年七月の大地震を詳述し、いにしえ斉衡の御代の大仏のみぐし陥落を取り上げた（本書第十三回）。それはあたかも、東大寺が焼け崩れ、大仏の「御ぐしは焼け落ちて大地にあり」と『平家物語』が描く、平家による東大寺大仏焼け落ちの荒廃とそっくりだったのだが、『方丈記』はそのことには触れず、重源によるその後の東大寺再興にも言及しない。こういう時ほど怪しい。むしろ長明の関心の所在が推し量られる場合がある。

栄西は、その後二度目の入宋を果たす。その本来の目的は、なんと、インド渡航だったという。栄西によって禅宗の興隆が始まる鎌倉へも、歩みを進めた鴨長明・蓮胤である。その仏教思想を、無常観や欣求《ごんぐ》浄土《じょうど》という、紋切り型の概念で単純に片付けてしまうと、おそらく心外だろう。時代の変革期に生きた長明は、いろんなことを学び、考えていたはずだ。洋の東西や時代を問わず、一人居て、自分だけに向き合っていると、心とカラダの不思議なシステムを痛感し、誰でも、根本的な哲学や宗教の問題に突き当たるものだ。

かつて村上春樹の小説について、ディスコミニュケーションの問題が指摘されたことがある。それとはまた違った意味で、長明のディスコミニュケーション——ひとりぼっちの度合いは深刻だ。「只、わが身ひとつにとりて、昔《むかし》・今とをなぞらふるばかりなり」。激動の自分の人生を軸として、二度と戻らぬ時間だけが、いつも、彼と一緒に動いている……。

なお兼良本以下、流布本には、この後、

おほかた、世をのがれ、身を捨てしより、恨みもなく、恐れもなし。命は天運にまかせて、惜しまず、いとはず。身は浮雲になずらへて、頼まず、まだしとせず。一期《いちご》の楽しみは、うたたねの枕の上にきはまり、生涯の望みは、をりをりの美景に残れり。

との一節がある。楽天的、また常套的な物言いで、大福光寺本などの原文の趣向とはほど遠いが、夏目漱石はこの文章で『方丈記』を読んでいる。参考までに、掲げて置こう。

第二十四回、世界は心ひとつなり——閑居の気味

夫《それ》、三界《さんがい》は、ただ心ひとつなり。心もし安《やす》からずは、象馬《ざうめ》・七珍《しちちん》もよしなく、宮《く》殿《でん》・楼閣ものぞみなし。今、さびしき住《す》まひ、一間《ひとま》の庵、みづからこれを愛す。自《おの》づから都《みやこ》に出《い》でて、身の乞匃《こつがい》となれる事を恥《は》づといへども、帰《かへ》りてここに居《を》る時は、他の俗塵《ぞくぢん》に馳《は》する事をあはれむ。もし人、この言《い》へる事をうたがはば、魚《いを》と鳥との ありさまを見よ。魚は水に飽かず。魚《いを》にあらざれば、その心を知《し》らず。鳥は林を楽《ねが》ふ。鳥にあらざれば、その心を知《し》らず。閑居の気味《きび》もまた同《おな》じ。住まずして誰《たれ》かさとらむ。

（**大意**）
さて、経文にも「三界唯一心《さんがいゆいいっしん》」というように、およそこの迷いの世界（欲界・色界・無

色界）など、ただ心一つから生まれた現象に過ぎない。何もかも、心の持ちようである。心がもし安寧でないならば、仏典に「象馬・七珍（七宝）」などと総称される豪華な宝物も無意味であり、「宮殿・楼閣」の立派に高くそびえる御殿の眺望も、むなしい（望みナシと臨みナシを掛ける）。いま、私が住んでいる自分一人だけの寂しい閑居の住まい、この世でたった一つの極小の一間の庵……、私自身はこれに愛着しているのである。たまたま都に出かけて行き、自分の身が乞食のようになったことにあらためて気付かされて、恥ずかしい思いをすることもあるが、京から帰ってきて「ここ」に居る時は、むしろ逆に、他の人々が煩わしい俗世間にあくせくしていることを哀れむ。もし他人が、私がこんなふうに言っていることをやせ我慢と疑うならば、魚と鳥と、それぞれの有様を見よ、と言いたい。水に暮らす魚は、水に飽きてそこから出る、ということはない。なぜ水に愛着するのか、魚でなければ、その心を知らない。鳥は林に住むことを願う。なぜ林に愛着するのか、鳥でなければ、その心を知らない。閑居の気味――独りのわび住まいの味わいも同じことだ。住まないで、この境地を誰が理解できようか（住んでみたこともない人に、わかってたまるものか）。

（原文）

夫、三界ハ只心ヒトツナリ。心若ヤスカラズハ、象馬・七珍モヨシナク、宮殿・楼閣モノゾミナシ。今、サビシキスマヒ、ヒトマノイホリ、ミヅカラコレヲ愛ス。ヲノヅカラミヤコニイデ、、身ノ乞匃トナレル事ヲハヅトイヘドモ、カヘリテコ、ニヲル時ハ、他ノ俗塵ニハスル事ヲアハレム。若人コノイヘル事ヲウタガハヾ、魚ト鳥トノアリサマヲ見ヨ。魚ハ水ニアカズ。イヲニアラザレバソノ心ヲシラズ。トリハ林ヲネガフ。鳥ニアラザレバ其ノ心ヲシラズ。閑居ノ気味モ又ヲナジ。スマズシテ誰カサトラム。

（エッセイ）

恥の文化と自足の空間

日本は恥の文化。欧米は罪の文化だと、明快に論じたのは、アメリカ人のルース・ベネディクト（一八八七―一九四八）著『菊と刀』（一九四六年）である。戦前のアメリカの、日本研究のたまものだが、ベネディクト自身は日本に来ていない。まあ、そう簡単に割り切れる問題ではないけれど、「恥」はやはりキーワードだ。大福光寺本『方丈記』にも、「恥づ《は》」という動詞が四回出てきた。ここで少し整理しておこう。

最初は、貧乏人が富豪の家の隣に住み、「朝夕すぼき姿を恥ぢて、へつらひつつ出《い》で入《い》る」という箇所である。これは一般論だが、以下は、出家後の長明自身に関するものとなる。

念仏や読経がいやになったら、サボってしまうが、「さまたぐる人もなく、また、恥づべき人もなし」。貧しい一人暮らしだが、「人に交《まじ》はらざれば、姿を恥づる悔《くゐ》もなし」という。出家をしても、「恥」という概念は、どこまでも追いかけてくる。それは「姿」という外見に〈世間〉が押しつける、相対的な価値観の圧力でもあって、だから長明は、人には近づかず、独り居て、「恥」が生じる状況を回避してきた。しかし……、今回ついに、「自《おの》づから都に出《い》でて、身の乞匃《こつがい》となれる事を恥づといへども」とある。はじめて自分が恥をかく現実を、直叙している場面である。

ちなみに、先に大地震のところ（本書第十二回）で、私が嫌いだと付言して引用した、兼良本以下の流布本の記述にも「子のかなしみには、たけきものも恥を忘れけり」と「恥」が出てきた。だが、これだけが名詞形だ。大福光寺本の「恥」は、すべて「恥づ」の動詞活用形である。その意味でも、あの流布本の叙述は怪しいのだ。

話を戻そう。たまたま都に出て、我が身が「乞匃《こつがい》となれる事を恥づといへども」、長明は、都から帰って来て「ココ」にいれば、より豊かな自分を取り戻すことができる、という。またしても『ちいさいおうち』の結末と似ている。ただ長明の方は、なんだかルサンチマン（弱者が抱く怨恨）の気配をほの見せながら、であるが。長明は、恥をかき、しかし俗世にあくせくする人はかわいそうだと哀れんでから、ふたたび小さな幸せを謳歌しようとする。長明の恥の文化は、なんと脆《もろ》く、繊細な緊張の上に成り立っていることだろう。

この章段を読むと、いつも私は、立原道造（一九一四—三九）という、詩人であり建築家であった早世の天才を思い出す。立原に「夢見たものは　ひとつの愛、ねがつたものはひとつの幸福、それらはすべてここに　ある」という一節を持つ詩がある。合唱曲としても有名だろう。『俚諺集覧《りげんしゆうらん》』という江戸時代の辞書に、心とは「ココ」のことだ。「ロ」はトコロの「ロ」と同じで接尾語のようなもの、という説明がなされる。ならば「ここにある」と立原が歌った幸せは、語源的にも、ホントの自分と、心の発見だったということになるだろう。鋭い天賦の直感だ。

立原はまた、ヒアシンスハウスという、独身用の一間の小さな住まいを夢想して、いくどもデザインを繰り返した。ヒアシンスハウスは、今でも人気があって、模型が創られたり、復元されたりと、愛好者が後を絶たない。それは、心の中と、愛と幸せとが一体の、究極の「ちいさいおうち」であった（以上、関連することは、荒木前掲『徒然草への途』第五章参照）。

『方丈記』の長明も、何もない極小の閑居空間に住まう前提を「三界は只心ひとつなり」と評していた。なに、すべては心の持ちようさ、とも読める表現だ。もともとは「三界唯一心」という有名な仏教の一句なのだが（荒木「禅の本としての『方丈記』」参照）、この原文に対する長明の訓読は、本来の哲理よりは吹っ切れた、明るい諦観を帯びている。そして「閑居の気味」、「住まずして誰かさとらむ」と言い放つ。既述のように、大事な「閑居」の語も、ここ一例しか『方丈記』は用いていない（新日本古典文学大系脚注参照）。

こうした閑居の満喫・自足を示す文調には、老荘思想の影響がある、と指摘する研究者もいる（細野哲雄「『方丈記』と老荘の思想」）。「魚にあらざれば、その心を知らず……」というのも、天台大師智顗《ちぎ》『摩訶止観』の「狗は聚落を楽《ねが》ひ、鹿は山沢を楽ひ、魚は池沼を楽ひ、蛇は穴居を楽ひ、猿は深林を楽ひ、鳥は空に依ることを楽ふ」（巻四下、原漢文）と響きつつ、『荘子』秋水篇の「恵子曰《いは》く、子、魚にあらず。安《いづく》んぞ魚の楽しみを知らんや」に典拠を持つ表現である。

ただ長明が「今、さびしき住まひ、一間《ひとま》の庵、みづからこれを愛す」と言い切っていることに留意しておこう。キーワードは「愛す」である。それは、この次の最終章において、強烈に火花を放つトリガー（引き金）だ。そして本作も、終わりを迎えることになる。

第五章　終章——自問自答と念仏と

第二十五回、ものみな月で終わる――外山の庵と蓮胤の記

そもそも、一期《いちご》の月影《かげ》かたぶきて、余算《よさん》の山の端《は》に近《ちか》し。たちまちに三途《さんづ》の闇《やみ》に向かはんとす。何《なに》のわざをかかこたむとする。仏の教《をし》へ給ふ趣《おもむ》きは、事に触《ふ》れて執《しふ》心《しん》なかれとなり。今、草庵を愛《あい》するも、閑寂《かんせき》に着《ぢやく》するも、障《さは》りなるべし。いかが要《えう》なき楽しみを延《の》べて、あたら時を過ぐさむ。

しづかなるあか月、このことわりを思《おも》ひつづけて、みづから心に問《と》ひて言《い》はく、世《よ》を遁《のが》れて山林に交《まじ》はるは、心を修《をさ》めて道を行《おこな》はむとなり。しかるを、汝、すがたは聖人《ひじり》にて、心はにごりに染《し》めり。栖《すみか》はすなはち浄名《じやうみやう》居士《こじ》の跡《あと》をけがせりといへども、持《たも》つところはわづかに周利《しゆり》槃特《はんどく》が行《おこなひ》にだに及《およ》ばず。もしこれ、貧賤の報のみづからなやますか。はたまた、妄心《まうじん》のいたりて狂《きやう》せるか。

そのとき、心、更に答ふる事なし。ただ、かたはらに舌根《ぜつこん》をやとひて、不請《ふしやう》阿弥

陀仏両三遍申して已《や》みぬ。
時に、建暦の二年《ふたとせ》、弥生の晦《つごもり》ころ、桑門の蓮胤、外山《とやま》の庵《いほり》にして、これを記す。
方丈記

（**大意**）

さて（「そもそも」は改段落の発語。終章の開始を宣言する）、余命もあとわずか、我が一生涯の月影も西に傾き、山の端に近い。瞬く間に冥途の闇に向かおうとする。この期に及んで、どの所業を歎き、また言い訳にしようというのか。仏の教えたまう趣旨は、何事につけても、とらわれた愛執の心を抱《いだ》くことなかれ、ということだ。今、私が草庵を愛するのも、閑寂なこの環境にとらわれ執着するのも、修行の妨げであるに違いない。どうして役に立たない快楽をだらだらと続けて、惜しむべき時間を無駄に過ごすことがあってよかろうか。

夜が更けて日が変わり、しんと静まった暁まで、闇の中でこの道理を思い悩み続けて、自分で自分の心に問うて言う。

出家遁世して山林に隠棲しているのは、心を正しく修め保って仏道修行しようということだ。なのにお前は、姿は聖人のなりをしているが、心は汚濁《おじょく》に染まっている。住まいだけは浄名居士《じょうみょうこじ》（維摩《ゆいま》）の故宅、方丈の間の真似をしても、保持する功徳は、わずか愚者の仏弟子・周利槃特《しゅりはんどく》の所行にさえ及ばない。もしかするとこれは、前世の所業つたなく、貧賤の報いを受け、自分で自分を悩ましているのか。あるいはまた、妄心《もうじん》が燃えさかって、狂っているのか、と。

その時、心は全く応答することがない。しかたなく、自問のかたわら、ただ、舌根（五つの感覚器官である眼・耳・鼻・舌・身の五根の一つ）をやとって――舌を動かして、ぼそぼそと気がすすまないままの口ずさみのように、南無阿弥陀仏と二三度念仏を唱えて帰依し、お終《しま》いにする。

時に建暦二年（一二一二）三月の末頃、桑門の蓮胤（＝出家遁世した長明）、外山（この日野の地の山の呼称）の草庵でこれを記す。

方丈記

（**原文**）

抑、一期ノ月カゲカタブキテ、余算ノ山ノハニチカシ。タチマチニ三途ノヤミニムカハントス。ナニノワザヲカ、コタムトスル。仏ノヲシヘ給フヲモムキハ、事ニフレテ執心ナカレトナリ。今、草菴ヲアイスルモ、閑寂ニ着スルモサハカリナルベシ。イカヾ要ナキタノシミヲノベテ、アタラ時ヲスグサム。

シヅカナルアカ月、コノ事ハリヲヲモヒツヾケテ、ミヅカラ心ニトヒテイハク、ヨヲノガレテ山林ニマジハルハ、心ヲ、サメテ道ヲ、コナハムトナリ。シカルヲ、汝、スガタハ聖人ニテ、心ハニゴリニシメリ。スミカハスナハチ浄名居士ノアトヲケガセリトイヘドモ、タモツトコロハワヅカニ周利槃特ガ行ニダニヲヨバズ。若コレ、貧賤ノ報ノミヅカラナヤマスカ。ハタ又、妄心ノイタリテ狂セルカ。ソノトキ、心、更ニコタフル事ナシ。只、カタハラニ舌根ヲヤトヒテ、不請阿弥陀仏両三遍申テヤミヌ。

于時、建暦ノフタトセ、ヤヨヒノツゴモリコロ、桑門ノ蓮胤、トヤマノイホリニシテ、コレヲシルス。

方丈記

※諸本「草菴ヲアイスルモ」の下に「とが（科）とす」と付す。「サハカリ」は大福光寺本独自本文で、諸本「さはり（障）」とする。

※大福光寺本「タノシミヲノベテ」の「ノベテ」は「述べて」と漢字を宛て、『方丈記』執筆に直結する解釈が一般的である。

※「不請」については諸本異同多く、「不請阿弥陀仏」の解釈についても諸説ある。

（エッセイ）

その一、草庵を愛すること——All you need is love?

「愛こそはすべて *All You Need Is Love*」というビートルズの名曲がある。とりわけキリスト教圏では、愛は大切な概念だ。日本でも、明治以降、love の翻訳語として「愛」が定着し、今日では誰もそのことを疑わない。だが中世では、違っていた。

新村出によれば、「中古以来の多くの用例に徴すると、愛好、愛撫、愛弄《あいろう》などの場合に、愛するという動詞はつかわれている」。「要するに対等や尊上の用語ではなく、その内容に至っても、倫理的宗教的観念は乏しかった。博愛とか清愛とか、また神聖というような意味は欠けておったらしい。いわゆるカワイガルの意味が最もきわだっていたのである。さればキリスト教のアモールすなわちラヴにあたる洋語を訳する場合に、吉利支丹教徒は必ず当惑したにちがいない」という。十六世紀に日本にやってきたキリシタンたちが、この大事な概念を日本語の「俗語」に置き換えて布教しようとした時、「愛という語では表現し得なかった」ため、やむを得ず選んだ訳語が「御大切」であった。「愛」は「日本であの頃普通に使っていた俗語の意味からいうと、とかく情愛、肉愛、寵愛《ちょうあい》、慈愛などという臭味《くさみ》がつきまといがちであるから、なるべくそれを避けて、愛重、愛敬、尊重の意味のある大切という語を選んだのであろう」と新村は解説する（『琅玕記《ろうかんき》』）。

　中世の「愛」は、仏教的コンテクストの中にあった。「仏教思想による「愛」は、男女間においては愛欲、そのもっとも忌まわしい形態を性愛と考える。動詞の「愛す」も、したがって、しばしば性愛の行為に関連して使用される場合があった」と指摘する佐竹昭広は、「「愛」は、心理の問題であるという以上に、肉体の生理と直結していたのである」と敷衍し、新村の考察へとつないでいる（「意味の変遷」）。

　『方丈記』〈第一章〉のエッセイに引いたように、『無量寿経』は、「人は、世間の愛欲の中に在って、独りで生まれ、独りで死に、独りで去り、独りで来る」（「人在㆓世間愛欲之中㆒。独生独死独去独来」）と説く。なのに長明は、この最終局面に及んで、「今、草庵を愛する」自分を見つめざるを得なかった。「愛は執であり、着であり、欲であるがゆえに悪である。たとえ一塵でも貪り愛する者は、永く六道輪廻の苦しみをまぬかれない」。そう論じる佐竹は、『方丈記』を「仏の教へ給ふ趣は、事に触れて執心なかれとなり。今、草庵を愛するも咎とす。閑寂に着するも障りなるべし。いかゞ要なき楽しみを述べて、あたら時を過ぐさむ」（傍線は荒木が付した）という本文で引用して、長明が「その愚に想い到ったことも、象徴的な事件である。執着であり、煩悩であるからには、「愛」は必ず断ち切らねばならない。方丈記の終章には、長明の混迷が悲痛な響きをこめて語られている」と解釈している（同上）。たしかに天台の根本教典『妙法蓮華経玄義』の序（私記縁起）には「……草庵の滞情を廃し、方便の権門を開して真実の妙理を示す」とある（原漢文）。「草庵の滞《たい》情《じょう》」とは、「『法華経』信解品に説かれる長者窮子の譬喩に基づく」表現で、「滞情は、草庵にたとえられる小乗に滞る気持のこと」（レグルス文庫注）をいう。草庵に心を留め、思いを込めることは、大乗仏教を逸脱する、凡人の迷いの心だ、と説く。定命の六十の露が消え方にある、という僧侶蓮胤にとって、白居易が廬山の草堂に愛着したようなわけにはいかない。

　だが後年、佐竹が新日本古典文学大系に示した本文では、先の傍線部に変更が施され、「今、草菴《サウアン》ヲ愛《アイ》スルモ、閑寂《カンセキ》ニ着《ヂヤク》スルモサバカリナルベシ」となっている。大福光寺本に忠実に、という校訂方針のためだ。同書脚注は「底本「サハカリ」は意味不明瞭。一応「サバカリ」と読んで、この前後を、草庵を愛着して止まないのも、静かさに執着するのも、所詮それだけのことであろう。つまらないことだの意に解して置く。誤写あるか。諸本「さはり（障り）なるべし」とあり、意味直截」と誌す。諸本にある「とが（科）とす」という本文の不在には言及していない。

　ここはやはり、大福光寺本の「誤写」を想定して、「障り」と理解するのが妥当ではないか。私も本書では、そのように最小限の本文改訂を行った。「閑居」＝独り閑かなる草庵の暮らしへの愛着を対句的に割って、草庵というモノへの愛着も、閑寂という修行空間・環境への執着さえも障りだろう、と叙したと考える。「科とす」があると、草庵という形有るモノを愛するのは、仏説に照らして問題なく悪だ。しかし閑寂という、形無き、理想的空間性であっても、それに執着すれば、障りとなるだろう、と論理的には明確だが、『方丈記』末尾の切迫の文調も考慮に入れて、いまは採らなかった。

ただ、あえて「サハカリ」という大福光寺本独自本文を生かすなら、「今、草庵を愛するも、科《とが》とす。閑寂《かんせき》に着《ちゃく》するも、さは、仮なるべし」という校訂もありうるかも知れない。こんなちっぽけな草庵を愛することさえ、罪であるという。ならば、この閑居の静けさを理想的境地として追求する私の現在も、所詮、かりそめのむなしい営みにすぎない、という諦念だ。結構いい解釈ではないか、とも自得するので、参考の一説として掲げておく。

その二、腰折れの『方丈記』——混迷と謙遜、あるいは偽悪？

終わりよければすべてよし。よくそんなふうに言う。だから締《し》めのスピーチなど頼まれると、いつもドキドキでたいへんだ。関西人は、オチと笑いまで求めるし……。話をどう閉じるか。語り手のセンスと技量が問われる。花田《はなだ》清輝《きよてる》という作家に「ものみな歌で終わる」という名言（戯曲）がある。歌や笑いで成功すればいいけれど、失敗したら眼もあてられない。古来、日本で大事にされた無難な締めは、祝言という、めでたい言葉を織り込むこと。そして謙辞という、へりくだった物言いを忘れないことであった。逆に言えば、どんなに偉い人のあいさつでも、あるいは冗談ばかりのおしゃべりでも、それがないと、なんとなく落ち着かない。

『方丈記』の場合はどうか。「方丈記の終章には、長明の混迷が悲痛な響きをこめて語られている」と佐竹が述べたように、大きな屈曲、あるいは迷走ともとれる錯綜の末に閉じられている。繰り返し危惧してきた、独居への愛着が自覚されて顕在し、方丈の閑居の理想に、根本からの疑念が爆発したごとく、である。

このことを考える上で興味深い資料として、中原（多賀）秀種（一五六五―一六一六）著『越後在府日記（ひろひ草）』という写本がある。和漢の諸書の抜書を記した、興味深い古典受容資料だ。この『ひろひ草』に、『方丈記』と『徒然草』を読み、抜書をして対比をした部分がある。

『方丈記』については、〈第四章〉の「閑居の気味もまた同じ。住まずして誰かさとらむ」の部分までを引き、この「終の詞は方丈記ノ起請文」であると言い伝えている、と注記する。そして西行や慈円の和歌、また『徒然草』第一七〇段の「阮籍《げんせき》が青き眼《まなこ》、誰もあるべきことなり」などを例証している。

　ただ『ひろひ草』は、肝心の『方丈記』最終章を引用しない。それと符合するように、〈第四章〉の最後を「終の詞」と呼んでいるところにも注意したい。

　そして『ひろひ草』は、やや唐突に、

　又曰、吉田兼好法師はつれ〳〵草を書て名を挙、鴨の長明ハ方丈記を書て名を失けるということ、未㆓心得㆒。一説、こしのお《(を)》れたる物語也といへり。


と誌す。『ひろひ草』の『方丈記』言及はここで終了。続けて『徒然草』と兼好に関する資料の抜書に移っていく。

　右によれば、兼好は『徒然草』で名を挙げ、長明は『方丈記』を書いて評判を落とした、ということになる。『ひろひ草』は『方丈記』の悪評について、その事情はよくわからないが、とことわりつつ、腰折れの物語だ、と評する説があることを伝えている。「腰折れ」は「腰折れ文《ぶみ》」と同意で、へたな詩文という意味である。どうやら中世末期に、『方丈記』最終段について、肝心なところで腰が曲がったようにつながりが悪く、不出来な文学作品だ、という風評や批判があったらしい。

その理由は、『ひろひ草』が『方丈記』を第四章の最後まで引いて「起請文」だ——「自分の行為、言説に関してうそ、いつわりのないことを神仏に誓い、また、相手に表明する文書」（『日本国語大辞典 第二版』）——と持ち上げながら、あえて以下の引用を避けたごとく、「混迷」する最終章の叙述の評価にあるようだ。

だが、なぜ『方丈記』は、自分の悩みを最後に吐露して「悲痛に」葛藤し、終わっているのだろうか。もしそれが本音だとしたら、この作品はじつにプログレッシブ（前衛的）だ。しかし『方丈記』は、これまでその逆ではなかったか。「偽作」かと疑われるほど、『池亭記』をはじめ、多くの文学伝統を前提に書かれており、むしろまず、形式ありきであった。本当に『方丈記』最終章のみが異例なのか。確認が必要だろう。

そもそも『方丈記』は、「記」という、漢文の文体のマナーにそって書かれている。その筆致は、最後に作者が謙遜を述べる「序」の文体に近いと、日本漢文学研究の大曾根章介が指摘していた（『シンポジウム日本文学〈6〉中世の隠者文学』、佐竹『閑居と乱世』参照）。つまりはこの最終段にも、まずは謙遜の文脈を読みとらなければならない。

「妄心のいたりて狂せるか」も、「はた人の自《みづか》ら狂へるか」という『池亭記』の一節を踏まえた、自分の文章への謙辞の一部である。『方丈記』は前にも「世に随へば身苦し。随はねば狂せるに似たり」と「狂」の字を書いていたが、こちらも、行基作と伝える格言

（『行基菩薩遺誡』の一節）の転用であった（本書第十四回参照）。「狂」という語を、長明が独自に持ち出したわけではない。ちなみに『徒然草』序段の「あやしうこそものぐるほしけれ」も同様の文脈だ。一人孤独に書いていて、兼好が物書きとしての狂気を帯びた、などと読み、近代作家のように悩みを告白している風情があると、単純に同一視しては間違いである。兼好もあくまで先蹤にしたがって、自分の書き記す文章など、つたないものだと、一応は、謙遜している。その理解の上で、『徒然草』の主張と独自性を読み込んでいかなければならないのだ（荒木前掲『徒然草への途』参照）。

その〈型〉の文学の中で、長明の方も単純ではない。自らの心との激しい葛藤と問答は、何度読んでも、読者の胸を打つ激烈さだ。ただし、心との問答それ自体も、特殊なことではなかった。十世紀の『後撰和歌集』所載の和歌に「なき名ぞと人にはいひてありぬべし心の問はばいかが答へん」（巻十一、七二五番）と詠まれているし、若き日の長明にも、「うき身をばいかにせんとて惜しむぞと　人にかはりて心をぞ問ふ」（『鴨長明集』九六番）という和歌がある。

ではこの最終章は、定型的な表現なのか？　といえば、そうではない。〈ヒトリ〉居て「無言」を犯さず行う内的対話劇には、やはり相当な逸脱的迫力がある。「腰折れ」？　結構じゃないか。ルールや束縛があるからこそ、それをすり抜け、ゲームは面白くなる。

『方丈記』も、形式と内実とがぶつかり合って、コンフリクト（衝突とその緊張）に満ちあふれた結晶を生み出している。

このパフォーマンス理解のヒントとして、私は「偽悪の伝統」という、益田勝実のユニークな論究を思い出す。益田は、次の説話をまず挙げて、その珍奇な振る舞いを型取り、あぶり出していった。

「高野《こうや》のあたりに、年来行《ぎょう》に励んでいた聖《ひじり》があった」。高徳な彼には「帰依する人もあって、貧しくもなかったので、弟子なども」多かった。ところが聖は「年ようやく老いた後、特に信頼する弟子を呼び寄せて」、恐る恐る「年高くなりゆくままに傍《かたへ》もさびしく、事にふれてたづきなく覚ゆれば、さもあらむ人を語らひて、夜の伽《と》ぎにせばや」と打ち明けた。「なんの事はない梵妻の御所望なのだ」。聖は「あまりに年の若い女もまずいだろう。自分のような老いぼれにも思いやりのありそうな女性を、こっそり見つけてきて」くれないかとかき口説く。「そうすれば、この坊の何もかも、そっくりあなたに進ぜよう」。自分は奥に引きこもって隠居するので、「わたしら二人の食い料だけを出してほしい」。妻を迎え、女犯を犯すような我が身だ。以後は「そこの心の内も恥づかしかるべければ、対面なども、えすまじ」――あなたにももう会わない。「そのほかの人には」この世に生きている人だ、とも知らせず、「死に失せたる者のやうにて」取り計らい、最低限の生活だけ面倒を見てくれ。これが私の「年来《としごろ》の本意」だ、と。

「弟子はあさましいと思いながらも、遂に承諾し」、「後家の四十歳ほどの女をうまく見つけてきた」。六年が経ち、「その女人が、ある日、うち泣いて、「この暁、はや終はり給ひぬ」と告げてきた」。弟子がかけつけてみると「破戒の師は、持仏堂の内で、仏の御手に五色の糸を掛けて、それをわが手にも持ち、脇息によりかかったまま」眠るように往生していた。室内は、きちんと法具を整え、しかし、「鈴《れい》の中には、音が外に洩れないようにと、紙が押し込んであった」。女は言う。いつもこんな状態で「例の夫婦《めをとこ》の様なる事なし。夜は畳を並べて」、女に「生死《しやうじ》のいとはしきさま、浄土、願ふべきさまなむどをのみ、こまごまと教へつつ」、「昼は阿弥陀の行法三度、事欠くことなくて、ひまひまには念仏を唱え、女にも勧めて、貴い理想的な暮らしであったという。鴨長明『発心集』巻一―一一「高野の辺の上人、偽つて妻女を儲くる事」の一節である。

「一体、この聖はだれを欺こうとしたのか。かれ自体、すでに世捨て人ではないか」。益田はこうした「自分をつねに背教者として陥れつづけ」、「世の人を欺くことに成功したばかりでなく、みずからを欺くことに成功し」、「その自己の背教の事実に励まされて、信仰の再生産をはかっていた」「ふしぎな時代のふしぎな人たち」を「偽悪者たち」と名付けた。その中心に、鴨長明『発心集』の説話群がある（以上、益田「偽悪の伝統」）。

こういう屈折した修行の姿を、確信をもって見据えていた長明だ。「世を遁《のが》れて山林に交《まじ》はるは、心を修めて道を行《おこな》はむとなり。しかるを、汝、すがたは聖人《ひじり》にて、心はにごりに染《し》めり」と問う長明自身にも、「偽悪」の営みを想像してみる必要があるのではないか。もしそうならば、私たちはずいぶん長く、また見事に、長明のたくらみに翻弄されていたことになる。そして『方丈記』の終末が、「腰折れ」と評され「混迷」と見なされたことは、外山の隠者蓮胤にとっては、存外、本望だったかも知れない。ヒトリだけの世界で、「自己の背教の事実に励まされて、信仰の再生産をはかっていた」、そんな究極の修行に近い真摯が、そこにある。

その三、孤の宇宙から往生へ

長明は、縮小の果てにたどり着いた「広さはわずかに方丈」の我が住まいについて、最後の最後に「栖《すみか》はすなはち浄名《じやうみやうこ》居士《じ》の跡をけがせり」と告白する。それは『維摩経』（日本では、『法華経』の訳者・鳩摩羅什訳の『維摩詰所説経』が用いられた）の中心人物・維摩（＝浄名）居士の「室」に準拠した、「ちいさな」一間の庵であった。維摩は病気を装い、その居室に仏弟子文殊の見舞い――問疾を得て、論議を展開する。

維摩の「方丈」――正確に言うと「方丈」の語は『維摩経』の経文の中には出てこない。「方丈小室」（湛然『維摩経略疏』）のように注釈の中で定着する――という「小室」は、その中に無限の「広博」さを内包する、不思議の住まいであった。『今昔物語集』の説明を借りれば、維摩の「居給《ゐ》ヘル室ハ、広サ方丈」に過ぎないが、その極小の室の中に「十方ノ諸仏」が「各《おのおの》無量無数ノ菩薩・聖衆ヲ引具《ひきぐ》シ」なさって来集し、法を説いた。そして「方丈ノ室ノ内ニ」「三万二千ノ仏」がそれぞれ立派な床（獅子座）を立て、その床に座って説法する。それぞれに「無量無数ノ聖衆」が付き従っても、ビクともしない無限の広がりがあった。釈迦仏は、この室を「十方ノ浄土ニ勝《すぐれ》タル甚深不思議ノ浄土也」と説いたという（『今昔物語集』巻三「天竺毘舎離城浄名居士語第一」、原拠は『維摩経』不思議品）。『方丈記』にいう「浄名居士の跡をけがせり」は、維摩を「まねて」（角川ソフィア文庫）、あるいは「踏襲して」（新日本古典文学大系脚注）の意味に取るのが通例だが、実際の維摩の「方丈」の「跡」が、中印度のヴァイシャリー国（吠舎釐国）に存在した、という記録がある。七世紀の三蔵法師玄奘が『大唐西域記』で、維摩故宅の基礎の址《あと》として甎《かわら》を重畳《じょう》《ちょう》した礎石が残っていた、と報告したのが最初である。その後まもなく、大唐勅使の王玄策――田中芳樹『天竺熱風録』という小説の主人公だ。マンガもある――が維摩故宅の遺跡を通り、「笏」を使って、その「基」の広さを測らせたら、十尺＝一丈あった。故に

「方丈之室」と号するという。玄奘のもとで経典の翻訳にも従事した、道世という僧侶が誌した仏教大百科全書『法苑珠林』に載っている記事だ。宋代の十一世紀初頭に成立した簡便な仏教入門書『釈氏要覧』にも「方丈」を立項し、「維摩居士宅、示レ疾之室。遺址疊レ石為レ之。王策躬以二手板一（＝笏に同じ）縦横量レ之得二十笏一。故号二方丈一」と記述する。長明もこの「跡」のことは知っていたはずだ。詳しくは論文（「〈唐物〉としての「方丈草庵」」）に書いたので、機会があればご一読を。

　こうした維摩の「方丈」と等質の空間に住み、その宇宙を手に入れることが、長明にとって究極の理想であった。どうすればそれに近づけるか。長明はシンプルに、文字通り寸法通りの「方丈」に住むことを考える。ただし、ここで一つ問題があった。十三世紀後半の無住『沙石集』巻三（一）に興味深い一節があり、参考になる。

> 出家ノ人、如法《にょほふ》ニアルベキ様ヲ、律戒ノ門ヨリ見レバ、家ヲ出《いで》、親里ヲハナレ、庄園・田畠・牛馬六畜ヲモ捨《すて》テ、三衣《さんえ》一鉢《いっぱつ》ヲ身ニシタガヘテ、四海ヲ以テ家トシ、百姓ノ門ニ立《たち》テ頭陀《づだ》ヲ行ズレバ、無尽ノ食《じき》アリ。広大ノ家アリ。寺舎ハ我《わが》家ナリ。田園ハ悉ク我ガ食也。家アル時ハ、四海ニ家アラズ。田畠アル時ハ、諸国我分《わがぶん》に絶《たえ》タリ。サレバ此《これ》ヲ、「家ナケレバコソ家アレ、家アラマシカバ、家ナカラマシ」ト、云《いひ》ツベシ。

右の引用は、梵舜本と呼ばれる写本を底本とする日本古典文学大系による。ちょっと読みにくい文章かも知れない。大意を示そう。

出家の人が正しくなすべきことを戒律の観点からみれば、以下のようになる。家を出て、親里を離れ、荘園や田畑、牛・馬・羊・犬・豕《ゐのこ》（＝猪の子）・鶏という六種の家畜を捨て、僧侶となる。そして袈裟と鉢という最小限の持ち物を身に随えて、四方の全世界を家とし、あらゆる人々の門に立って托鉢を行えば、無限の食が手に入る。広大な家もそこにある。寺の建物も我が家だ。田園の米と果実は、すべて自分の食物である。ところが家があるときは、四方の世界に家はない。田や畠を所有すると、諸国に私の領地は無くなる。だからこのことを「家がないので、家がある。もし家があったら、家はないだろう」というのである、と無住は説く。別の『沙石集』伝本では「家有ル時ハ、四海、我家ニアラズ。田アル時ハ、諸国、我ガ分ニアタラズ。サレバコソイハバ、家ナケレバコソ家アレ。家アラバ家アラジカシ。カシコクゾ家ナキ。ケウニ家ナカルラウニト云ツベケレ」（慶長古活字本）と少し整序して述べ、ああ家がなくてよかった。あやうく家がなくなってしまうところだったよ、とまとめている。

問題とは、そのことだ。「所を占《し》めて」敷地とすれば、どんなに小さい家だとしても「家ナケレバコソ家アレ」にはならない。そこで彼は「所を思ひ定めざるが故に、地《ぢ》を占《し》めてつくらず」という、いささかトリッキーな発想を得て、移動式・ミニマムハウスの方丈の庵を創る。そして維摩への途を思弁した。転がる石のように、あるいは行く川のように流動し続け（本書〈序章〉）、「家ナケレバコソ家アレ」と同等の、ゼロの点になる。そして長明は、白居易や保胤という、身近な東アジアの隠者の「環境」志向に理想を求めた。外山の景観を四方四季の眺望に重ね、自らの宇宙を具現しようとしたのである（本書第十八回）。自然は芸術を模倣する（オスカー・ワイルド）。もっと言葉を。そして芸術を。長明は、時々刻々と転ずる無限の「閑居の気味」に自足し、我が栖に「住まずして誰かさとらむ」とうそぶいた。

だがまさか、浮遊するはずの「点」に、五年も定住してしまうとは。ミイラ取りがミイラではないか。そこはフルサトとなって、なんと「愛する」対象となってしまった。「家アラバ家アラジ」の対極にたどり着く皮肉だ。その結果、長明の与り知らぬことながら、彼の「故宅の基礎の址」は、聖地巡礼めいた歴史上の訪問者をも迎えて、伝説化する（本書第十五回〈宗長〉、第十九回〈後鳥羽院、公順他〉参照）。やがて「日野の外山《とやま》に、鴨長明が方丈を作れる遺跡《ゆいせき》」（中山三柳『醍醐随筆』寛文十年〈一六七〇〉）として今日まで残る「長明方丈石」となり、「浄名居士の跡」ならぬ、〈長明法師の跡〉が生成する。もちろんそれは『方丈記』という名作の証しであり、文学遺跡という新しい世界観なのだが、いずれも

この岩が鴨長明の住居跡？（著者撮影）

現在、日野の山に残る「長明方丈石」碑文（著者撮影）

後世のいたずらだ。

一二一二年の長明は、「記」の最後に、愚かな、もしくは「偽悪」の自分に葛藤し、分裂して、ただ念仏を唱えて黙し、見えない往生の朝を願う。

推定で同い年の建礼門院徳子（本書「はじめに」参照）も、語り本『平家物語』灌頂巻で、「方丈」の庵室に最後の日々を過ごし、往生を願う姿が描かれている。あくまで『平家物語』を読む限り――たとえば『閑居友』下八には「かの院の御あたりの事を記せる文に侍りき」という、重要な記録の所在を伝える――、長明とは似て非なる環境だ。まず建礼門院の出家は、平家滅亡後の元暦二年（＝文治元年、一一八五）五月一日とはるかに早い。それは五大災厄最後の年で、彼女も「七月九日の大地震」を経験し、同年「長月の末に」（九月下旬）、「大原山のおく、寂光院」という「閑《しづか》にさぶら」う所に「入らせたまふ」。そして「寂光院のかたはらに、方丈なる御庵室をむすんで」在住。修行に明け暮れる日々となる。『方丈記』の時系列では、長明が「世の中のありにくく」、「いづれの所を占《し》めて、いかなるわざをしてか、暫《しば》しもこの身を宿《やど》し、たまゆらも心をやすむべき」と嘆いて第二章を閉じた時点に相当する。

寂光院は、長明が五年で捨てた大原にある。また「さびしき住まひ、一間の庵」と長明が愛した草庵とは異なって、建礼門院の庵室は、少なくとも二間あった。「一間《ひとま》をば御寝所にしつらひ、一間をば仏所に定」め、「昼夜、朝夕の御つとめ、長時不断の御念仏、おこたる事なくて月日を送」る。翌「文治二年の春の比《ころ》」、庵室を訪ねた後白河法皇が障子を開けてのぞいてみると、「一間には来迎の三尊（＝阿弥陀如来と観音菩薩・勢至菩薩）おはします。中尊（＝阿弥陀）の御手《みて》には五色の糸をかけられたり。左には普賢の画《ゑ》像、右には善導和尚、并《ならび》に先帝（＝安徳天皇）の御影をかけ、八軸の妙文（＝法華経）、九帖の御書（＝善導が著した五部九巻の書）もおかれたり」。香の煙が立ち上り、「かの浄名居士の、方丈の室の内に、三万二千の床《ゆか》をならべ、十方の諸仏を請じ奉り給ひけんも、かくやとぞおぼえける」と後白河は見た。『平家』の描写はなおも続くが、割愛する。

『平家物語』や『源平盛衰記』の描く建礼門院の庵室は、『方丈記』と「酷似」しているとして、『方丈記』偽作説の根拠の一つとされたこともある（藤岡作太郎『鎌倉室町時代文学史』)。だが、逆だろう。五代災厄の描写と同様に、『方丈記』の記述が「パクリ」と参照されたに違いない。特に『盛衰記』では、『平家』には見えない『往生要集』が仏前に置かれ、「琴琵琶各一張」が建礼門院庵室の北の壁に立てかけられている。『方丈記』の影響は露骨である。だとしたら、むしろ興味深い二人の歴史的参照関係だ。

ただし、同じ維摩起源の「方丈」の庵として目指す理想は重なりながら、文字通りの一丈四方で一間の「方丈」だった長明とは、どうやらスケールもゴージャスさも異なるようだ。そして建礼門院は、すべてを背負って無事往生を遂げ、『平家物語』に決着をつけた。

さて長明は?

その四、「シルス方丈記」――すべての終わりに

「于時建暦ノフタトセヤヨヒノツゴモリコロ、桑門ノ蓮胤、トヤマノイホリニシテコレヲシルス　方丈記」。長明は、「記」という中国伝来の文体にならい、最後に執筆の事情を書いて作品を閉じている。『池亭記』が「天元五載(=九八二)孟冬十月、家主保胤、自作自書」と終わっているのと同じ体裁だ。『方丈記』が「外山の草庵」というのに対し、『池亭記』には執筆の場所が書いてないように見えるが、「桑門の蓮胤」に対して『池亭記』

には「家主の保胤」とある。タイトルにかざした「池亭」のことを、その「家主」が「自ら《みづか》」語る文章だ。場所は「池亭」に他ならない。書かずとも、紛れることはないのである。逆に言えば、長明の場合は、名もなき「外山の庵」が、タイトルの「方丈」を表す。「はじめに」でも述べたように、長明が『方丈記』を書き終えた三月末は、旧暦では春の終わり。「三月尽」という、詩歌の題になる時節だ。『源氏物語』若紫巻は、「三月のつごもりなれば、京の花ざかりは、みな過ぎにけり。山の桜は、まださかりにて」という季節を描く。日が長く、霞みわたるつれづれなる夕暮に、光源氏はかいまみをして、若紫を発見する。そんな季節なのだが……。

晦日であれば、月はない。しかし、すでに『方丈記』は「あか月の雨《あめ》は……」という形容矛盾の用字を試みていた（第二十回）。ここでも「一期《いちご》の月影」、「しづかなるあか月」と、文字の上で、ことさらに「月」を誌す。長明が最晩年に禅寂に依頼し、その没年を刻することとなった『月講式』（〈序章〉および第十九回参照）が「長明が生前月を好み、月を友として和歌を楽しんだので、その彼の好みに対して普通の講式とは異なって月天を讃嘆しようとしたのである」（三田全信「禅寂と月講式」）と解説され、「大部の経典から丁寧に月の部分を切り出し」「月の詩文」を「周到」に「引用」し、「博引旁証して信仰の月と数寄の月を結びつけた創作」（今村みゑ子「長明企画禅寂作成『月講式』の意図」）と解釈されることを思えば、この用字も、偶然ではないだろう。

そうした文脈を汲み取ったかのように、嵯峨本以下『方丈記』の流布本は、巻末の尾題「方丈記」の代わりに、次の歌を掲げている。

月かげは入《いる》山の端もつらかりき　たえぬ光りを見るよしもがな

ただし長明の和歌ではない。『新勅撰和歌集』巻十釈教に載る源季広の歌（六〇九番）である。

幻想の月を透かしながら、方丈の草庵で長明は、念仏を数回唱える。この「不請阿弥陀仏」の解釈が諸本の異同を含めてやっかいで、「『方丈記』八〇〇年の難題」（西川徹朗「念仏者鴨長明」）と謂われるほどなのだが、その諸説と議論は、先行研究に譲る。ともあれ長明は、「ただ、かたはらに舌根《ぜっこん》をやとひて」と人ごとのような言い方で――「手の奴《やっこ》、足の乗《のりもの》」（第二十三回）という表現を思い出す――、念仏を「申してやみぬ」。そして閑《しず》かな沈黙がただよう。葛藤の末に筆を置いて、彼は何を思い浮かべたことだろうか。これは、ある夜のことだ。だが同時に、長明の生涯において、これからも永遠に続く、独りぼっちの静寂である。

だが、少なくとも彼は、逃げも隠れもしない。和歌の詞書と同じように、「記」のルールにしたがって『方丈記』は、擱筆《かくひつ》の日付と場所と、自分の名前を署名し、『方丈記』と題名（尾題）を書いて作品を閉じていた。作者名さえ誌さない『源氏物語』などとは、大きく違うところである。『徒然草』にも、『方丈記』のような具体的な子細は何も書かれていない。『方丈記』がしっかりと遵守した「記」という文芸の約束事のおかげで、私たちは、この古典『方丈記』執筆の時点を、およそ明確に知ることができる。だから今日私も、八〇〇年の未来に立って、まがりなりにも彼との会話を続けることができるのだ。

……などと、講義風の作品解釈を続けてきて、本稿初出の新聞連載も最終回を迎えたとき、それなりの感慨もあって、私はふと、ドーデの『最後の授業』を想い出した。

『月曜物語』に収録されるこの短編小説は、かつては教科書の定番だった。私たちの世代なら誰もが学び覚えた、お馴染みの教材である。しかし、いまはそうではない。アルザス・ロレーヌ地方をめぐるドイツとフランスの政治と国語の意味が再解釈され、フランス側のバイアスも指摘されて、最近では、すっかり読まれなくなってしまった作品である。ちなみにドナルド・キーンは、九歳で父とともに初めてヨーロッパを旅行してフランスを訪れたとき、この小説を思い出したという（『ドナルド・キーン自伝』）。キーンとは比べられないが、私にも印象深く刻印され、その最後の一句は、小学校の記憶のままに残っている。先生がこう言うのだ。

これで終わり……。みなさん、お帰りなさい。

二〇一二年の三月に、こんな風に新聞連載の最後の原稿を閉じて、送付した。すると編集部から、これ、蛇足ですし、なんか上から目線の感じで、あんまりよくないですね。それに『最後の授業』？　ピンと来ないですよ。分量も多くなっていますし、カットしましょうか、と言われてしまった（あくまで、私の記憶による再現である）。結局、連載中、唯一最大の割愛になってしまった。やはり締めは難しい……。

解　説――『方丈記』の読書案内をかねて

一、『方丈記』の八〇〇年

　鴨長明は、建暦二年（一二一二）三月に『方丈記』を擱筆《かくひつ》――書き終えている。二〇一二年がちょうど八〇〇年のメモリアルにあたる、というので、当時はいろいろな催しがあった。私も関わることで言えば、五月十九日に「不安の時代をどう生きるか――鴨長明と『方丈記』の世界」という公開講演会・シンポジウムが、東京のイイノホールで開催された。馬場あき子、山折哲雄、荒木浩、磯水絵、浅見和彦などが登壇。その詳細は、オープンアクセスのwebジャーナルの中に記録され、公開されている（『人間文化』一七号）。続いて国文学研究資料館で〈創立四〇周年　特別展示「鴨長明とその時代　方丈記八〇〇年記念」〉という展観があり（二〇一二年五月二十五日～六月二十三日）、充実した図録も刊行された。

　そうした中で、「方丈記八〇〇年」の拡がりを示す意外な例を一つ挙げれば、『週刊現代』二〇一二年十月十三日号がある。扇情的な紙面に混じって、「吉田茂――いま再注目される昭和の巨人」「知られざるその私生活」という戦後の名物宰相をフィーチャーしたカラー記事が載り、その次に、やはり全編カラーで「いま甦る「方丈記」」という六ページにわたる特集が組まれていた。

しかし『方丈記』は、その一年前に、別のことで脚光を浴びることになる。二〇一一年三月十一日に、東日本大震災が起こったからだ。新聞各紙のコラムは、一斉に『方丈記』を引用して、震災の描写を試みた。「〈はじめての方丈記〉中世襲った災害、的確にルポ」(『朝日新聞』朝刊「文化の扉」、二〇一一年六月二十日)という特集記事では、堀田善衞に言及し、また「災害文学」であることを強調する。そして「ただ、長明はあくまで目に見える災害を描いた。我々は目に見えない災害にさらされている。今回の大震災は、「方丈記」が記録した惨状を超えている。流れの絶えない「ゆく河」自体が絶えかねない状況になっている。「フクシマ以前と以後」という表現が成り立つほどの事態を招いた」と語る五木寛之のコメントを載せている。

災害観としての『方丈記』引用は、近代では寺田寅彦『日本人の自然観』(一九三五年)が古典的なものとして知られる。寺田は「鴨長明の方丈記を引用するまでもなく、地震や風水の災禍の頻繁でしかも全く予測し難い国土に住むものにとっては、天然の無常は、遠い遠い祖先からの遺伝的記憶となって五臓六腑にしみ渡っている」と書いている。この書きぶりから知られるように、それはすでに、定評ある常套であった。

二〇一一年十一月十日の刊記で書き下ろされた浅見和彦校訂・訳『方丈記　鴨長明』は、その解説に「『方丈記』前半に描かれる安元の大火、治承の辻風、福原遷都、養和の飢饉、元暦の大地震。これを普通、五大災厄と呼ぶ」とまとめ、「『方丈記』のこれらの部分は災害を正面から取り上げた日本で最初の記録文学として注目される」と誌している。アメリカ生まれの日本文学研究者、ドナルド・キーンも、二〇一二年正月の新聞で前年の災害を振り返り、「自分の専門である日本文学の中に一体どれほど災害を記録した文学、小説があったかを調べてみる。すると長い歴史の中で、『方丈記』しかないと思えるほど、とても少ないのだ」と述べた（「叙情詩となって蘇る」『朝日新聞』二〇一二年一月一日朝刊文化欄「震災　わすれないために」）。

期を接して「流れは絶えず――方丈記八〇〇年」上中下という、別文脈の、こちらは文字どおり「方丈記八〇〇年」の特集が、同じ『朝日新聞』に載った（二〇一二年一月四〜六日、大阪版夕刊）。『方丈記』をめぐる、当時の時系列を象徴する連続であろう。

二、『方丈記』と夏目漱石、そして『モンスターズクラブ』のこと

ちょうどその頃、爆弾犯が山小屋で、漱石全集の『草枕』に読み耽《ふけ》る……という、奇妙な設定の映画の情報が目に入った。なんだかとても気になって、豊田利晃監督・脚本の『モンスターズクラブ』（二〇一二年四月公開）という映画を観《み》た。「最初から森の中の小屋にひとりで住んでいる男の話をつくりたいと思っていました。僕自身が一年間岡山の山の中に住んでいた経験がありましたし、もともとサリンジャーやグレングールド、「方丈記」を書いた鴨長明のような世捨て人と呼ばれる人々に興味がありました。本編で良一が夏目漱石の「草枕」を読んでいるのは、グレングールドがずっと読んでいたからなんです」と監督は語っている。

『方丈記』の名前がある！　偶合に少なからず驚いた。本書でも言及したように、『草枕』には『方丈記』の影響が感知されるからだ。漱石は、帝大生時代に『方丈記』を英訳した。ただし五つの災害については、大火と辻風を訳すだけ。以下の都遷《うつ》り・飢饉・大地震の章段は不要だとあっさり省略して、「すべて世の中のありにくく、我が身と栖とのはかなくあだなるさま」から翻訳を再開する。『草枕』の巻頭を彷彿とさせる一連が始まる

ところだ。

三、多様な伝本と注釈書

じつは『方丈記』の中にも、五大災厄の描写を欠くものがある。「略本」と分類されるテクストである。略本の系統には、真字《まな》（真名）本と呼ばれる、漢字表記の写本も残る。『方丈記』の伝本は、広本と略本に分類され、大福光寺本は、広本に含まれる。しかし、むしろ略本の方が古態を伝える写本だと、評価された歴史もあった。

対する広本には、大福光寺本以下、古本系と呼ばれる写本がある。江戸時代以来、美しい嵯峨本として意匠され、あるいは注釈書などを通じて多くの人が読んだ、流布本という系統も含まれる。それぞれ特徴があって、面白い所もある。ちょっと比べてみようか。そんな時には、簗瀬一雄の『方丈記　現代語訳付き』が文庫ながら略本系の本文も載せており、校異の注記も充実している。当時の史料や『池亭記』他の出典文献も載せ、基本資料をまとめた小百科として便利である。

諸本の中で一つを選び、原文に即した自分の解釈がしてみたい。そんな風に思うのであれば、まずは「鴨長明自筆」とメモされた古写本・大福光寺本の原姿を見るのが第一だ。

現在は、本文を影印したカラー写真が、国立国会図書館デジタルコレクションで一覧できる。ただ、写真の精度をはじめとして、巻子本の原物そのものとは微妙な差異もあり、また中世の手書きの文字の読解には、それなりの困難が伴う。市古貞次校注の岩波文庫『新訂 方丈記』には、大福光寺本の写真と並べて、原本を確認しつつ、忠実に判読して再現し、注記を付した本文が併載され、理解を助ける。これを、佐竹昭広校注の新日本古典文学大系『方丈記』と読み合わせてみよう。新大系には、長明の私家集『鴨長明集』も載っている（通行本とは本文を異にする）。佐竹の「解説」も重要だ。ただし、この「解説」改訂版とその前後の研究を収めた、佐竹『閑居と乱世』の併読が必須である。

学術エッセイや論文を書いてみよう、などと考えるのであれば、『方丈記』についても、可能な限り、全ての重要伝本を見る必要がある。青木伶子編『広本略本方丈記総索引』という労作が、その概要をカバーしてくれる。今日では、並行して、ネット上に多くの電子情報があり、居ながらにして、『方丈記』伝本の画像を参照することもできる。

簗瀬一雄の『方丈記全注釈』という大部の注釈書も必見だ。簗瀬は並行して『方丈記諸注集成』を著し、江戸時代の主要な注釈書を網羅して翻刻した。さらに『方丈記解釈大成』（一九七二年刊）を編纂し、その時点までの『方丈記』の注釈史を整理して提示している。長明研究の大家であった簗瀬は、戦前の冨山房百科文庫版（一九四〇年）、戦後の風間書房版（一九七一年）と、二度にわたり、『鴨長明全集』を「校註」編纂した。その後、新たに、大曾根章介・久保田淳編『鴨長明全集』（二〇〇四年）が刊行された。『方丈記』の文献学的研究は、はやく基礎的段階が整い、進展を続けている。

そうした中で、私は、新日本古典文学大系の『方丈記』校注を信頼すべき仕事だと思い、本書の主要参照本にもしたが、特徴のある注釈書は他にも多い。本書の読解の中でも適宜触れているが、少し情報を補っておこう。冨倉徳次郎・貴志正造編の鑑賞日本古典文学『方丈記』は、鴨長明伝の記述も精細な注釈で、「口訳」も付す。また新編日本古典文学全集には、神田秀夫の注釈・全訳が載っている。日本古典集成は『方丈記』と『発心集』を併載するが、同書校注者の三木紀人には、『鴨長明』他の鴨長明伝研究もある。長明伝といえば、近年、歴史家の五味文彦も、生誕年の通説に疑義を呈する『鴨長明伝』を発表した。

文庫本も多彩である。今成元昭訳注『現代語訳対照方丈記付発心集（抄）』は、仏教的知見に重点を置く。本書の中でも引用・参照する講談社学術文庫『方丈記』は、『徒然草』を中心に中世文芸研究に多くの成果を挙げた安良岡康作が、『方丈記』を精読した成果である。大福光寺本の奥書をめぐって独自の書誌学を展開する川瀬一馬は、戦後まもなく刊行した『新註国文学叢書　方丈記』（一九四八年）とは別に、後年、講談社文庫から校注・刊現代語訳『方丈記』（一九七一年）を出している。なお川瀬は、同じく新註国文学叢書で注釈した『徒然草』をはじめ、『土佐日記』『蜻蛉日記』『枕草子』『和泉式部日記』など、多くの古典を講談社文庫として出版した。

中野孝次『すらすら読める方丈記』、新井満の『自由訳方丈記』、小林保治編著『超訳方丈記を読む』、大原扁理『フツーに方丈記』など、一般書や訳本は、枚挙にいとまがないほどだ。二〇二二年という近時にも「コロナ禍で注目／災害文学の叡智」と帯に謳う、城島明彦『超約版 方丈記』が出ているし、「現代に蘇る災害文学」の文字も躍る、養老孟司と平野啓一郎の対談「『方丈記』一人滅びゆくこと」も『文藝春秋』に載った。

水木しげるの『マンガ古典文学 方丈記』や信吉『漫画方丈記 日本最古の災害文学』など、マンガ化された『方丈記』も話題を呼んでいる。伝統的な『方丈記』の絵画化といえば、江戸時代に刊行された注釈書の挿絵などが知られるが、江戸時代後期に写された『方丈記絵巻』（三康図書館蔵）という作品も残っている。流布本にもとづく絵巻化は、解釈史上においても興味深い。同書については、現代語訳も付したカラー版複製が出版された（田中幸江訳注『絵巻で読む方丈記』）。

もちろん、手崎政男『方丈記論』以下、大著の研究書や精緻な論文も公刊が続いている。私も近年、関連諸学の研究者の協力を募り、論文集を編纂して情報を集約した（『中世の随筆』二〇一四年）が、その後も、木下華子『鴨長明研究』（二〇一五年）や芝波田好弘『方丈記試論』（二〇二一年）などが出来し、研究は活況を呈している。コロナ禍を経て、私たちも説話文学会という学会で、「五大災厄のシンデミック――『方丈記』の時代」というシンポジウムを企画した（二〇二二年九月十七日、説話文学会例会シンポジウム、於早稲田大学戸山キャンパス）。

日々更新される論文などの学術情報については、国立情報学研究所のCiNii Researchや国文学研究資料館のサイトなどを参照するのが便利だが、案外、GoogleやYahoo!など、手近な検索サイトで気になる単語を入れてみると、意外な知識や情報に出会うことも多い。肩肘張らずに、デジタル環境に身を委ね、気軽にアイディアや素材を探してみること。いまやそれは、むしろ必須の方法である。

四、災厄の時代と『方丈記』

二〇一一年三月十一日以降、『方丈記』の名前が新聞各紙のコラムに躍った、と誌したが、翌一二年、『方丈記』八〇〇年の年の五月六日に、関東で竜巻が発生し、茨城県や栃木県に、甚大な被害を出した。この災害はまた、メディアに『方丈記』辻風の描写を想起させている。

ただし辻風は、治承四年（一一八〇）のことだ。『方丈記』の執筆時とは、三十年以上を隔てる。五番目の災厄となる大地震は、その五年後、元暦二年（一一八五）の発生である。災害をめぐる『方丈記』への言及は、とかく心情的実感的になりがちだが、長明自身は、時間と距離をおいて、しかるべく客観的に叙述している。当時の被害の様相も、史料を正確に分析し、諸データと対比して立体的に把握したい。

古くは小鹿島果編『日本災異志』（一八九四年）という年表もあるが、近年の北原糸子編『日本災害史』は諸学融合の通史で、その一助となる。また地震学と歴史学とを結ぶ研究成果として、石橋克彦を中心に構築された「[古代・中世]地震・噴火史料データベース（β版）」も公開されている。このデータベース研究のメンバーで歴史学者の髙橋昌明による『方丈記』論は、雑誌『文学』の「方丈記八〇〇年」特集号に「養和の飢饉、元暦の地震と鴨長明」と題して載る。同誌掲載の文学研究者の論考や対談とともに、二〇一二年という研究の現在の記録としても読むことができるだろう。その後、髙橋は『都鄙大乱「源平合戦」の真実』をまとめ、『方丈記』の考察も昇華して収めている。

『方丈記』は、京洛という都市の文学でもある。古代の京都と災害の歴史も頭に入れておきたい。類書は多いが、たとえば西山良平・鈴木久男編『古代の都3　恒久の都平安京』は読みやすい手引だ。同書で災害を論じる北村優季は『平安京の災害史』をまとめ、『方丈記』をいくどか話題に出している。

五、高度なユーモア

本書冒頭に記したように、『方丈記』の災害連鎖を現世の混沌になぞらえて慨嘆する伝統は、応仁の乱を重ねる室町期の僧心敬《しんけい》にさかのぼる。現代では堀田善衞『方丈記私記』が屈指だろう。だが堀田は、同書のちくま文庫版付載の五木寛之との対談で、長明の「高度なユーモア」と「皮肉」を強調し、「ユーモアが?」と五木の意表を突いた。無常迅速、災厄の末世を嘆き愚痴るばかりでなく、時に斜めから見て、繊細な微笑とゆとりを忘れぬ都人の精神。これもまた『方丈記』読解の重要な視点である。

参考文献等一覧

Ⅰ、参考文献

――本文中に掲げた文献の書誌を、登場順に掲げた。＊を付した論文はオープンアクセスで、ネットで簡便に見られる。未言及ながら参考とすべき文献も、一部掲げた。

「はじめに」と〈序章〉

Minakata Kumakusu and F. Victor Dickins. "A Japanese Thoreau of the Twelfth Century", 1905.『南方熊楠全集 第10巻』平凡社、一九七三年

小泉博一「熊楠の英訳『方丈記』の草稿」『熊楠研究』第四号、二〇〇二年三月

島津忠夫「心敬年譜考証」『島津忠夫著作集 第四巻 心敬と宗祇』和泉書院、二〇〇四年所収

荒木浩「『方丈記』と『徒然草』――〈わたし〉と〈心〉の中世散文史」荒木編『中世の随筆――成立・展開と文体』竹林舎、二〇一四年所収

同『京都古典文学めぐり――都人の四季と暮らし』岩波書店、二〇二三年

同「『方丈記』再読」『京都学問所紀要』創刊号（鴨長明 方丈記 完成八〇〇年）賀茂御祖神社（下鴨神社）京都学問所、二〇一四年六月

堀田善衞『方丈記私記』筑摩書房、一九七一年、新潮文庫、ちくま文庫、『堀田善衞全集』など
松田修・馬場あき子『方丈記を読む』講談社、一九八〇年、講談社学術文庫に再収
水木しげる『マンガ古典文学　方丈記』小学館、二〇一三年、小学館文庫に再収
今村みゑ子『鴨長明とその周辺』第一部第五章「長明の通称――「南大夫」・「菊大夫」をめぐる」和泉書院、二〇〇八年
『方丈記』800年記念　『方丈記』と賀茂御祖神社式年遷宮資料展　図録』二〇一二年十月
細野哲雄『鴨長明伝の周辺・方丈記』笠間書院、一九七八年、「『方丈記』における詩と真実」他を所収
川瀬一馬校註『新註国文学叢書　方丈記』大日本雄弁会講談社、一九四八年
松浦貞俊校訂『方丈記五種』古典文庫、一九四七年
五味文彦『鴨長明伝』山川出版社、二〇一三年
堀部正二「鴨長明の歿年に關する一史料」（初出一九四一年）同『中世日本文学の書誌学的研究』臨川書店、一九八八年、初版は全国書房、一九四八年所収
貴志正造「初期長明伝についての考察」臼田甚五郎博士還暦記念論文集編集委員会編『日本文學の傳統と歴史』桜楓社、一九七五年
冨倉徳次郎・貴志正造編『鑑賞日本古典文学　第18巻　方丈記・徒然草』角川書店、一九七五年

磯水絵編『今日は一日、方丈記（秘曲演奏CD付）』新典社、二〇一三年
〔シンポジウム〕「音楽と文学――『胡琴教録』の作者は鴨長明か」『説話文学研究』第五六号、二〇二一年
磯水絵『文学と歴史と音楽と』和泉書院、二〇二三年
西尾実校注（旧版）『日本古典文学大系30　方丈記　徒然草』岩波書店、一九五七年
稲田利徳「「方丈記」の擱筆年月日の表象性」『国語と国文学』第八八巻第十号、二〇一一年
佐竹昭広校注『新日本古典文学大系39　方丈記　徒然草』岩波書店、一九八九年
同『閑居と乱世――中世文学点描』平凡社選書、二〇〇五年、後に『佐竹昭広集』第四巻、岩波書店に再収
池上禎造「自筆本と誤字」『漢語研究の構想』岩波書店、一九八四年

〈第一章〉

久保田淳・馬場あき子編『歌ことば歌枕大辞典』角川書店、一九九九年
吉川幸次郎『中国古典選3　論語上』朝日新聞社、一九七八年
同『読書の学』筑摩叢書、一九八八年、ちくま学芸文庫に再収
『契沖全集』第四巻、岩波書店、一九七五年
稲田利徳『西行の和歌の世界』第四章、笠間書院、二〇〇四年
荒木「『方丈記』の文体と思想――その結構をめぐって」『文学　隔月刊　《特集》方丈記八〇〇年』第一三巻第二号、三、四月号、二〇一二年

小林一彦「長明伝を読みなおす――祐兼・顕昭・寂蓮らをめぐって」『中世文学』第四二号、一九九七年
新井満『自由訳　方丈記』デコ、二〇一二年
小林健二「コラム　世阿弥と『方丈記』」『国文学研究資料館　創立四〇周年　特別展示　鴨長明とその時代　方丈記八〇〇年記念』図録、二〇一二年五月
鈴木久『方丈記と往生要集』新典社選書、二〇一二年
『WEB版新纂浄土宗大辞典』浄土宗＊
筒井康隆『残像に口紅を』中央公論社、一九八九年、後に中公文庫他
荒木「「独生独死」観の受容と「翻訳」論的問題――中世の孤独と無常をめぐって」『物語研究』第一八号、二〇一八年三月

〈第二章〉

荒木「「五大災厄のシンデミック――『方丈記』の時代」という問題群」『説話文学研究』第五八号、二〇二三年
小原仁『人物叢書　慶滋保胤』吉川弘文館、二〇一六年
荒木『『今昔物語集』の成立と対外観』思文閣人文叢書、二〇二一年
山田孝雄校訂・旧版『方丈記』岩波文庫、一九二八年
松浦貞俊『解釈と評論　方丈記』開文社、一九五七年
市古貞次校注『新訂　方丈記』岩波文庫、一九八九年

山崎宏・笠原一男監修『仏教史年表』法藏館、一九七九年
堀田善衞「酔漢」『聖者の行進』徳間書店、二〇〇四年所収他
橋本義彦『平安貴族』「〝薬子の変〟私考」平凡社選書、一九八六年
竹内理三『日本の歴史6　武士の登場』中央公論社、一九七三年、後に中公文庫
藤田佳希「源経基の出自と『源頼信告文』」『日本歴史』二〇一五年六月号
所功『京都の三大祭』第1章「賀茂大社の葵祭」角川選書、一九九六年
髙橋昌明『平清盛　福原の夢』講談社選書メチエ、二〇〇七年
浅見和彦「鴨長明――妄執をめぐって」『国文学解釈と鑑賞』一九九九年五月号
柳田國男『明治大正史　世相篇』朝日新聞社、一九三一年、後に講談社学術文庫他
荒木『古典の中の地球儀――海外から見た日本文学』NTT出版、二〇二二年
宇野瑞木「疫病と「書く」ということ――『方丈記』と『日蓮聖人御遺文』」東京大学東アジア藝文学院編『文学・哲学・感染症――私たちがコロナ禍で考えたこと』論創社、二〇二二年
荒木『徒然草への途――中世びとの心とことば――』勉誠出版、二〇一六年
三木紀人校注『新潮日本古典集成　方丈記　発心集』新潮社、一九七六年
滋賀県文化財保護協会『塩津港遺跡――長浜市西浅井町塩津浜1』全三冊、二〇一九年
木下華子「災害を記すこと――『方丈記』「元暦の大地震」について」『日本文学研究ジャーナル』第一三号（【特集】記憶と忘却」山田洋嗣・竹村信治編集）、二〇二〇年三月

酒井紀美『中世のうわさ――情報伝達のしくみ』吉川弘文館、一九九七年、〈新装版〉二〇二〇年
吉田幸一解説『自筆本複製　鴨長明方丈記（一條兼良筆本）附、十六夜日記（小堀遠州筆本）』　古典文庫105、一九五六年
今村みゑ子『鴨長明とその周辺』（「はじめに」と〈序章〉既出）第一部第一編第四章「略本・流布本『方丈記』をめぐる――一条兼良のこと、および享受史」
内田孝「方丈記加筆説、資料照合で否定」「現場見た長明の記述」「京産大・小林一彦教授が発表」、『京都新聞』朝刊、二〇二二年十二月六日
新井満「21世紀の方丈庵をつくる」『図書』二〇一九年三月号
内田賢徳「言の葉の寓意」『ことばとことのは』第3集、和泉書院、一九八六年六月
湯浅吉美「九条兼実の地震観――『玉葉』に見る地震記事の検討」『埼玉学泉大学紀要　人間学部篇』第九号、二〇〇九年＊
児島啓祐「元暦地震と龍の口伝――『愚管抄』を中心に」『軍記と語り物』第五四号、二〇一八年
北爪真佐夫「元号と武家」『札幌学院大学人文学会紀要』第六八号、二〇〇九年＊
武石彰夫「隆暁法印考」臼田甚五郎博士還暦記念論文集編集委員会編『日本文學の傳統と歴史』桜楓社、一九七五年
荒木「36　三界義」『国文学研究資料館　創立四〇周年　特別展示　鴨長明とその時代　方丈

記八〇〇年記念』図録（〈第一章〉既出）
K. Natsume. "A Translation of Hojio=ki with a Short Essay on It.", 8th December, 1891.『夏目漱石全集』第二六巻（岩波書店、一九九六年）
下西善三郎「漱石と『方丈記』」『日本文学』第三二巻第一二号、一九八三年十二月＊
増田裕美子『漱石のヒロインたち――古典から読む』第五章「漱石と『方丈記』」新曜社、二〇一七年、初出は二〇一三年
荒木「禅の本としての『方丈記』――『流水抄』と漱石・子規往復書簡から見えること」天野文雄監修『禅からみた日本中世の文化と社会』ぺりかん社、二〇一六年所収

〈第三章〉

李御寧『「縮み」志向の日本人』学生社、一九八二年、後に講談社学術文庫他
安良岡康作全訳注『方丈記』講談社学術文庫、一九八九年
簗瀬一雄『方丈記全注釈』日本古典評釈・全注釈叢書、角川書店、一九七一年
三木紀人『鴨長明』講談社学術文庫、一九九五年
井筒俊彦『意味の深みへ――東洋哲学の水位』岩波書店、一九八五年、岩波文庫、二〇一九年
若松英輔『井筒俊彦　英知の哲学』慶應義塾大学出版会、二〇一一年
プラダン・ゴウランガ・チャラン『世界文学としての方丈記』日文研叢書六〇、法藏館、二〇二二年
小松茂美「右兵衛尉平朝臣重康はいた――「後白河院北面歴名」の出現」『小松茂美著作集

第二十巻（古写経研究　二・三筆三跡）』旺文社、一九九八年
中島京子『小さいおうち』文藝春秋、二〇一〇年、後に文春文庫、二〇一二年
バージニア・リー・バートン著、石井桃子訳『ちいさいおうち（The Little House）』岩波の子どもの本シリーズ、一九六五年、原著は一九四二年
柳田國男『故郷七十年』朝日選書、一九七四年、後に講談社学術文庫他。
西郷信岡『古代人と夢』平凡社選書、一九七二年、後に平凡社ライブラリー他。
荒木『古典の中の地球儀――海外から見た日本文学』第六、七章、ＮＴＴ出版、二〇二二年
荒木『かくして『源氏物語』が誕生する』第六章、笠間書院、二〇一四年
同「〈非在〉する仏伝――光源氏物語の構造」谷知子・田渕句美子・久保木秀夫編『平安文学をいかに読み直すか』笠間書院、二〇一二年
同「四方四季と三時殿――日本古典文学の庭と景観をめぐって」白幡洋三郎編『『作庭記』と日本の庭園』思文閣出版、二〇一四年
渡辺真弓『建築巡礼6　ルネッサンスの黄昏――パラーディオ紀行』丸善、一九九一年第三刷
渡辺仁史「『源氏物語』の六条院について――四季の町の配列」『中古文学』第五三号、一九九四年五月、『平安文芸史攷』新典社、二〇〇一年に改稿再収
岡田精司『京の社――神と仏の千三百年』塙書房、二〇〇〇年、後にちくま学芸文庫
荒木『京都古典文学めぐり』（「はじめに」と〈序章〉既出）
今村みゑ子「鴨長明の伊勢下向をめぐって――元久元年の旅か」『国語と国文学』第九一巻第

三号、二〇一四年
小川壽一「鴨長明と日野外山」『賀茂長明研究』第四巻第一号、一九三五年
髙橋秀城「方丈石と文人」歴史と文学の会編『新視点・徹底追跡　方丈記と鴨長明』勉誠出版、二〇一二年所収
坂井孝一『源実朝——「東国の王権」を夢見た将軍』講談社選書メチエ、二〇一四年
吉野朋美「鴨長明の描かれ方——太宰治『右大臣実朝』から『吾妻鏡』長明下向記事へ」『中央大学文学部紀要　言語・文学・文化』第一〇七号、二〇一一年三月＊
米山孝子「行基歌〈山鳥のほろほろと鳴く声聞けば父かとぞ思ふ母かとぞ思ふ〉考」『密教文化』第一八九号、一九九五年＊
柴田純『日本幼児史——子どもへのまなざし』吉川弘文館、二〇一三年

〈第四章〉

加固理一郎「白居易の「遺愛寺鐘欹枕聴」について」『調布日本文化』第八号、一九九八年＊
舘隆志「『元号釈書』の栄西伝について」『国際禅研究』第四号、二〇一九年一二月＊
松田浩・上原作和・佐谷眞木人・佐伯孝弘編『古典文学の常識を疑う　Ⅱ——縦・横・斜めから書きかえる文学史』「『方丈記』『徒然草』は禅宗とどうかかわるのか」勉誠出版、二〇一九年
細野哲雄「『方丈記』と老荘の思想」『鴨長明伝の周辺・方丈記』（「はじめに」と〈序章〉既出）所収

陸暁霞『遁世文学論』第一編第二章「『方丈記』における老荘思想」武蔵野書院、二〇二〇年
ルース・ベネディクト『菊と刀――日本文化の型』長谷川松治訳、社会思想社、一九七二年、後に講談社学術文庫他

〈第五章〉

新村出「御大切という言葉――国語の史的観察」「愛という言葉」『新編琅玕記』旺文社文庫、一九八一年他
佐竹昭広「意味の変遷」『萬葉集抜書』岩波書店、一九八〇年、後に岩波現代文庫、『佐竹昭広集』第四巻、岩波書店に再収
柳父章『翻訳語成立事情』岩波新書、一九八二年
智顗説『妙法蓮華経玄義』中里貞隆訳、国訳一切経、和漢撰述部、大東出版社、一九六一年
瓜生等勝「『方丈記』の『不請の阿弥陀仏』考」『解釈』第九巻第三号、一九六三年、同『複製校異 肥前島根松平文庫本 方丈記――付 方丈記研究』教育出版センター、一九七一年に再収
西川徹郎「念仏者鴨長明――「不請阿弥陀仏」論」『新視点・徹底追跡 方丈記と鴨長明』（〈第三章〉既出）所収
芝波田好弘『方丈記試論』第五章「終章について」武蔵野書院、二〇二一年
新間水緒「『方丈記』最終章について――白居易閑適詩との関連から」『花園大学文学部研究紀要』五二号、二〇二〇年三月

伊藤博之・大曾根章介・大隅和雄・三木紀人・木藤才蔵『シンポジウム日本文学〈6〉中世の隠者文学』学生社、一九七六年
荒木「『徒然草』の時間――序説」『佛教文学』第四六号、二〇二一年六月
益田勝実「偽悪の伝統」『火山列島の思想』筑摩書房、一九六八年、後に講談社学術文庫他
今成元昭「蓮胤方丈記の論」『文学』一九七四年二月号、『今成元昭仏教文学論纂　第一巻　仏教文学総論』法藏館、二〇一五年所収
田中芳樹『天竺熱風録』新潮社、二〇〇四年、後に祥伝社文庫、二〇一一年
伊藤勢漫画・田中芳樹原作『天竺熱風録』全六巻、ヤングアニマルコミックス、白泉社、二〇一七～一九年）
荒木「〈唐物〉としての「方丈草庵」――維摩詰・王玄策から鴨長明へ」河添房江・皆川雅樹『アジア遊学275「唐物」とは何か――舶載品をめぐる文化形成と交流』二〇二二年十月
府川源一郎『消えた「最後の授業」――言葉・国家・教育』国語教育ライブラリー、大修館書店、一九九二年
藤岡作太郎『鎌倉室町時代文学史』東圃遺稿巻三、大倉書店、一九一五年、岩波書店、一九四九年、国立国会図書館デジタルコレクション
三田全信「禅寂と月講式」『浄土宗史の新研究』隆文館、一九七一年所収
今村みゑ子『鴨長明とその周辺』（「はじめに」と〈序章〉既出）、第一部第二編第五章「長明企画禅寂作成『月講式』の意図」

ドーデー『月曜物語』桜井佐訳、岩波文庫、一九五九年
『ドナルド・キーン自伝　増補新版』角地幸男訳、中公文庫、二〇一九年

解説――『方丈記』の読書案内をかねて

「人間文化研究機構　第18回公開講演会・シンポジウム　不安の時代をどう生きるか――鴨長明と『方丈記』の世界」人間文化研究機構『人間文化』第一七号、二〇一二年、https://www.nihu.jp/sites/default/files/publication/2018/pdf/ningen17.pdf）＊
『国文学研究資料館　創立四〇周年　特別展示　鴨長明とその時代　方丈記八〇〇年記念』図録（〈第一章〉既出）
寺田寅彦『日本人の自然観』岩波講座東洋思潮、一九三五年初出、引用は岩波文庫『寺田寅彦随筆集　第五巻』所収、青空文庫にも
浅見和彦校訂・訳『方丈記　鴨長明』ちくま学芸文庫、二〇一一年
『Monsters Club SPECIAL　[豊田利晃監督インタビュー]～「モンスターズクラブ」ができるまで～』（http://monsters-club.jp/special/interview.php、現在は閲覧不可）
松浦貞俊校訂『方丈記五種』古典文庫、一九四七年
加賀元子・田野村千寿子『真字本方丈記――影印・注釈・研究』和泉書院、一九九四年
加賀元子『中世寺院における文芸生成の研究』汲古書院、二〇〇三年
神田邦彦「『方丈記』諸本の再調査――延徳本・最簡略本」『国文学研究資料館紀要』第四〇号、二〇一四年

簗瀬一雄『方丈記　現代語訳付き』角川ソフィア文庫、初版は角川文庫、一九六七年
市古貞次校注『新訂方丈記』岩波文庫、一九八九年
佐竹昭広『閑居と乱世』（「はじめに」と〈序章〉以下既出）
青木伶子編『広本略本方丈記総索引』武蔵野書院、一九六五年
簗瀬『方丈記全注釈』（〈第三章〉既出）
同『方丈記諸注集成』豊島書房、一九六九年
同『方丈記解釈大成』大修館書店、一九七二年
同校註『鴨長明全集』上下、冨山房百科文庫、一九四〇年
同『校註鴨長明全集』風間書房、一九七一年
大曾根章介・久保田淳編『鴨長明全集』貴重本刊行会、二〇〇〇年
冨倉徳次郎・貴志正造編『鑑賞日本古典文学　第18巻　方丈記・徒然草』角川書店、一九七五年
神田秀夫他校注・訳『新編日本古典文学全集44　方丈記　徒然草　正法眼蔵随聞記　歎異抄』小学館、一九九五年
三木紀人校注『日本古典集成　方丈記　発心集』新潮社、一九七六年
同『鴨長明』（〈第三章〉既出）
五味文彦『鴨長明伝』（「はじめに」と〈序章〉既出）
今成元昭訳注『現代語訳対照方丈記付発心集（抄）』旺文社文庫、一九八一年

安良岡康作全訳注『方丈記』（〈第三章〉既出）
川瀬一馬『新註国文学叢書　方丈記』（「はじめに」と〈序章〉既出）
同校注・現代語訳『方丈記』講談社文庫、一九七一年
中野孝次『すらすら読める方丈記』講談社文庫、二〇一二年他
新井満『自由訳方丈記』（〈第一章〉既出）
小林保治編著『超訳　方丈記を読む』新人物往来社、二〇一二年、KADOKAWAなどで刊行、
小林一彦『コレクション日本歌人選　鴨長明と寂蓮』、笠間書院、二〇一二年
同『NHK「100分de名著」ブックス　鴨長明　方丈記』NHK出版、二〇一三年
大原扁理『フツーに方丈記』百万年書房、二〇二二年
城島明彦『超約版　方丈記』ウエッジ、二〇二二年
養老孟司・平野啓一郎（対談）「現代に蘇る災害文学」『文藝春秋』第一〇〇巻第十号、文藝春秋一〇〇周年十月特別号、二〇二二年
水木しげる『マンガ古典文学　方丈記』（「はじめに」と〈序章〉既出）
信吉漫画・養老孟司解説『漫画方丈記　日本最古の災害文学』文響社、二〇二一年
神田邦彦・田中幸江「『方丈記絵巻』解題と翻刻」二松学舎大学磯水絵研究室編『鴨長明　研究と資料』第一輯、二〇一二年
田中幸江訳注『絵巻で読む方丈記』東京美術、二〇二二年

手崎政男『方丈記論』笠間書院、一九九四年
荒木編『中世文学と隣接諸学10　中世の随筆——成立・展開と文体』竹林舎、二〇一四年
木下華子『鴨長明研究——表現の基層へ』勉誠出版、二〇一五年
芝波田好弘『方丈記試論』(〈第五章〉既出)
説話文学会例会シンポジウム「五大災厄のシンデミック——『方丈記』の時代」荒木浩/木下華子/児島啓祐/プラダン・ゴウランガ・チャラン、『説話文学研究』第五八号、二〇二三年
荒木「ぞんざいな検索、丁寧な検索——日本文学関連データベースの周辺」『日本歴史』第七四〇号、二〇一〇年一月
小鹿島果編『日本災異志』一八九三年、国会図書館デジタルコレクション、地人書館覆刻、一九六七年
北原糸子編『日本災害史』吉川弘文館、二〇〇六年
『文学』第一三巻第二号、「方丈記八〇〇年」特集号、二〇一二年三、四月、岩波書店
髙橋昌明『都鄙大乱「源平合戦」の真実』岩波書店、二〇一一年
西山良平・鈴木久男編『古代の都3　恒久の都平安京』吉川弘文館、二〇一〇年
北村優季『歴史文化ライブラリー　平安京の災害史——都市の危機と再生』、吉川弘文館、二〇一二年
堀田善衞『方丈記私記』ちくま文庫、一九八八年

Ⅱ、古典本文等引用底本

——本文中に引用した古典作品などの出典やおもな底本を『方丈記』を軸に簡略に掲げる。国立国会図書館デジタルコレクションや国文学研究資料館の国書データベース、また青空文庫などをはじめとして、前近代の写本・版本から、近代以降の活字本まで、多くのデジタルソースがインターネット上に公開されている。適宜参照されたい。

大福光寺本『方丈記』…古典保存会、一九二五年（国立国会図書館デジタルコレクションにも公開）、日本古典文学刊行会、一九七一年は巻子本の原姿を伝える精度の高い複製。また武蔵野書院影印（巻末に諸本解説と校異を付す）、一九八五年など

長享本『方丈記』（吉澤本）…中前正志「京都女子大学図書館所蔵『方丈記』伝本略目録稿——付．吉沢本（長享本）影印および「元亨」「文亀二年」本奥書写本翻刻」中前正志編『東山中世文学論纂』二〇一四年

流布本（二箇所の独自異文など）…角川ソフィア文庫他

嵯峨本…『鴨長明全集』他

『鴨長明集』…『方丈記』『鴨長明全集』、新日本古典文学大系

『無名抄』…日本古典文学大系、『鴨長明全集』、角川ソフィア文庫

『発心集』…角川ソフィア文庫、『鴨長明全集』

『愚管抄』『謡曲集』『閑吟集』…日本古典文学大系

『方丈記宜春抄』以下江戸時代『方丈記』注釈書…『方丈記諸注集成』
『越後在府日記（ひろひ草）』…簗瀬一雄『方丈記解釈大成』大修館書店、荒木「『方丈記』と『徒然草』」参照
『文机談』…岩佐美代子『文机談全注釈』笠間書院
『池亭記』…新日本古典文学大系『本朝文粋』
『清獬眼抄』…群書類従、国立公文書館デジタルアーカイブ
『十訓抄』新編日本古典文学全集、『校本十訓抄』右文書院
『往生要集』…日本思想大系『源信』
『三界義』…恵心僧都全集、京都大学貴重デジタルアーカイブ他
『往生十因』…浄土宗全書
『無量寿経』『摩訶止観』…岩波文庫他
菅野博史訳注『法華玄義』全三巻、レグルス文庫、第三文明社、一九九五年
『維摩経』『大智度論』…これら仏典類は大正新脩大蔵経、国訳一切経、またCBETA、SATなどのデータベースを参照
『九条殿遺誡』…日本思想大系『古代政治社会思想』
『玉葉』…国書刊行会、『吾妻鏡・玉葉データベース　CD－ROM版』吉川弘文館、『訓読玉葉』高科書店
『源家長日記』…『源家長日記――校本・研究・総索引』風間書院、『源家長日記全註解』有精

堂、冷泉家時雨亭叢書他
『百練抄』（百錬抄）…新訂増補国史大系
『吾妻鏡』…新訂増補国史大系、『吾妻鏡・玉葉データベース　CD―ROM版』吉川弘文館、岩波文庫
『山槐記』…増補史料大成
『行基菩薩遺誡』…木下資一「行基菩薩遺誡考」『国語と国文学』、第五九巻十二号、一九八二年
『文徳天皇実録』『帝王編年記』…新訂増補国史大系
『醍醐寺雑事記』…醍醐寺刊他
『色葉字類抄』…『色葉字類抄研究並びに総合索引』風間書院、国立国会図書館デジタルコレクション他
『伊勢物語』『古今和歌集』『後撰和歌集』『枕草子』『紫式部日記』『今昔物語集』『新古今和歌集』『閑居友』『古事談』『平治物語』『平家物語』『舞の本』（幸若舞）…新日本古典文学大系
『拾遺和歌集』『千載和歌集』『西行全歌集』（『山家集』他）『新勅撰和歌集』…岩波文庫
『万葉集』…新日本古典文学大系、岩波文庫他
『金槐和歌集』…新潮日本古典集成
※以上また以下、和歌・歌書類は新編国歌大観を参照

『うつほ物語』…新編日本古典文学全集
『源氏物語』…新潮日本古典集成
『和漢朗詠集』…角川ソフィア文庫
『百人一首』…角川ソフィア文庫他
『撰集抄』…岩波文庫、『撰集抄全注釈』笠間書院他
『源平盛衰記』…有朋堂文庫、国民文庫、中世の文学（三弥井書店）
『沙石集』…日本古典文学大系（梵舜本）、『沙石集総索引　慶長十年古活字本』勉誠社（慶長古活字本）、新編日本古典文学全集など
『徒然草』…角川ソフィア文庫他
『神皇正統記』…日本古典文学大系
『曲付次第』…日本思想大系『世阿弥　禅竹』
『ひとりごと』…新編日本古典文学全集、小学館
『閑吟集』『宗長日記』…岩波文庫
『物くさ太郎』『浦島太郎』…岩波文庫『御伽草子』
『醍醐随筆』…続日本随筆大成
『石上私淑言』…新潮日本古典集成『本居宣長集』、『本居宣長全集』筑摩書房
『俚言集覧』…『増補俚言集覧』名著刊行会
『爾雅』…『十三経注疏』中華書局他

『論語』『荘子』…朝日文庫他
『文選』…『文選　附校異』（李善注、藝文印書館）、『宋本六臣註文選』（六臣注、廣文書局）、
新釈漢文大系他
『淮南子』、『白氏文集』（『琵琶行』他）…新釈漢文大系他
アストン英訳『方丈記』…『校註鴨長明全集』他
夏目漱石諸作品…新潮文庫、青空文庫、『漱石全集』岩波書店他
芥川龍之介「本所両国」…『芥川龍之介全集』、青空文庫他
太宰治諸作品…『太宰治全集』、新潮文庫、青空文庫他

なお、引用に際し、読解の便宜を考え、表記等に変更を加えた場合がある。

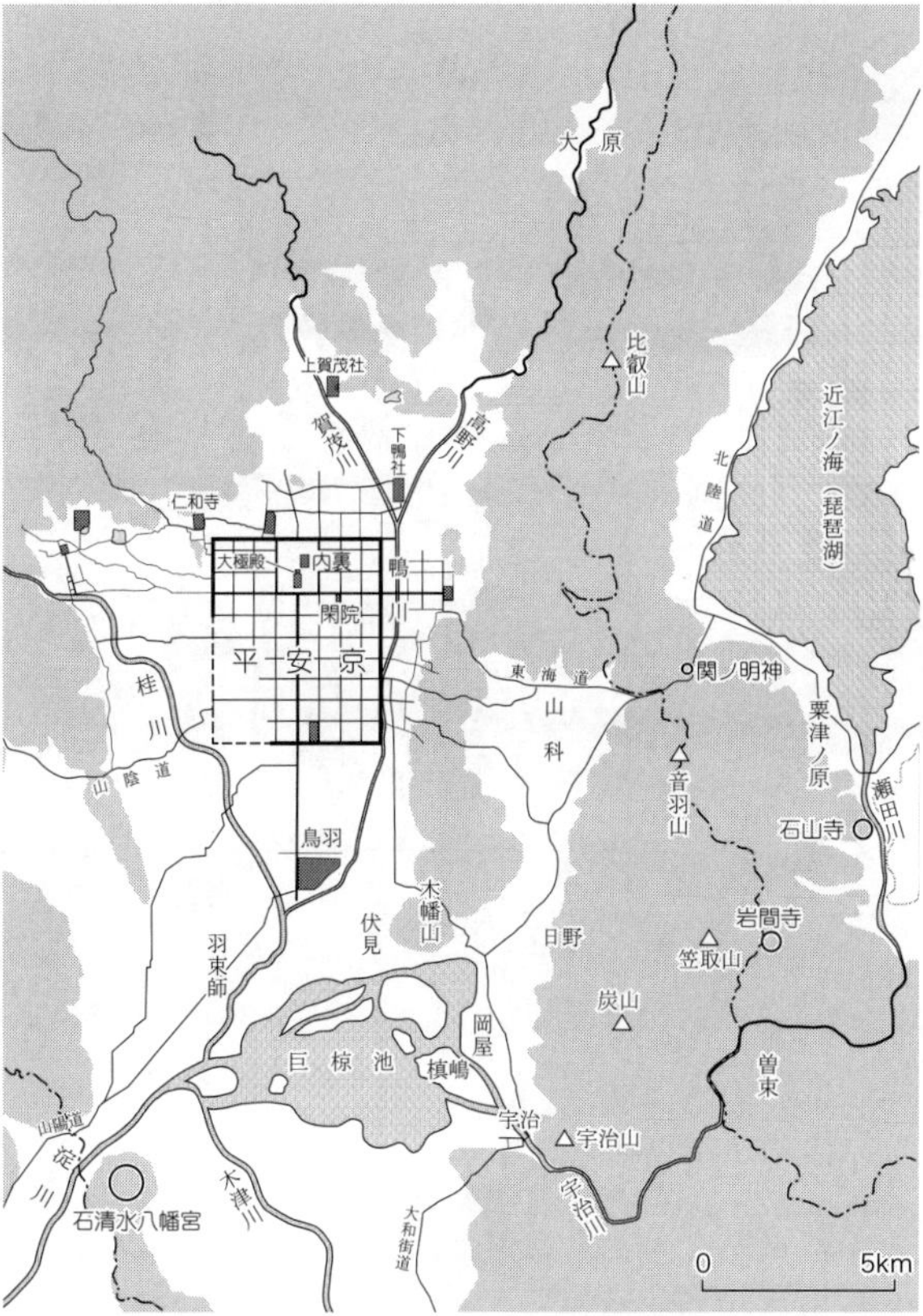

付図1　京都周辺図（山田邦和作図・提供）

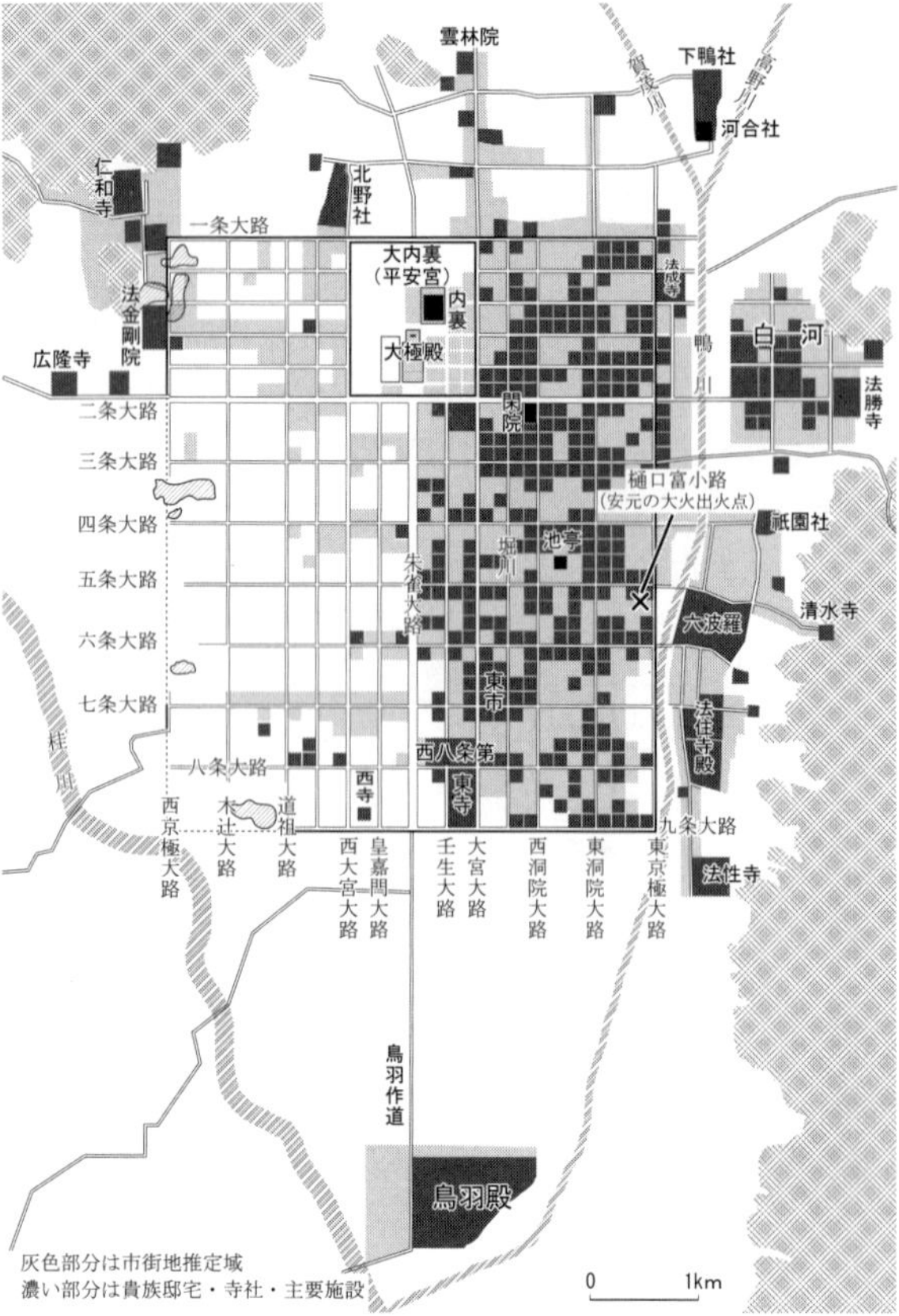

雲林院
下鴨社
賀茂川
高野川
河合社
仁和寺
北野社
一条大路
大内裏
（平安宮）
内裏
大極殿
法成寺
法金剛院
広隆寺
白河
鴨川
法勝寺
二条大路
閑院
三条大路
樋口富小路
（安元の大火出火点）
四条大路
祇園社
池亭
堀川
朱雀大路
五条大路
清水寺
六波羅
六条大路
東市
七条大路
法住寺殿
桂川
西八条第
八条大路
西寺
東寺
九条大路
西京極大路
木辻大路
道祖大路
西大宮大路
皇嘉門大路
壬生大路
大宮大路
西洞院大路
東洞院大路
東京極大路
法性寺
鳥羽作道
鳥羽殿
灰色部分は市街地推定域
濃い部分は貴族邸宅・寺社・主要施設
0
1km

付図 2　後期平安京周辺図（山田邦和作図・提供）

鴨長明関連略年譜

和暦	西暦	天皇	院	年齢	事跡
久寿二年	一一五五	近衛→後白河	鳥羽	一	七月二十三日、近衛天皇崩御。翌日、後白河天皇即位。この年、賀茂御祖（かものみおや）神社（下鴨神社）正禰宜惣官の鴨長継次男として長明誕生か。長継は十代で河合社禰宜となり、この時、十七歳。禰宜としての事跡も確認できる。
久寿三年→保元元年	一一五六	後白河	鳥羽	二	七月二日、鳥羽法皇崩御。保元の乱へ。『愚管抄』は「保元元年七月二日、鳥羽院ウセサセ給テ後、日本国ノ乱逆ト云コトハヲコリテ後、ムサ（武者）ノ世ニナリニケルナリ」、「保元以後ノコトハ、ミナ乱世」と説く。七月二十三日、崇徳上皇は讃岐に配流。
保元三年	一一五八	後白河→二条	後白河	四	八月十一日、後白河天皇、二条天皇に譲位。院政へ。
保元四年→平治元年	一一五九	二条	後白河	五	十二月に平治の乱起こる。同月二十六日に藤原信頼・源義朝敗北。平清盛と平氏の全盛へ。
平治二年→永暦元年	一一六〇	二条	後白河	六	父長継、従四位下に叙せられる。前日に正五位上に任ぜられ、その上での特例的な昇進だった。

永暦二年↓ 応保元年	一一六一	二条	後白河	七	十月十七日、長明、中宮叙爵で従五位下に。中宮は後の高松院（鳥羽天皇と美福門院得子の娘）で、長明の父や家柄としかるべき縁故が想定されている。
応保二年	一一六二	二条	後白河	八	藤原定家誕生。
長寛二年	一一六四	二条	後白河	十	崇徳上皇、讃岐の配所で没する。
仁安三年	一一六八	六条↓ 高倉	後白河	十四	二月十一日、平清盛出家。同月十九日、高倉天皇即位。この年栄西入宋。重源と帰国。
仁安四年↓ 嘉応元年	一一六九	高倉	後白河	十五	六月、後白河出家、法皇となる。長明父の鴨長継は『兵範記』八月二十九日条に「正四位上」として登場。これ以後の活動状況が知られない。嘉応年中に祐季を猶子にして職を譲ったという（『鴨林旧蔵鴨県主系図』）。
承安三年	一一七三	高倉	後白河	十九	四月二十二日、関白賀茂詣の行事に「禰宜祐季初従㆓此㆒役」（『玉葉』）とある。おそらく長継の死を受けて、正禰宜惣官はこれ以前に祐季（河合社禰宜を歴任）に交替。
					延暦寺と下鴨社が領地のことで相論。禰宜祐季は社務を止められて解却され、長平が禰宜代行（治承年

承安四年→安元元年	一一七五	高倉	後白河	二十一	間に還補）。比叡山大衆の張本である阿闍梨弁円は流罪となる（『玉葉』八月二十三日条、『山槐記』八月二十四日条など）。河合社禰宜季平も解職となり、祐兼が補される。
安元三年→治承元年	一一七七	高倉	後白河	二十三	四月二十八日、安元大火（太郎焼亡）。六月、鹿ヶ谷の陰謀発覚。
治承二年	一一七八	高倉	後白河	二十四	三月二十四日、京都に大火（次郎焼亡）。
治承三年	一一七九	高倉	後白河	二十五	十一月に治承三年の政変。後白河院政停止。
治承四年	一一八〇	高倉→安徳		二十六	二月二十一日、安徳天皇即位。四月二十九日、京都に辻風起こる。六月、福原遷都。その後、長明、福原視察。八月、源頼朝、伊豆で挙兵。十一月二十六日、天皇以下京都へ還都。「六月二日、忽然而遷都於摂州福原之別業」（『玉葉』治暦四年十一月二十六日条）以下の遷都の流れは、『玉葉』に詳しい。十二月二十八日、平重衡による南都焼き討ち。大仏の頭部焼け落ちる。
治承五年→養和元年	一一八一	安徳	後白河	二十七	一月十四日、高倉上皇崩御、後白河院政再開。閏二月四日、平清盛没、七月十四日、養和と改元。この年から翌年にかけて、大飢饉。この年、家集『鴨長

					明集』成立か。
養和二年→寿永元年	一一八二	安徳	後白河	二十八	五月二十七日、寿永と改元。引き続き大飢饉。
寿永二年	一一八三	安徳・後鳥羽	後白河	二十九	平家都落ち。七月、木曾義仲入京。八月、後鳥羽即位。
寿永三年→元暦元年	一一八四	安徳・後鳥羽	後白河	三十	一月、義仲、征夷大将軍になり、その後、戦死。四月改元。十月、鴨祐季退任、祐兼が正禰宜に。河合社禰宜には祐兼長子祐綱（二十四歳）が補される。
元暦二年→文治元年	一一八五	安徳・後鳥羽→後鳥羽	後白河	三十一	三月二十四日、壇ノ浦の戦い。安徳天皇入水、平家滅亡。宝剣消失。七月九日、京都に大地震。八月十四日、文治と改元。同月二十八日、後白河法皇による東大寺大仏開眼供養。十一月二十八日、守護地頭の設置奏請（『吾妻鏡』、文治の勅許へ）。『方丈記』の記述を参照すれば、この年以降、長明は、祖母の家を出るか。
文治二年	一一八六	後鳥羽	後白河	三十二	本年、もしくは建久元年（一一九〇）の九月から十月頃にかけて、長明は、証心と伊勢旅行か。この年、西行は、大仏勧進の旅の途次、鶴岡八幡宮で頼朝と邂逅、面談する（『吾妻鏡』八月十五日、十六日条）。

文治三年	一一八七	後鳥羽	後白河	三十三	『千載和歌集』撰進。長明の歌一首入集。この年、栄西再び入宋。
文治六年	一一九〇	後鳥羽	後白河	三十六	二月十六日、西行没。
建久三年	一一九二	後鳥羽	後白河	三十八	三月十三日、後白河法皇崩御。七月十二日、頼朝、征夷大将軍に。八月九日、実朝誕生。十一月二十九日、慈円最初の天台座主就任。
建久六年	一一九五	後鳥羽		四十一	三月、東大寺大仏落慶法要。
建久七年	一一九六	後鳥羽		四十二	十一月二十五日、九条兼実、関白・氏の長者を罷免され、一族も粛清される
建久九年	一一九八	後鳥羽↓土御門	後鳥羽	四十四	二月二十六日、鴨祐頼、賀茂社御幸の恩賞で正五位下に叙される。鳥羽天皇譲位し、院政。土御門天皇即位。
建久十年	一一九九	土御門	後鳥羽	四十五	一月十三日、源頼朝没。
建仁元年	一二〇一	土御門	後鳥羽	四十七	この前年あたりから、歌人として活躍。七月、後鳥羽院の御所に和歌所を設置して再興。長明は和歌所寄人に抜擢される。十一月、後鳥羽院、『新古今和歌集』撰進を命ずる。
					この頃、河合社の禰宜職就任を鴨祐兼に反対され、

元久元年	一二〇四	土御門	後鳥羽	五十	実現せず。祐兼子の祐頼が就任。長明、出家し、大原へ隠遁。
元久二年	一二〇五	土御門	後鳥羽	五十一	『新古今集』撰進。長明の和歌、十首入集。
元久三年	一二〇六	土御門	後鳥羽	五十二	二月一日、隆暁法印、七十二歳で没か。元久元年七十三歳で没ともいう。栄西、東大寺勧進職に。
元久四年↓承元元年	一二〇七	土御門	後鳥羽	五十三	四月五日、九条兼実没。
承元二年	一二〇八	土御門	後鳥羽	五十四	鴨祐兼正禰宜退任、祐綱が正禰宜に。ちなみに祐綱は承久三年（一二二一）まで正禰宜。同年七月二十七日、承久の乱への加担で、上賀茂神主能久とともに、六波羅探題に拘束。同八月一日、甲斐国に配流。能久は鎮西へ配流。後任は祐頼。この年、長明、大原から日野に移るか。
承元三年	一二〇九	土御門	後鳥羽	五十五	八月、藤原定家、実朝に『近代秀歌』を贈る。
建暦元年	一二一一	土御門↓順徳	後鳥羽	五十七	この年以後、『無名抄』成立か。長明、鎌倉に行き、源実朝に対面。
建暦二年	一二一二	順徳	後鳥羽	五十八	三月、長明『方丈記』擱筆。

建保二年	一二一四	順徳	後鳥羽	六十	栄西、実朝に『喫茶養生記』を贈る。長明の『発心集』、このころ成立か。
建保四年	一二一六	順徳	後鳥羽	六十二	閏六月八日（九日説、十日説等あり）、鴨長明没。

おわりに

二〇一一年の十月二日から翌年三月二十五日まで、京都新聞日曜版のジュニアタイムズというコーナーで、「方丈記を味わう」という連載を担当した。古典読解のシリーズで、『方丈記』全文を分割して掲げ、大意を示す。中高生も読みやすいように、解説を兼ねたエッセイも付けてほしい。そんな企画趣旨であった。多くの読者に『方丈記』の世界を味わってもらういい機会だ。そう考えてエッセイには、私なりのバラエティと拡がりを持たせ、いろんなことを書いてみた。正月休みをはさんで、計二十五回。最終回は『方丈記』の末尾を追体験するかのように、弥生の終わりごろと決まった。期せずして初回は、私の誕生日というおまけ付きだ。楽しくもメモリアルな半年間となった。

ちょうどその折り返し地点で、「流れは絶えず——方丈記八〇〇年」という三回の特集記事が、朝日新聞大阪本社版の夕刊に載った。担当された同社の久保智祥・大村治郎両記者から慫慂を受け、この特集にも、打ち合わせの段階から関わることになる。

京都新聞の連載が終了して二ヶ月近くが経ったころ、「不安の時代をどう生きるか――鴨長明と『方丈記』の世界」というシンポジウムに登壇した。人間文化研究機構・国文学研究資料館の特定研究「大福光寺本「方丈記」を中心とした鴨長明作品の文献学的研究」（研究代表者・浅見和彦。二〇一一～一二年度のプロジェクトで、詳細は『国文学研究資料館　創立四〇周年特別展示　鴨長明とその時代　方丈記八〇〇年記念』図録参照）という共同研究への参加、特別展示開催と図録の完成という、大きな学びの成果である。このシンポジウムの折に、はからずも朝日新聞東京本社の白石明彦氏からお声がけがあり、同紙書評欄の「ニュースの本棚」で『方丈記』関連の本をいくつか取り上げて紹介する好機に恵まれた（「ニュースの本棚　方丈記八〇〇年」二〇一二年八月五日）。

本書は、右の京都新聞連載を起点とする。また「解説」の後半に記した『方丈記』の読書案内は、「ニュースの本棚」稿を基盤としている。ただし、いずれも現在の視点から専門的な研究情報を織り込んで大幅に加筆・改稿し、全編を新たに書き下ろしたものである。

＊

人と住まいの無常総論に始まる『方丈記』は、鴨長明出家前の自分史と交錯する五大災厄を語って、我が住まいの歴史へと合流し、〈イマ〉に至る。そして日常として流れゆく時間と暮らしを綴り、やがて出家遁世者・蓮胤の見えざる悟りを心に問うて、終わっていく。このように誌される『方丈記』の無常観は、時間論として、果てしない未来学である。

このごろ私は、そんな風にも読むのだが、先のことはわからない。ほんとうに、そう思う。

たとえば本書第十三回のエッセイで、伝源信著『三界義』を引いて『方丈記』の五大災厄を説明し、「「小三災」とは飢饉災・疾病災・刀兵災で、「大三災」とは火災・水災・風災の三つである」と述べている。しかし、まさか二〇二〇年代になって「小三災」がこの世を覆い、人々を苦しめる状況が訪れるとは思わなかった。まさに世界を襲った――「世界」は元来仏教語である――「疫病」としてのパンデミック。それは格差社会の、あるいは多様性の中で、今日的な「飢饉災」とシンデミックに複合する。日本語でも「飢饉」は「比喩的に、特定の必要な物資が非常に不足することにもいう」(『日本国語大辞典』)。やがて水際対策と称する鎖国があり、さらに「刀兵災」としての戦争が勃発。「世界」を移動する空路まで、大きくゆがめる事態となった。

そうした中で私が感じた恐懼と驚きは、「ソリッドな〈無常〉/フラジャイルな〈無常〉――古典の変相と未来観」という研究プロジェクトの立ち上げ(国際日本文化研究センター共同研究、二〇二二年〜)へとつながる、潜在的なモチベーションとなった。「五大災厄のシンデミック――『方丈記』の時代」と題する学会と共同開催のシンポジウムは、その成果の一つである(説話文学会例会シンポジウム、二〇二二年九月十七日、早稲田大学。関連の情

報は『説話文学研究』第五八号、二〇二三年参照）。

いつの時代にあっても『方丈記』は、とかくシンクロニシティを招き寄せる作品だ。ずっとそう思ってきたが、この本を書きながら、あらためて、その現代性を痛感する次第である。

＊

さて、今回、先に述べた一連の原稿を整理して一書となし、新たな装いで世に問うことになったことには、ひとつ直接の契機があった。二〇一七年から二〇二一年まで、やはり京都新聞で三十二回連載した「文遊回廊」――公益財団法人京都文化交流コンベンションビューロー、古典の日推進委員会、京都新聞主催の企画――の書籍化という動きである。

「文遊回廊」は、平安時代の京都がおもな舞台となる。名作古典文学の一節を読み、ゆかりの土地を訪ねて、絵巻などの美しい関連画像を眺める。そうした趣旨で、古典の原文を掲げながら大意を示し、作品世界とその周辺について解説する月一回の掲載で、本書の原点「方丈記を味わう」とよく似た形式で書かれていた。この「文遊回廊」の第一回目に私が選んだのが『方丈記』で、その解説を「いにしえの京都を語らせたら、鴨長明が抜群だ」と書き出している。この「文遊回廊」を一冊の本にしよう、ということになって、私は鴨長明を全体の案内人に仮想し、書き進めて行くことにしたのである。

だから最初は、その本の中に、この「方丈記を味わう」の連載もまとめて入れようか、とも考えた。だが分量的にも、さすがに重い……。全体のバランスも〈不細工〉だな、と思い至り、下書きの段階で撤回して、成稿した。二〇二二年の二月末日に、書肆から、出版が正式に確定したとの連絡をもらった。なんとなく安堵して過ごしたその三日後、雛祭りの日に、法藏館の戸城三千代氏から、『方丈記』に関する拙著刊行の打診があった。法藏館文庫の一冊としての刊行を示唆されてのことである。文字通りの奇遇におどろいた私は、少し考えて応諾し、今度はこの本の出版に向けて、検討と会議が始まったのである。

「方丈記を味わう」の原稿については、連載終了後も、折に触れて手を入れてきた。このたび全面的に書き直すに当たり、私がこれまで執筆してきた『方丈記』関連論文を補訂して付載してはどうかと考え、添削を進めてみた。しかし、各論文それぞれにコンテクストがあり、文体や論述内容も多様だ。「方丈記を読む」と題する本書においては、むしろその要点を取り込み、作品の読解に昇華することで、より統合的に私の考察を伝えることができるのではないか。最終的にそう判断して、本書の形態に帰着した。各論文についてはエッセイなどで言及し、書誌情報については、参考文献等一覧に掲げてある。

本書の第一稿は、二〇二二年の六月にまとめた。戸城氏との編集会議やいくつかの経緯を経て、最終稿を二〇二三年四月に法藏館に送り、この本が正式に動き出すこととなった。

る記述も含まれているので、併読・参照してもらえれば幸いだ。

パーソンをめぐり、ゆるやかな姉妹関係にある。それぞれのコンテクストの中で、関連す

四季と暮らし』として刊行された。『京都古典文学めぐり』と本書は、鴨長明というキー

「文遊回廊」の方は、二〇二三年の六月に、岩波書店から『京都古典文学めぐり　都人の

*

「方丈記を味わう」では、当時の京都新聞文化部の山中英之氏と田中敏夫氏に、企画立案と編集の労を執っていただいた。おかげで全回滞りなく、無事完走することができ、今回の出版にもつながった。また本書所載の『方丈記』関連地図については、法藏館編集部の配慮により、山田邦和氏に監修・作成の労をお取りいただく僥倖を得た。末筆ながら、本書に関わるすべての方々に、謝意を述べたい。

二〇二四年新春の未明に

荒木　浩

荒木　浩（あらき・ひろし）
1959年生まれ。京都大学大学院博士課程中退。博士（文学）。国際日本文化研究センター教授・総合研究大学院大学教授。専門は日本古典文学。著書に『『今昔物語集』の成立と対外観』、『古典の中の地球儀』、『京都古典文学めぐり』など。

方丈記《ほうじょうき》を読《よ》む
孤《こ》の宇宙《うちゅう》へ

二〇二四年三月一五日　初版第一刷発行

著　者　荒木　浩
発行者　西村明高
発行所　株式会社法藏館
京都市下京区正面通烏丸東入
郵便番号　六〇〇-八一五三
電話　〇七五-三四三-〇〇三〇（編集）
〇七五-三四三-五六五六（営業）

装幀者　熊谷博人
印刷・製本　中村印刷株式会社

ISBN 978-4-8318-2661-9 C0195

法蔵館文庫既刊より

価格税別

た-6-2

民俗の日本史

高取正男著

文明化による恩恵とともに、それによって生じた土着側の危機をも捉えることで、文化史学の抜本的な見直しを志した野心的論考12本を収録。解説＝谷川健一・林淳

1400円

ま-1-1

中世の都市と非人

武家の都鎌倉・寺社の都奈良

松尾剛次著

非人はなぜ都市に集まったのか。独自の論理で彼らを救済した仏教教団とは。中世都市の代表・鎌倉と奈良、中世都市民の代表・非人を素材に、都市に見る中世を読み解く。

1200円

た-8-1

維新期天皇祭祀の研究

武田秀章著

幕末維新期における天皇親祭祭祀の展開過程を文久山陵修補事業に端を発する山陵・皇霊祭祀の形成と展開に着目しつつ検討、天皇を基軸とした近代日本国家形成の特質をも探る。

1600円

う-2-1

〈小さき社〉の列島史

牛山佳幸著

「村の鎮守」はいかに成立し、変遷を辿ったのか。各地の同名神社群「印鑰社」「ソウドウ社」「女体社」「ウナネ社」に着目し、現地調査・文献を鍵に考察を試みる意欲作。

1300円

わ-1-1

増補 天空の玉座

中国古代帝国の朝政と儀礼

渡辺信一郎著

国家の最高意志決定はどのような手続きをへてなされたのか。朝政と会議の分析を通じて権力中枢の構造的特質を明らかにし、中国古代における皇帝専制と帝国支配の実態に迫る。

1200円